# 異形探偵メイとリズ

## 燃える影

荒川悠衛門

角川ホラー文庫
23385

# 目次

# 人物紹介

**御《み》轟《ごう》朙《めい》（メイ）**

旭泉探偵社の女性探偵。
大柄で腕っぷしが強いが、
情に厚い一面も。
異形に関する豊富な知識を持つ。

**有《あり》逗《ず》絵《え》里《り》香《か》（リズ）**

旭泉探偵社の新人女性探偵で、
メイとコンビを組む。
小柄で気弱な性格。
異形の影が見える
という特殊能力を持つ。

**宮部《みやべ》秋人《しゅうと》**

漫画家を夢見る高校生。
行方不明となった兄・
翔を探している。
百足の異形に取り憑かれる。

**最上《もがみ》紗耶香《さやか》**

秋人の幼馴染。
秋人にメイとリズを紹介し、
献身的に支える。
異形の気配を
感じることができる。

**宮部《みやべ》 翔《かける》**

秋人の兄。料理人を目
指して修業中だが、行
方不明になってしまう。

**川尻《かわじり》美世《みよ》**

翔の元恋人。小人の異
形に取り憑かれる。

**西橋《にしばし》愛花《あいか》**

地元の名士の令嬢。両
親と死別し、叔父一家
と暮らす。イカと友達
になる。

**イカ**

西橋家の蔵に住む怪人。
異形の行方を念視する
ことができる。

イラスト／toi8
デザイン／大原由衣

# 第一章　宮部秋人と双子百足

その日は宮部《みやべ》秋人《しゅうと》にとって、最悪な出来事が三つも重なる最低な日だった。

一つ目は先日終わったばかりの中間テストの結果だ。高校入学から半年、これまで優等生として学年一〇位以内をキープしていた秋人にとって、平均ギリギリの得点は大失態と言うしかなかった。成績上位が息子の責務だと信じている父にとって、この結果はとても許せるものではない。鉄拳《てっけん》制裁は免れないだろう。

二つ目の最悪は、親に隠して買い集めていた漫画作成セットがリビングに広げられていたことだ。成績の凋落《ちょうらく》について叱責《しっせき》されることは覚悟していた秋人も、その原因まで発覚しているとは考えていなかった。

「それで二時間だぜ？　殴られて正座させられて、親父が研修医だった頃から開業までの苦労話をみっちり語っていただいたよ。あそこまで自分をほめて恥ずかしくないのかね」

秋人は自室で電話に向けて怒りを零《こぼ》していた。耳元からは兄である宮部翔《かける》の笑い声が聞こえた。

「それで漫画道具は？」

「目の前でゴミ袋に突っ込まれた」

「相変わらずのクソ親父だな。気の毒にな、お前も」

「ちゃんと隠しておくべきだった。机の上に広げっぱなしだったのは失態だったよ」

「だからって捨てることもないだろうに」

「油断した俺が悪かったんだ」

「原因を自分の中に作ろうとするんじゃあない。お前はやりたいことをやろうとしただけだ。それを奪おうだなんて、親だってやっちゃいけないことなんだよ」

「そうなのかな」

「そうだ。絶対にそうだ」

兄の翔は二十四歳で秋人より八つ上だ。東京近郊の槙島《まきしま》市で開業医をしている父は病院をどうにか息子に継がせようと躍起になっていた。ところが地元で神童と呼ばれていた長男の翔は病院を継ぐものだと待望されながらも、大学二年の頃に父に反旗を翻して料理人の道を歩むと宣戦布告して家を出たのだ。抑圧された環境からの反動なのか、生来の気質なのか、秋人はその両方だと思っていた。

「捨てられたって、もしかしてチハルの原稿も？」

「うん。チハルも」

「マジかよ。将来の大傑作じゃねえか」

『ロッキン侍チハル』は、平安時代の武家の次男坊として生まれたチハルが現代へとタイムスリップし、ロック音楽に出会い新たな人生を見つける物語だ。秋人は新人賞に応募しようと、アイデアの段階から翔に相談していたので、兄弟の間には合作に近い感覚が芽生えていた。

「まあ仕方ないよ」

「けど完成まであと少しだったんだろ。それまでにどれだけの時間と努力が費やされているのか、アイツは分かってねえんだよ。クソ親父め」

荒唐無稽《こうとうむけい》な物語を受け入れてくれるばかりでなく、共に考え、今は自分のことのように憤ってくれている。悔しそうな兄の声に秋人は思わず微笑んだ。

そのとき受話口から、何かが這《は》い廻《まわ》るような地響きに似た音が聞こえた。

「誰かいるの？」

「いや俺一人だよ」

「そう？　なんか変な音が聞こえたけど」

少しばかり翔からの返答が途絶えた。息を吸った音がしてから翔が言う。

「なあ、秋人。武臣《たけおみ》が死んだんだ」

その声はわずかに震えていた気がした。

「え？」

武臣は翔の親友だ。家を出た後も頻繁に付き合いがあったらしく、翔の話にはしばしば登場していたし、秋人も面識があった。

「何があったの？」

「少し前にな、様子がおかしくなって失踪《しっそう》してたんだ。それでこないだ死体が見つかった。バイクで走ってて、崖《がけ》から落ちたみたいだ」

「こないだ兄貴の先輩だって死んでたろ」

「人はいつ死ぬか分からないってことだよ。だからな秋人。お前も自分が本当にやりたいことをやれ。どんな選択肢を突き付けられても自分の考えを優先するんだ」

今までにないくらいに重々しい言葉だ。いつも飄々《ひょうひょう》としている翔には珍しい。

「そんなこと言われても」

「お前にとって何が一番大切なのか、しっかり考えておくんだ」

「急に真面目なこと言い出して、どうしたんだよ」

「俺にもな、選択のときがやってきたんだ」

「仕事で何かあったの？」

「ちょっと説明が難しい。じゃあそろそろ電話切るぞ。出かけなきゃならないんだ」

「もう九時だぜ。どこ行くんだよ」

「美世《みよ》に、大事な話があってな」

翔には付き合って一年になる彼女がいた。大事な話ってもしかして。だが秋人が問う前に翔は言う。

「じゃあな。話せてよかったよ。今辛《つら》くても、チハルはしっかり完成させろよ。お前絶対にプロになれるから。俺も楽しみにしてるからな」

翔の真っすぐな言葉に秋人は気恥ずかしさを覚えた。

「ああ、ありがと。じゃあ、またな」

電話を切る直前、再び受話口から何かが這い廻るような音が聞こえた気がした。


そうか。もしかしたら兄貴もいよいよ結婚か。そう思うとなんだか嬉しくなってきた。

電話を切った秋人は父に怒られへこんでいた気分もいくらかよくなって、宿題を終わらせてから棚の裏に隠してあった漫画本を読んでいた。本当は漫画の続きが描きたかったが、全てを捨てられてしまってはどうもしようもない。ゴミ袋に突っ込まれたファイルの中にはチハルの原稿もあったはずだ。さっき翔にああは言ったが、改めて考えるとやっぱり原稿が惜しくなった。道具はまた買えばいいが原稿だけはどうにか取り戻したかった。だが秋人の部屋から外のゴミ置き場まで行くには、両親の寝室の前を通らなくてはならないので気づかれない訳がない。

待てよ。窓を開けて外壁を見下ろす。中学生の頃、鍵《かぎ》を忘れて雨樋《あまどい》を登って窓から入ったことがあった。あの頃よりはずいぶんと背が伸びたのだから、余裕で降りられるんじゃないか。そんなことを考えていると奇妙なことに気が付いた。

部屋の窓からは雑草の生い茂る宅地が見下ろせた。微《かす》かな街灯に照らされる小さな林のような緑に満ちた空き地には、都会では失われつつある自然の片鱗《へんりん》が感じられる。

そんないつもの風景の何かがおかしい。

秋人は暗闇の宅地に向かって目を凝らした。よく見るとその中に、闇にまみれた緑ではない白い何かが立っていた。家からは離れていて、街灯も室内灯の光もそれには届かない。はっきりとは見えないが薄《う》っすらと白く細長い何かがそこにある。まるで葉のない背の低い白樺《しらかば》が突如そこに現れたようだ。

秋人は気になってじっとそれを見つめていた。瞬きはしても目を離したタイミングはなかったはずだった。だがいつの間にかその白い何かがもう一つ隣に現れた。フィルムが差し込まれたように前兆もないままに出現したのだ。

瞬時に数を増やしたそれは好奇心をちくちくと刺激する。秋人はやや興奮した気分のままに、部屋の隅に置いてあった非常用の懐中電灯を手に取り、光を浴びせつけた。

それは笑っていた。懐中電灯に照らされて、白く髪のない大きな赤子の笑顔が二つ並んでいた。全く予想外の答えに秋人は光を当てたまま凍り付いていた。

あれはなんだ。白い赤子は光を当てられても微動だにせずにこちらへ微笑んでいる。あまりの非現実感に、窓枠というスクリーンから出来の悪いホラー映画を観ているような感覚に陥った。恐怖よりも可笑《おか》しなものを見たという感覚が強く、思わず口の端が上がってしまう。そのまま秋人と二つの笑顔はじっと見つめ合っていた。

懐中電灯の光が突然ちらついた。ろくに点検もしていなかったせいで電池がほとんどなくなりかけていたのだろう。明滅を繰り返す懐中電灯を乱暴に振ると、少しだけ光が安定する。再び草むらに光を差す。そこにはただ雑草が生い茂っているだけだった。

見間違いだったか、いやそんな馬鹿な。光を振って白い何かを捜す。どこにもさっきまでいたはずの笑顔はない。必死に振り回す懐中電灯の光が再び霞《かす》んで細くなり、消えた。部屋から漏れる光と街灯の光だけであの笑顔を捜すのは無理だ。

どうしよう。外に出て捜してみるか。しかしあれが変質者の類《たぐい》だったら危険だ。いつの間にか好奇心による高揚は、不気味に対する不安に変じていた。何かを見間違えただけなのかもしれない。不可思議な現象に理由をつけ、不安を締め出すように窓を閉めようとした。

ザザザザザザザ。

さざ波のような奇妙な音。何だ。その音は確かに目の前の宅地から聞こえてくる。雑草の生命力に支配されてしまったが、あの宅地には砂利が敷かれていたはずだ。これはその音か。つまり、何かが、砂利を踏みしめて鳴らしている？

暗闇に目を凝らすと、一メートルを超える木立のような雑草が激しく揺れていた。

アレがこっちに向かってきている！

秋人は反射的に窓を閉めようとしたが全ては遅かった。窓の隙間から弾丸のような勢いで白い影が飛び込んできた。それは秋人のこれまでの人生の中で最悪の光景だった。

幾十幾百のまち針のような脚が秋人の視界一杯に広がっていたのだ。

それは百足《むかで》だった。数え切れぬ短い脚がびっしりと生えた、全長が三メートルを超える真珠のような甲殻を持つ大百足だ。どちらが頭でどちらが尻《しり》なのかは分からないが、その両端にはバスケットボール大の、赤子のような髪のない真っ白な顔が付いていた。その二つは満面の笑みのまま窓を飛び越え、秋人の体に絡みついたのだ。

あまりの恐怖に悲鳴を上げようとする。だが百足は喉《のど》と口に巻きついてそうはさせてくれない。身動きすら取れなくなった秋人を見て、二つの赤子がけたけたと笑う。

百足の数多《あまた》の針のような脚が、頬に、瞼《まぶた》に、額に、頭皮に、味わったことのない悍《おぞ》ましさと鋭い痛みを与えてくる。両手でどうにか引きはがそうとするが、万力のような力で締め付けられていて百足の体はびくともしない。

締め付けが強くなる。同時にもがいていた両の手に、降って湧いたかのように何かを摑《つか》む感触があった。百足の体が少しずれて左目だけ視界がはっきりする。

左手にはお守りが握られていた。一年前、翔は受験に悩む秋人を心配し、県二つ跨《また》いだところにある学業成就で有名な神社でお守りを買ってきてくれた。心遣いが嬉《うれ》しくて合格した後も神社に返さずに机の引き出しの奥にしまってあった。何故かそれが左手に収まっている。

右手にはペンが握られていた。それは漫画家になりたいと兄に相談した日、覚悟を決めるために買ったペンだ。小遣いの少ない秋人にとってはなかなかに高額な一万円近い値段のものだ。だがそれは先ほど、父の説教の最中にゴミ袋へと放り込まれたはずだ。

何故そんなものが今両手に収まっているかは分からなかった。百足は抗《あらが》えないほどの力で秋人の頭を両手のほうへと向けて固定する。そしてけたけたと続く笑い声の中で、二つの顔が同じ声と同じ表情、同じタイミングで何かを叫んだ。

「「べぇ、びょっぢ」」

キンキンと痛みすら感じるほどに鼓膜を揺さぶる声だ。何を言っているのかまるで分からないが、赤子の顔は期待を込めたような笑みで秋人を見つめている。百足の体は針のような脚をばらばらに悶《もだ》えさせ、その悍ましさに秋人は吐き気を催した。

「「べぇ、びょっぢ」」

再びの甲高い声。秋人が必死に耐えていると、百足は少しずつ顔面を締め付ける力を強くし始めた。無数の脚が食い込みながらも細かく蠢《うごめ》き、痛みと痒《かゆ》みを味わわせる。その感触に秋人は絶叫を上げようとする。だが口も喉も締め付けられ、くぐもった叫びすら上がらない。追いつめられた精神は発狂へあと一歩と言ったところまで窮まっていた。

死ぬのか。夢を叶《かな》えることもなく死ぬのか。

そう思うと恐怖よりも悔しさが込み上げてきた。ただ父に言われるがままに優等生らしい人生を送ってきた十六年間に意味を見出《みいだ》すことができなかった。どこにでもあるような、少し勉強ができるだけの少年の一生だ。なんの変哲もない、面白みのない人生だ。

不意に締め付けが緩んで拘束が解かれた。死を確信していた秋人は力なくへたり込んだ。濡《ぬ》れたカーペットの感触に、自分がいつの間にか失禁していたことに気が付いた。

拘束を解いた百足は右側の顔が左側の顔へと、可聴域を超えるような高音高速の言葉で捲《まく》し立てている。左側の顔は反論もせずに泣きそうな表情になり、百足の体は悍ましい数の脚を蠢かせ、部屋の壁を登り天井の角に吸い込まれるように消えてしまった。

助かったのか。そう思った秋人は呆然《ぼうぜん》と右手に握られたペンを見つめていた。ふと力が抜けて、そのまま意識は闇に溶けていった。

空気が消毒されたような臭いが鼻をついた。白い天井。白いシーツ。白い掛布団。秋人が仰向けのままあたりを見回すと、母がベッドの横の椅子に座って眠っていた。

父の病院の個室だ。あのまま気を失ってここに運び込まれたのか。瞬間、脳裏にあの双子の赤子の顔がよぎり、秋人は情けない悲鳴とともにベッドから飛び起きた。

「秋人、目が覚めたの！」

つられて飛び起きた母が秋人の肩を摑みながら悲鳴のように叫んだ。隈《くま》の深い目から涙がこぼれる。申し訳なさと気恥ずかしさが交じり合いながら秋人は言う。

「ここ、父さんの病院？」

「そうよ。昨日あんた部屋で倒れてて」

母は秋人を抱きしめた。

「ねえ一体何があったの？」

二つの歪《いびつ》な笑顔が明滅した。抱きしめられたまま体が大袈裟《おおげさ》なほどに震えだした。

「わ、分かんない。昨日、窓開けたら、何かが飛び込んできて。それで、ここで」

「何かって何よ」

「それが分からないんだよ！」

秋人の尋常ではない様子に母は何も言わずに秋人を抱く腕に力をこめた。そんな抱擁に恥ずかしいような安心するような感覚を抱き、秋人は思わず言葉を詰まらせてしまう。

「目が覚めたのか」

白衣姿の父が病室に入ってきた。いつも通り撫《な》でつけるようなオールバックに丸い眼鏡の痩《や》せた顔を見ると、医者の不養生を疑いたくなる。父の顔を見た瞬間、抱きしめられている自分がひどく情けなく思えて、秋人は母からゆっくりと体を離した。

「気分はどうだ？」

「もう、大丈夫」

父の眉間《みけん》の皺《しわ》が濃くなった。母と同じく濃い隈の残る目元をもみながら父は言う。

「そんなにあの漫画が大事だったのか？」

「はあ？」

「誤魔化そうとするな。その首の痕《あと》は隠せない。首を吊《つ》ろうとしたんだろ」

秋人が首元を触ると、かさぶたが幾重にも並んだような凸凹《でこぼこ》とした感触を指先が読み取った。あの抵抗できないほどの強烈な締め付け。秋人の恐怖を嘲《あざけ》るような二つの笑顔。

明滅する記憶に全身から生ぬるい汗が噴き出る。

「もう誤魔化さなくていいんだ。とにかくゆっくり休め」

父は病室から出ようとして、背を向けたままぴたりと動きを止めた。隙の無い背中がその一瞬小さく縮んだように見えた。

「すまなかったな」

部屋を出ていった父の背中を見て母が言った。

「あの人、あんな仏頂面してるけど、倒れたあんたを見つけたときこの世の終わりみたいな顔してたね。こんなことなら好きなことをさせておけばよかったって嘆いてたのよ」

「それって」

「ほら、これ」

母が部屋の隅に置かれた机を指さした。そこにはゴミ袋に詰められたはずの原稿と漫画を描くための道具が綺麗《きれい》に並べられていた。

「原稿の折れ曲がった箇所を申し訳なさそうに伸ばしてたね。あんなに落ち込んだ姿、翔がいなくなったとき以来だったんだから」

母は少し悲しそうに俯《うつむ》いたが、やがて笑顔で顔を上げた。

「まあとにかく、体調良くなったらまた話し合ってみなさい。親子なんだからあんたがそっちの道を本気で目指したいなら、きっと応援してくれるわよ」

「違う。これは」

それから三日後。秋人はうんざりした顔を幼馴染《おさななじみ》達に向けた。

「それで、しばらくは家で休めって言われてさ。心配かけたから無視できなくて。ようやく外に出れたって訳」

身を凍らせるほどの悪夢であったとしても、時間が経てば映画の一幕だったと思えるほどに恐怖は希釈されていた。全く奇妙なことが起きたものだと語る秋人を、満《みつる》と紗耶《さや》香《か》は不思議そうな表情で見つめていた。

「で、結局そのでっかい顔のついた百足は何だったんだ」

「ただの悪夢だろうって。首にしっかり痕残ってたんだけどなあ」

「つまりお前は怖い夢見て寝小便漏らした訳だ。可愛らしいねえ」

満はからかうように笑った。その横顔を睨《にら》みつけながら紗耶香が諫《いさ》める。

「そんなこと言わないの。けど秋人に何事もなくて良かったよ。けど、その、本当に早まった訳じゃないんだよね？」

「まさか。何でこの若さで自殺なんか」

「ならいいんだけど」

「けどなんか忘れてる気もするんだよなあ」

「なんかって？」

「あのとき何か、他にもあったような」

そう言いながらも何も思い出せない。腕を組んで唸《うな》る秋人を、満は呆《あき》れるような顔で、紗耶香は心配そうな顔で見つめていた。

今日は土曜日。体調もいたって問題ない秋人は、幼馴染の二人と一緒にチェーン店のハンバーガーショップにいた。

「どうした、秋人。なんか気になることでもあるのか？」

紗耶香と冬休みの予定について語っていた満が秋人の顔を覗《のぞ》き込んだ。

「別に。なんでもないよ」

「なんでもないことはないだろ。お前は顔にすぐ出るから分かりやすいんだよ」

満の言葉に紗耶香の表情が変わった。紗耶香は秋人や満より半年早い生まれだ。だからなのか、同い年の癖に秋人達に対して年長者ぶりたがる。そんな『お姉ちゃん』モードになった紗耶香は、やや過剰に思えるほどに二人に対して世話を焼こうとするのだ。

「体調悪いの？　迎えに来てもらう？」

「違う違う、そうじゃない。別に俺は元気だよ」

「じゃあなんでそんな顔してんの？」

それは胸に湧いた違和感のようなものだった。気にしすぎだとも思えるような些細《ささい》な話だ。だが紗耶香の心配そうな瞳《ひとみ》に見つめられると、そんな些細なことでも伝えなくてはいけないような気がしてしまう。観念するように秋人は呟《つぶや》いた。

「こないだ兄貴と電話しててさ、切るときに兄貴は大事な話があるから彼女の所に出かけるって言ってて」

「ああ、翔さんと付き合ってるって彼女さんか。あれ、それってついに？」

他人事《ひとごと》ながらどこか湧き上がるような期待を見せる紗耶香と満。秋人は苦笑する。

「俺もそう思ったんだよ。だから翌日、メールしたんだけど返事がなくて」

「あー、もしかしてうまくいかなかったのかなあ」

「そうなのかもしれないんだけど。これまで連絡すれば日付変わる前には返って来たんだ。だけどもう三日になるのに反応がない。親父が漫画を認めてくれたこともメールしたから、絶対に兄貴喜んでくれると思うんだけど」

「電話してみればいいじゃん」

「それも応答がない。なんだか妙な感じなんだ」

口にしたことをきっかけに、薄《う》っすらとした疑問が思いもよらぬ勢いで次から次へと溢《あふ》れてくる。紗耶香が言う。

「もう一度電話かけてみたら？」

秋人は液晶画面を操作してスマートフォンをテーブルに置いた。一回二回とコールが続くが、十回に達する前に機械音声による留守番電話サービスに切り替わった。

「やっぱ繋《つな》がらない」

「うーん……スマホが壊れたって可能性もあるけど」

紗耶香は考え込むように顎《あご》に手を当てた。何か突拍子もないことを言い出す前の癖だ。

「うん。じゃあ行ってみよう」

「は？」

「翔さんの職場、ここから電車で三〇分くらいでしょ」

「けどお前、いきなり」

「何事もなかったならそれでよし。もし何かあったらそれが問題なんだから。電話待ち続けるよりよっぽど生産的でしょ。じゃ善は急げ！」

そう言って紗耶香は包み紙や空き箱が載ったトレーを持って立ち上がった。

「それに翔さんの職場って、ピザで有名だよね？」

満が呆れたような声を上げる。

「まさかお前」

「もし何もなかったらさ、夕飯時に自分を心配して訪ねてきてくれた弟の友達を多少なりとも気遣ってくれるよねえ？」

妖艶《ようえん》にすら思える紗耶香の声に秋人は思い出した。紗耶香は小柄で痩せっぽちの癖に、冗談みたいな大食いのグルメなのだ。

翔が勤めるレストランにやってくるのは秋人も初めてのことだった。時刻は夕食時。レストランの人気は大したもので客の行列ができていた。「これじゃピザは食えないな」と諦《あきら》め気味に零《こぼ》した満をよそに、紗耶香は人垣を掻《か》き分けて客の対応をしている若い女性のところまで猛進して、翔の名前を告げたのだ。

初めは忙しいから後にしてくれと言っていた女性も紗耶香のしつこさに負けて、裏口で待つようにと言ってくれた。ただの厄介払いかとも思ったがすぐにキッチンに向かって叫んでいる姿が見えたので、秋人達は大人しく待つことにした。

ビルの隙間の薄暗い路地に秋人達は立っていた。裏口からは壁越しでも喧噪《けんそう》と熱気が伝わってくる。なんとも都合の悪い時間に来たものだ。秋人も満もあまりの居心地の悪さに肩身を狭くしているが、紗耶香だけは何も気にしていないかのように普段通りだ。

十数分後、キッチンからやってきたのは翔ではなく肥満体型の髭面《ひげづら》の男だった。瞳は苛立《いらだ》たし気に輝いていて威圧感に満ちている。男が秋人達を見て言った。

「どいつが宮部の弟だ」

「俺です」

まじまじと秋人を睨みつけた男は吐き捨てるように言う。

「本当に宮部の弟か？　似てねえな」

「よく言われます」

「で、あいつは今どこにいやがるんだ。一発ぶん殴ってやらないと気が済まねえ」

「え。ここにいないんですか」

「あ？　いたら今すぐ殴ってクビだと伝えるわ」

「俺も兄貴と連絡が取れなくなってて。職場にならいるのかなって」

「んだよ。使えねえな」

無礼な言葉に苛立ちを隠せなくなる。そんな秋人の前に紗耶香が身を乗り出した。

「えっとお名前は？」

「安藤《あんどう》だ。ディナータイムで忙しいんだ。あいつの居場所分からねえならもう行くぞ」

「安藤さん」

紗耶香はその腕にしがみついた。胸元を押し付けるように潤んだ瞳で安藤を見上げる。

秋人と満はうんざりした表情で紗耶香の背中を見つめていた。

アレは紗耶香の十八番《おはこ》だ。美少女とまではいかなくとも十分な器量を備えた紗耶香は、自分の魅力とそこから生まれる効果を完全に理解し計算し運用する。おかげで学校の女子からはすこぶる評判が悪い。

「翔さんは悪い人じゃありません。私が小さい頃から知ってますけど立派なお兄さんです。ここでの仕事も尊敬する料理人の下で働けると自慢してましたし、仕事を放り投げるとは思えないんですよ。ね？」

紗耶香はさらに胸を押し付けた。安藤はだらしなく鼻の下を伸ばしている。

「何か事故か事件に巻き込まれたのかもしれません。だから教えてください。翔さんはいつ頃から仕事に来てなかったんですか」

「あー、一ヶ月くらい前からだ」

「その頃に変わったことはありました？」

「そういえばアイツなんだか寝不足だったたな」

「他には？」

「他には、とくには」

「そうですか。ありがとうございました！」

紗耶香はぱっと安藤から離れた。何か言いたげな表情の安藤に紗耶香は笑顔を向ける。

「本当に助かりました。翔さんが見つかったら必ず安藤さんに連絡するように伝えますね。それじゃお忙しいところありがとうございました！」

そう言った紗耶香に手を引かれて秋人達は路地を抜ける。去り際に見た安藤は、呆気《あっけ》にとられた表情のまま、その場に立ち尽くしていた。


翌日の日曜日、秋人達は家の近くの喫茶店にいた。紗耶香が申し訳なさそうに言う。

「秋人、昨日は病み上がりなのに遅くなっちゃってごめんね」

「別に大丈夫だよ。気にしないでくれ。それより、今日になっても兄貴から電話は来ない。昨日帰りに兄貴のアパートに行ったけど留守だったろ。今朝大家さんに電話してみたんだけど、ここ最近兄貴の姿は見てないってさ」

「そっか。心配だね。それで……えーっと、昨日のあの、おじさん」

「安藤さん」

「そう。その安藤さんの話では一ヶ月前くらいから翔さんは仕事に来なくなっていた。その頃には寝不足だったみたい。これって何かトラブルがあったってことかな」

「二週間くらい前にも電話で話したけどとくに何も言ってなかったな。いつも通り俺の相談に乗ってくれて、少し馬鹿話したくらいだよ」

「親父さん達には相談したのか」

「してない。したとしても兄貴とは絶縁してるんだ。捜そうともしないだろ」

「じゃあ警察に相談ってのは」

「難しいだろ。連絡取れなくなってまだ五日だし。事件が起きた訳じゃないんだから」

「そうなんだよね。まだ失踪《しっそう》と呼べるのかも分からない。仕事が嫌になって、どこかに旅行してるだけって可能性だってある」

「けど秋人は気になるんだろ。そうなるとどうやって翔さんを捜すんだ？」

「美世さんだ」秋人がぽつりと呟《つぶや》いた。

「翔さんの彼女か」

「少なくとも美世さんはあの電話の後に兄貴に会ってるはずだ。何か知ってるはずだ」

「漠然とした手掛かりだな。美世さんの家は知ってるのか。連絡先は？」

「分からない」

「じゃあどうやって捜すんだよ」

満がお手上げとばかりに肩をすくめた。それに競うように紗耶香が手を挙げる。

「私、見つけられそうな人知ってるかも」

「見つけられそうな人って、誰？」

「ウチの父親の知り合いなんだけど、少し前にちょっとした問題を抱えたことがあって、そのときに力を貸してくれた人達がいるんだ」

「問題って、いつの話だ。聞いた覚えないぞ」

「言ってなかったから」

満から向けられる訝《いぶか》し気な瞳《ひとみ》を気にすることもなく紗耶香はそう言った。

「とにかくその人達なら力になってくれるかもしれない」

そう言いながら早くも紗耶香は段取りを考えているようだ。

「当てになりそうなのはそれだけか」

二人とも消えた兄の件について真剣に考えてくれている。親に頼れない秋人にとってそれはすごくありがたかった。だが、それでも少なからず引っかかる部分もある。

「二人とも、これはウチの問題なんだから、そこまでしなくても。兄貴だってスマホを壊しただけですぐに連絡くれるかもしれないし」

そこまで言って二人の表情に気が付いた。呆《あき》れるような顔だ。

「今更何言ってんの。それでもいつもと違うから心配してるんでしょ」

「そうだぞ。ほっとける訳ないだろ」

「だけど高校生の俺達ができることなんてたかが知れてるし、勘当されてたって親父達に相談しなくちゃならないってことは俺も分かってるんだ。だから」

「いいよ、私も満も好きでやってるんだから。わざわざ止めることもないでしょ」

紗耶香はいつにも増して強引な態度だ。紗耶香は三人の中で最も肝が据わっている。誰よりも意志が強く、そして頑固だ。その真っすぐな瞳は自分の意志を決して曲げないという表明で、幼い頃から一度たりともその瞳に勝利したことはない。秋人は敗北を意味するため息をついた。

「分かったよ。ただし無茶はしないでくれよ」

紗耶香も満も笑顔で応える。きっと手段が見つかれば無理なんてものは簡単に通すだろう。経験則は秋人に諦《あきら》めに近い感情を覚えさせていた。

「とにかくその、ってに話してみるよ。それで秋人、体調は大丈夫なの？」

「ああ、大丈夫。というか忘れてた」

「変な百足《むかで》はまた見たりしてないよね？」

瞬間、あの薄気味悪い二つの笑顔が明滅する。

「見てない。同じ悪夢を繰り返し見るなんてこと、そうはないだろ」

秋人は無理やりに微笑んだ。だが紗耶香は先ほどの笑顔と打って変わって、心配そうな表情だった。

秋人達が翔の職場に行ってからすでに一週間が経っていた。その間も翔に何度も連絡を取ったがやはり反応はなかった。同じ高校に通う紗耶香も満も心配そうだったが、それ以上何ができる訳もなく時間がただ過ぎていくだけだった。

秋人は悶々《もんもん》とした気分のままで、両親に翔と連絡がつかないことを相談したものの、父はたかが一週間連絡が取れないくらいでは心配もせず、むしろ縁を切ったはずの翔と連絡を取っていた秋人を糾弾すらした。

あの夢の後、少しでも距離が縮まったと思っていた父の態度が秋人には理解できなかった。確かに成人男性が一週間かそこら連絡が取れなかったぐらいで騒ぎたてるのは神経質に過ぎるのかもしれない。だがそれでも秋人は父の顔が、言葉が、そして自分を殴りつけたその拳《こぶし》が、信じられなかった。

薄暗い気分の土曜日。スマートフォンに着信があった。画面には最上《もがみ》紗耶香の名前があった。

「もしもし。どうした？」

「このあいだの翔さんのこと解決できそうな、っての話覚えてる？　ようやく時間取れたから詳しい話が聞きたいって連絡があったの。いきなりだけど今から出かけられる？」

「マジか。もちろん行くよ。満は？」

「満は家の用事で行けそうにないって。じゃあこれからそっち行くから」

その雑居ビルは秋人達の住む槙島市の繁華街の裏通りにあった。目的地のオンボロビルを見上げた秋人は思わずため息をついた。バブル期に乱立された雑居ビルの内の一つなのか、補修されていない経年劣化が外壁に錆《さび》やひび、塗装剝《は》がれとなって表れている。

真っ黒な看板に何やら手書きで『旭泉《ひいずみ》……社』と記されているようだ。あまりの汚れに全ての文字を読むことができない。雑居ビルというよりは幽霊ビルとでも呼んだほうがしっくりくる荒れ具合は、普段ならばまず近寄ることすらないだろうと確信させる。

「紗耶香、本当にここなのか？」

「うん。まあ、見た目は最悪だよね。ハハ」

ビルに入ると古臭い建物特有の黴《かび》と埃《ほこり》の臭いが鼻につく。受付には誰もいない。

「すいませーん」

声を上げるが反応はない。

「今から行くって連絡したんだよな？」

「もちろん。けどあの人適当だからなあ」

「大丈夫なのかよ」

「多分。すいませーん」

もう一度、紗耶香がさっきよりも大きな声を張り上げた。すると奥からパタパタとスリッパで駆ける間抜けな音が響いてきた。

「はーいはいはい。いらっしゃいませー」

小柄で猫背の、少女にすら見えそうな若さの肌の白い女がやってきた。ブロンドに碧《あお》い瞳。そばかすの散った顔が秋人へとわざとらしい笑みを向けた。

「あー、えーっと、こんにちは」

「あ、はい。こんにちは」

秋人は返事をした。女は愛想笑いのまま秋人を見つめている。秋人としてもなんと言ったらいいか分からない空気にはまり込んでしまい、次の言葉が出てこない。数秒の沈黙の後、見かねた紗耶香が秋人の後ろから顔をのぞかせた。

「リズさん、お久しぶりです。なんていうか、相変わらずですね」

「ああ、紗耶香ちゃん！　あれ、じゃあメイさんが言ってたお客さんって」

「私と、この秋人です」

「そうだったんだ。メイさん説明しないから。困っちゃうなあ」

そう言いながらもリズと呼ばれた女は紗耶香に会えてずいぶんと嬉《うれ》しそうだ。

「で、この子が問題の？」

「そうなんです。それでメイさんは？」

「奥にいるけど、帰ってきたばかりで機嫌悪いかも。まあとにかくこちらへどうぞ」

そう言いながらリズは秋人達を奥へと案内した。その背中を眺めてから秋人は目線だけで紗耶香に「本当に大丈夫か？」と訴える。紗耶香は苦笑で応えた。

玄関口からは衝立《ついたて》があったので分からなかったが、一階は何かの事務所だったらしい。今は使われていないようで、リズは右手にあった階段から二階へと案内した。くの字に折れ曲がった階段を上るとそこには曇りガラスの扉があり、リズは小さな体に勢いをつけてその重そうな扉をどうにか開けた。ドアベルがカランカランと軽快な音を響かせる。

まず秋人の目に飛び込んできたのは『國《くに》』という漢字を崩したような大きな代紋だった。部屋の中央には二つの大きなソファーが背の低いガラスのテーブルを挟んで置かれていて、テーブルの真ん中には駄菓子が盛られたガラスのボウルがあった。ソファーの上では左目に黒い眼帯を付けたワイシャツ姿の大柄な女が寝息を立てている。

マジか。ヤクザの事務所じゃねえか。秋人は引きつった表情で紗耶香を見やる。紗耶香はわざとらしく何か思い出した表情になって、続けてくすくすと笑いだした。

「ああ、違う違う。ここヤクザの事務所じゃないよ。ヤクザが引き払った事務所を居抜きで使ってるだけ。そんな怖がらなくても大丈夫」

紗耶香と顔を見合わせたリズまで笑いだす。

「皆さん驚くんだよね。あの代紋、壁に埋まっちゃって取り外せないんだ」

紗耶香の悪戯《いたずら》めいた笑みに、秋人は気が付いた。紗耶香は引きつった秋人の顔を見て笑うためにあえて何も言わなかったのだ。してやられた秋人は、憮然《ぶぜん》とした表情で笑い収まらぬ幼馴染《おさななじみ》を睨《にら》みつけた。

「メイさーん、紗耶香ちゃん達きたよー」

リズが山彦《やまびこ》に呼びかけるようにソファーに寝そべる女に声をかける。

「メーイさーん。メイさんってばー」

リズが繰り返し呼びかけると、ようやくメイがゆっくりと起き上がった。

デカい。一六八センチの秋人どころか一八〇センチの満よりも明らかに背が高い。ぼさぼさな癖の強い黒髪も相まって迫力のある女だ。何よりもワイシャツの上からでも分かる盛り上がった筋肉は、身長と眼帯との相乗効果で威圧的な雰囲気を醸し出している。

そんな秋人の思いもよそに、メイはあくび混じりに言葉を吐く。

「あー。おはよう、リズ。それに紗耶香ちゃん。えっと、それと、君は誰だ？」

「さっき電話で話した幼馴染の秋人です」

「あーそういや話してたね。あー、うん、なるほどね」

そう言いながらメイはさらに大きなあくびをした。その様子にリズが言う。

「明け方まで飲んでるからそんなことになるんだ。二日酔いのまま仕事してダウンするとか。いい歳なんだからしっかりしてよ」

「うっさいなー。飲み行くのも仕事なんだよ」

メイは勢いよくソファーに腰を下ろした。

「リズ、お茶淹《い》れてよ。お茶っ葉がっつり入れた濃ーいやつ」

「はいはい」

リズは事務所の奥に消えていった。メイはまだ酒が残っているのか、頭を抱えている。

「えーっと、なんだっけ。紗耶香ちゃん？」

「この秋人のお兄さんが失踪《しっそう》してて、メイさんなら力になってくれるかと思って」

「あれ、そっち？」

メイが意外そうな顔で秋人を見つめた。秋人は鸚鵡《おうむ》返《がえ》しに言う。

「そっち？」

秋人を無視したまま紗耶香は言う。

「その話はあとでお願いしますよ。その前に翔さんの話を」

「失踪者捜索でしょ。そっちの話だと結局は金の話になっちゃうんだよね。一応ウチも表向きは探偵会社だから、それなりの人脈を使ってその翔さんを捜す訳で。やっぱ人数動かすから金掛かんのよ。今別件で人捜ししてっからすぐに対応するのも難しくてねぇ」

「けどメイさん、力になってくれるって」

「あたしが言ったのは彼本人の話。こっちの話なら優先してやらせてもらうよ」

「おい紗耶香、そっちだこっちだって一体何の話なんだよ。訳が分からないぞ」

思わず秋人は声を上げた。紗耶香は顔を俯《うつむ》けたまま黙っている。

「紗耶香ちゃん、言ってなかったのか。よくないぞ、そういうやり方は」

「けど、秋人すごく怯《おび》えてたから、できれば言いたくなくて」

「優しさってのは傷つけないって意味じゃあない」

「おい、紗耶香。一体何なんだって」

「はい、お茶ですよぉ」

緊迫しかかった空気を欠片《かけら》も気にしない、のんきな声を響かせながらリズが湯飲みを載せたお盆を持ってきた。手際がいいとは言い難い動きで湯飲みが並べられていく。並べ終えるとリズはメイの隣に座る。メイはさっそくお茶に手を伸ばして啜《すす》った。

「さんきゅ。……おお、いいねえ。これこないだ社長が持ってきたお茶っ葉？」

「うん。社長の故郷のお茶だって」

「いつも変なもん買ってくる癖に今回は当たりだな。で、リズ。どんな影が見える？」

メイが顎《あご》で秋人を指すと、リズははっきりとした声で言った。

「何かが巻き付いてる。蛇、じゃないな。これは、虫？　けど変な形だね」

心臓が腹にすとんと落ちたような息の詰まる感覚に秋人は一瞬、呼吸を忘れた。

「それが紗耶香ちゃんの言ってたヤツか」

茶で二日酔いが幾分かすっきりしたのか、メイは背を伸ばしながらそう言った。呼吸を取り戻すと同時に、秋人の脳裏にあの赤子の顔がついた百足《むかで》の姿が明滅した。

「いったい、あんた達」

秋人の言葉を遮るようにメイが言う。

「紗耶香ちゃん。この様子だとこの子に本当に何も言ってないだろ。かぁー、そりゃ男を駄目にするタイプの過保護だぞ」

「おい、一体何なんだよ！」

秋人は声を荒らげながら立ち上がった。あの日の恐怖が蘇《よみがえ》り、強く握った拳《こぶし》が震えている。その勢いで秋人の湯飲みが倒れて緑茶がガラスのテーブルに版図を広げていく。

「あぁ、タオルタオル！」

リズが慌てて席を立った。メイは動じることもなく真っすぐに秋人を見つめている。

「落ち着きな。秋人くん、だっけ。あたしは電話で紗耶香ちゃんから二つの話を聞いたんだ。一つは幼馴染の兄が失踪したこと。もう一つはその幼馴染が何かに取り憑《つ》かれているかもしれないって話」

「取り、憑かれてる？」

「そ。あんたには異形の痕跡《こんせき》がある。なんでか最近多いんだよなあ、この手の話が」

「あんた、馬鹿にしてんのか」

「まあ大抵の人間はそう言うよね」

睨み合うメイと秋人の視線を遮るように、リズが持ってきたタオルでテーブルを拭《ふ》き始めた。秋人の横に座る紗耶香が言う。

「メイさんが言ってることは本当だよ。私も昔からそういうの、なんとなく分かるから」

「はあ？」

「小さい頃からなんだけど、普通じゃないものの気配を感じることがよくあったの。それで父親経由でここにお願いして、そういうものがあるって教えてもらって」

「それがちょっとした問題ってやつか」

「そう。だから」

「馬っ鹿じゃねえの」

紗耶香の顔が歪《ゆが》む。秋人の胸には怒りが満ちていた。

「お前騙《だま》されてたんだよ。何が『何かに取り憑かれている』だよ。そりゃ不安なお前に付け込んだ詐欺に決まってるだろ」

「ハハ。一応あたしら、その手の依頼からは一銭ももらってないんだけどね」

メイはからからと笑う。リズはお茶を吸ったタオルをおたおたと洗面所に持っていく。

「これから仏壇か壺《つぼ》でも買わせるつもりだったんだろ。ふざけやがって」

「そんなもん買って済むなら楽な話だったんだけどねえ。ああ、ちなみにあたし達が言ってんのは幽霊とか心霊系のそれじゃない。どちらかというと妖怪《ようかい》とか未確認生物《UMA》に近い感じかな。ま、なんでもありの厄介な連中さ」

「ハッ。じゃあ夜空見上げてUFOでも呼ぶつもりかよ」

「ハハハ、ベントラーって？　若いのに渋いオカルト知ってるねえ。宇宙人は今んところは見たことないかな。それと悪いんだけど声落としてもらえる？　まだ頭痛《いて》えんだわ」

「ふざけんな。おい、紗耶香、帰るぞ」

「秋人、けど翔さんの件もあるし」

「こんな奴らに頼むことはない。親父に話してもっとちゃんとした連中に捜してもらう」

「ああ、だから頼むから声を」

「けど秋人の件は普通の人じゃ解決できないの」

「あれは俺が悪夢を見ただけだ。悪霊でも何でもない！」

「一応そういうのは『異形』って呼んでるんだけど。うわあ、ガンガン響く」

「お願い、秋人！」

「いいから帰るぞ!」

「だから声を」

「うるさい!」

瞬間、秋人の視界に灰色が広がる。それが事務所の天井の色だと気が付くと同時に、喉《のど》を締め付ける強烈な力を感じた。机の上に身を乗り出したメイから秋人の喉へと太い腕が伸びている。とっさにそれを引きはがそうとするが、首を絞める腕はびくともしない。紗耶香の絶叫が聞こえた。

「メイさん!」

「だ・か・ら。叫ぶな。落ち着いて話をしよう。な?」

メイは怒りを押し殺すような顔で微笑んだ。明確な威嚇に紗耶香は一瞬竦《すく》んだように思えたが、すぐさま秋人からその手を引きはがそうとメイにしがみついた。それでもメイはびくともしない。

「コラ、メイさん!」

甲高い怒声と共にリズがお盆でメイの後頭部を全力で殴打した。その途端、不動だったメイが大きく揺らぎ、秋人を離してそのままソファーの上に崩れるように腰を落とした。

「リズ。お前」

「めんどくさくなったらすぐに手を出すのやめなさいって、いつも言ってるでしょ!」

「分かった。分かったからやめてくれ。お前の甲高い声は頭蓋《ずがい》に響く」

そう言ってメイを見下ろしていたリズがむせる秋人に歩み寄る。

「ごめんねえ。メイさんすぐ手を出すから。しかも馬鹿力でしょ。昔は覆面女子レスラーなんてやってたもんだから、腕っぷしばっかり強くて。本当に、ごめんねえ」

「やめろ。余計なこと言うな」

頭を抱えるメイ。平謝りのリズ。秋人を心配して取り乱す紗耶香。秋人自身もむせる喉を止められない。事務所にはしばらく落ち着かない雰囲気が満ちていた。

数分後、秋人のむせ込みも止まり、場に気まずい沈黙が流れた後、ようやくメイが口を開いた。

「首絞めて悪かった。癖で、ついつい」

「ちゃんと謝りなさい」

「ごめんなさい」

先ほどまで自分を圧倒していた大女が、小動物のような女に叱られて頭を下げている。秋人はその様子に混乱しながらも落ち着いた口調で言った。

「俺も興奮しすぎました。それでもメイさん達の話はどうも信じられないんです」

「リズが言ったあんたの影の姿、悪夢で見たバケモンの通りだったろ。それが証拠だよ」

秋人は横で恨めし気にメイを睨《にら》みつけている紗耶香を見た。

「詳しいことは言ってない。ただ秋人が憑かれてるかもしれないって相談しただけ」

心配そうな表情を浮かべる紗耶香に限って、嘘を言っているとは思えなかった。それでもあまりに荒唐無稽《こうとうむけい》な話に理解が追いつかない。

「まあ皆初めはそんな感じだよ。とりあえず秋人が見たっていう悪夢の話を聞かせてくれよ。話すだけなら問題ないだろ。この件に関しては相談料を取らないからさ」

先ほどよりも落ち着いた場の雰囲気に背を押されるように、秋人は悪夢の中で見た双子百足についてゆっくりと語り始めた。


「いきなり窓から飛び込んできた、ねえ」

秋人は赤面した。あまりにも非現実的な内容を口にするうちに、自分が馬鹿になったような気がしたのだ。

「それで、もがいているうちに気を失って、気が付いたら病院にいた。と」

「それで首に縄で締め付けられたみたいな痕《あと》が残ってて。自殺を疑われて大変でしたよ」

「ふぅん」

メイは興味深そうに秋人の顔を覗《のぞ》き込んでいた。話を聞きながら何かを考えるように天井を見つめていたリズが、ふと思いついたように尋ねる。

「他には何か、なかったかな」

「何かって何ですか」

「何か。襲ったり縛ったりとかの攻撃的な行動だけじゃなくて、動物が人を襲うのとは違う、奇天烈《きてれつ》な行動。例えば何かに執着してたとか、秋人君の体の部位のどこかを好きでたまらない感じだったとか」

「何ですかそれ。そんなことなかったですよ」

「うーん」そう言ってリズは再び考え込んだ。交替するようにメイが話し始める。

「そういうバケモンをあたし達は『異形』って呼んでるんだけど、そいつらってなんでか知らないけど奇妙なこだわりみたいなもんを持ってんのよ」

「こだわりって。化け物の癖になんでそんな」

「さあね。幼い頃にトラウマでも抱えたんだか。とにかくそういうもんなの」

「訳分かんないですよ。そもそもそいつらは何なんですか」

「分からない。目撃例が少なすぎてね。あたし達とは全く違う法則で、確かに存在する異形ども。どんな性質でどれだけの数がいるのかはまるで分からない。あたし達だって知っていることは三つだけ。例外も多々あるんだけど大体は三つの法則に当てはまる」

「三つ？」

「一つ。彼らははっきりと観測されることを嫌う。存在を認識され、理解されて、行動を把握されることを忌避する。姿も性質も習性もバラバラな癖に何故だかそこだけは統一されていてね。だから認識のあやふやな場所を住処《すみか》にするんだ。誰も入らないような洞窟《どうくつ》、深い深い海。光の差し込まない森の奥」

「街灯の届かない生い茂った雑草の隙間とか」

「そうそう、そういうとこ。で、二つ。彼らは偏執を持つ。これがさっき言ったこだわりってやつね。それが何かの物体だったり、一個人だったり、一族だったり、あるいは何かの決まりきった作業や儀式、場所、単純な行動だったりもするんだけど、彼らは気に入った何かに執着し続ける。理由は知らないけど、何かが好きで好きでたまらないのさ。だからさっきリズは聞いたんだ。それが分かればある程度、その異形の動きも予測できるかもしれないから」

こだわり。あのときの衝撃的な記憶の中に何か靄《もや》のかかった部分があった。秋人は何とかして思い出そうとするが、とんと思い出せない。

「三つ。混沌《こんとん》を好む。混沌って分かる？」

唐突な質問に紗耶香が答えた。

「混乱が窮まったぐちゃぐちゃな状態、って感じですか」

「そんな感じ。じゃあそれはどういう場所だと思う？」

「えーっと、朝の山手線とか？」

「違う。あれは通勤電車っていう一つのルールに沿った過密状態でしかない」

紗耶香の不正解を聞いた秋人が呟《つぶや》いた。

「戦争、とか」

「そう。他には大規模なものでは災害、テロ、暴動の現場。小さいものでは殺し合いや自殺の現場。死や暴力の強烈な事象によって、その場を観測する人間の当たり前な認識が曖昧《あいまい》になる、常識《ルール》の崩壊した状態。彼らはそういう場所を好む。ほら災害現場なんかで幽霊を見た、とか妖怪《ようかい》を見た、とか普段ならあり得ない話を聞いたことない？」

そういう場所で奇妙な写真が撮られたり、不可思議なものが目撃されたりするオカルト話。言われてみれば聞いたことがあったかもしれない。

「あたし達が知ってるのはこの三つの共通点だけ。例外はあるけれど。その他の事は個体ごとにまるでバラバラ。共通性なんてあったもんじゃない。ぶん殴れる奴もいれば触ることもできない奴もいる。だからこの三つのルールに従ってあたし達は異形を調べるの。だから秋人に憑《つ》いたそれの正体を探るなら、その三つのルールに繋《つな》がりそうな情報を探るしかない。まあこのルールを全部ぶっちぎるようなやばいヤツもいる訳だけど」

「説明されると、ますますおかしな話ですね」

「大抵の人間は信じないおとぎ話だよ。なんでもありのファンタジーさ。だけどそういう信じられないあやふやな認識こそが奴らの住処。おとぎ話の法則性を探って正体を暴く。あたし達はそういう仕事をしてるんよ。で、何か思い出さない？」

三つのルール。異形と呼ばれる化け物達の法則。その住処とこだわりと好物。つい先日の夜の話だが、強烈すぎて記憶にひびが入ったかのように部分部分が抜け落ちている気がする。天井を見上げていたリズが首を傾けて秋人を見つめた。

「秋人君はその異形――わかりやすいように百足《むかで》って呼ぼうか、それにいきなり襲われた。死ぬかと思ったんだよね。だけどそこまで攻撃的な百足が何故か急に攻撃をやめて、気を失った秋人君を解放した。きっとそこに何かがあったんじゃないかな」

悍《おぞ》ましい記憶だ。秋人は知らず知らずのうちに両の拳《こぶし》を白くなるほどに強く握りしめていた。その右の拳の上に紗耶香の柔らかな手がそっと重なった。顔を上げると、いつものお姉ちゃんモードの顔が見たことのないくらい心配に満ちていて今にも泣きそうだ。申し訳なさと気恥ずかしさが混ざり合い、秋人は俯《うつむ》きながら尋ねる。

「その百足は、そんなにヤバい奴なんですか」

「さっきリズがあんたの影を見たじゃない。ああいうことができる人間はたまーにいんのよ。霊能力とか神通力とかそういう感じじゃなくて、ちょっと人より一部の感覚が過敏って感じなんだ。一応あたしも紗耶香ちゃんも少しはそういうのが見えるんだけど、リズは段違い。この子には多分、数千万人に一人の特別な才能があんの」

メイの言葉にリズはどこか恥ずかしそうに笑った。だが丸まった背中と意志の弱そうな瞳《ひとみ》のせいで、やはり卑屈な印象を抱いてしまう。

「んで。そういう人間に見える異形の影のようなものを便宜上『影』って呼んでんだけど、実際は残り香みたいなものなんよ。そしてあくまでも経験則なんだけど、影が濃いヤツほど厄介な傾向にあんの」

「俺の影は」秋人は恐る恐るリズの顔を窺《うかが》う。

「んー、怖がらせるつもりはないんだけど、結構濃いめだね」

「……あっさり言われても実感湧かないですね」

　そこで秋人はあることに気が付いた。できれば気づきたくもなかった、最悪な話だ。

「けど待ってくださいよ。紗耶香は俺に憑いてるって言いましたよね。それって」

「うん。百足が秋人君に接触したのは、何かしらの偏執があるからなんだと思う。だからきっと近いうちにまたやってくるはず」

　その日は涼しい陽気で、事務所内も不快ではない室温だ。だがリズの言葉を聞き、秋人の体にはどっと汗がふき出した。もちろんその理由は体調の悪化ではない。

「アレが、またやってくるんですか」

「その確率は高いと思う」

「どうにか、ならないんですか」

「実はこの会社、表向きは売れない探偵会社なんだけど、裏の業務は異形の情報を集めることなんだ。だからあんたの件もできる限りどうにかなるように協力してやるよ」

「ありがとうございます。けどなんでそんなこと」

「さあ。社長に聞いてくれ。あたし達も理由は知らない。儲《もう》け話にでもなるんじゃないかな。ああ、ただ条件としてこの件には紗耶香ちゃんにも協力してもらうよ。ここに三人もいるから実感しにくいだろうけど、影が見える才能ってのは本当に貴重なんだ。将来的にはウチで働いてもらいたいから、ちょっとした就業体験と思ってくれればいいよ」

　お使いでも頼むような気軽さでメイはそう言った。紗耶香は当然のように答える。

「もし外れろって言われても、無理やりついていきますよ」

「そ。ならよかった」

メイが微笑んでも紗耶香は真顔のままだ。

「で、これからどうすればいいんですか。アレが来るのを避けるにはどうしたら」

「百足がやってくるのを避けるのは無理だと思う。話を聞く限り、そいつはどこからかやってきて秋人に取り憑いた。恐らく何かの偏執を理由にまた現れるはず。だから今度はその法則を読み取れるようにがんばれ」

全身に巻き付いた、針の生えた荒縄のような感触を思い出して秋人は再び青ざめた。

「がんばれって言われても」

「というかそれしか方法がないんだよね。如何《いかん》せんあんたの話を聞いただけじゃあ百足の偏執も習性もまるで分からない。対抗手段を立てようもない」

「何かお祓《はら》いとか、魔よけとか」

「幽霊の類《たぐい》じゃないの。そういう宗教的な存在もいるのかもしれないけど、よく分からない百足相手に手あたり次第にいろんな宗教のお祓いを試しても、相当運がよくないと当たりは引けないと思うけどね」

「じゃあやっぱりアレを、もう一度」

脳裏に百足の二つの笑顔が明滅して甲高い笑い声が反響した。胸の奥から苦いものが溢《あふ》れ出しそうになり、口を押えてすんでのところで飲み下す。その様子を眺めながらメイが言う。

「とりあえず百足が来るのを待って、来たらまたそのときの話を聞かせてくれ」

紗耶香は心配に怒りを混ぜ合わせた表情だ。

「もしそのときに秋人に何かあったら、どうするんですか」

少し沈黙してからメイが言った。

「やむなし、だな」

「そんな無責任な」

「言っただろ。情報が少なすぎてどうにも対策ができないんだ。百足を遠ざけて情報が手に入れられない状況になるほうがマズい。対策なしで不意打ちを待ち続けるようなもんだからな。結局それしかないんだよ。堂々巡りの話はしたくないから、この件はこれでおしまい。秋人、がんばれよ」

メイは両手を合わせて乾いた音を鳴らした。

「それでだ。もう一つ、心配ごとがあるんだろ。秋人の兄貴の件だっけ」

だが秋人は己に降りかかった災難の重さに呆然《ぼうぜん》としていて、紗耶香もひどく歪《ゆが》んだ表情でテーブルの一点を見つめていた。メイはドスを利かせた声を上げる。

「オイ」

びくりと体を跳ねさせながら、ようやく秋人は反応を取り戻す。

「ああ、はい。えっと、うちの兄貴が十日ほど前から連絡取れなくなりまして、職場からもこの一ヶ月くらい姿を消しているみたいなんです。けどお金結構かかるんですよね？　この件については親父に相談してからじゃないと」

「あーいいっていいって。さっきはああ言ったけど、異形の調査代だって報告しとけば社長が経費でおっけーくれるから。ちょうど別の失踪《しっそう》者、捜してたとこだから、それと一緒に頼んじゃうよ。ほれ、フルネームと顔写真、それに身長と体重、特徴とか」

　メイはついでの用事を片付けるかのような軽さでそう言った。

「そんな適当でいいんですか」

「いいんだよ。ただでさえ訳の分かんないもんを追うのが仕事なんだから、訳の分かんない浪費が許されてるんだ。紗耶香ちゃんの紹介でここに来たからそう感じないかもしれないけど、こんな異形の案件なんてそうそう来るもんじゃない。だから社長はそれ系の案件にはいつも大盤振る舞いしてくれる。いらない心配してんじゃないよ」

「はあ」気の抜けた返事をした秋人は、兄の画像を開いたスマートフォンをリズに渡す。リズはさっそく部屋の隅にあるデスクへと持って行った。パソコンに画像を取り込むつもりなのだろう。秋人はメイからの質問に聞かれるがままに答え始めた。メイはリズから渡されたメモ帳に、質問の答えを汚い字で書き留めていく。

「兄貴の名前は宮部翔。二十四歳で都内のイタリア料理店で働いてます。身長は俺と同じくらい、その写真の頃よりも少し太ってると思います」

「髪型は変わってる？」

「同じような短髪のはずです」

「他には？　何か手掛かりになりそうな話は」

「兄貴の恋人がいるんですが、その人が何か知ってそうなんです」

「へえ、いいじゃん。名前とか勤め先は？」

「名前は川尻美世《かわじり》。年頃は兄貴と同じくらいで、勤め先はOLやってるとしか」

秋人がそう言うと、それまでなめらかに動いていたメイのペンが止まった。リズがカタカタと鳴らしていたキーボードのタイピング音までぴたりと止まっていた。

「今なんつった？」

「OLやってるとしか知らないって」

「違う。名前のほう」

「川尻美世です」

メモ帳に向いていたメイの視線が秋人に向く。その背後からはリズも顔を出している。

「偶然、じゃないよな」

「多分。何かしら関係あると思う」

その反応の意味が分からない秋人と紗耶香は、困惑した表情で二人を見返した。

「もしかして知ってるんですか」

リズが答える。

「知ってるも何も、私達が今捜している相手がその美世さんなんだよ」

秋人と紗耶香が事務所にやって来る一ヶ月半ほど前のとある日。

リズこと有逗絵里香《ありずえりか》は上機嫌だった。久方ぶりの異形案件で上々の成果を上げることができたのだ。

今回、大金星を上げたのはリズの力、即ち異形の影を見る力だった。メイはそれでもまだまだだと言っていたが、リズ自身には手ごたえがあって、ようやくこの不思議な仕事に慣れてきたんじゃないかと少なからず自信まで湧いてきた。気が付けば鼻歌混じりで、歩調はリズムを取っている。

メイは後始末で忙しく、打ち上げはまた後日らしい。今日は予定が丸々空いているから何か甘いものでも食べて帰ろうか。そんなことを考えながら歩いていると奇妙な光景が目に入った。

女が公園のベンチに座っている。長い黒髪にサツマイモ色のジャージ。平日の真っ昼間から缶ビールを飲んでいる。女自身の陰気も相まって、公園の真ん中だけ空気が奇妙に歪んでいるようだ。

それだけでも珍しい光景ではあったが、リズにはそれ以上のものが見えていた。女の右腕には影があった。小人のような何かがしがみついている。薄《う》っすらと透けてしまい

*

そうなそれは、明らかに異形の痕跡《こんせき》だった。

一仕事終えたこのタイミングでまさかの再びの異形の発見。しかもリズ一人でだ。とりあえずメイへ連絡しようとポケットに入っているスマートフォンに触れる。だが取り出そうとした手は握りこぶしに変わり、そのままポケットから引き抜かれた。

リズが今の会社に雇われてから二年になる。元々はリズ自身が異形案件の対象として、救われた縁で入った会社だ。四人しかいない会社で一番の新人で、先輩であるメイと組まされてからはその異形認知能力を買われ、主にメイの調査の補助的な、麻薬探知犬のように影を追う役割を担ってきた。

しかしもう三年目なのだ。いくらかの案件に携わってきて、今日また解決に貢献できた。そんな自分がいつまでもメイの陰に隠れていちゃ駄目じゃないか。そう思えてきたのだ。

つまり今日のリズのテンションはいつになく高かったのである。貴重な能力を持つ自分が積極的に仕事を回せるようになれば、メイも社長ももっと認めてくれるはずだ。リズは公園の女へと真っすぐに向かっていった。

「今日はいい天気ですね」

世間話のきっかけと言えばやはり天気だろう。そう思ったリズが発した言葉に対して芋ジャージの女は明らかに驚き戸惑っていた。

リズは公園に入って真っすぐにベンチに座り、いきなり声をかけるのもどうかと思って、しばらく予行練習してから満を持して話しかけた訳なのだが、それでも唐突に思われたのだろうか。リズは薄っすらと漂う失敗の予感を上書きするように女へと笑顔を向けた。

リズは笑顔が下手くそだった。メイ曰《いわ》く「お上品なフランス料理にインスタント麵《めん》のスープをぶちまけたような笑顔」らしい。リズにはいまいちそのたとえは理解できなかったが、好意的な評価でないことはなんとなく分かる。だがそれでも精一杯の友好を表現するには笑顔しかないだろう、リズはそう考えて微笑んだ。

結果、女の顔には更なる驚愕《きょうがく》が浮かび上がっていた。リズは思わず女から顔をそむけた。帰ってこない反応。さんさんと降り注ぐ日光の中で続く沈黙。熱を失っていくリズの脳裏に冷ややかな自覚が芽生える。ああ、そうか。自分は調子に乗っていたのだ。恥ずかしさと自己嫌悪が脳裏に跳ねて、リズがベンチからの逃走を準備したときだった。

「秋らしい、涼しくていい天気だよね」

思わぬ声が立ち上がろうとしたリズの足を止めた。横を向くと、女はなんともぎこちない笑顔でこちらを見つめていた。失敗を確信していた反動で、リズのテンションが再び跳ね上がる。満面の笑みを浮かべながら思いつくままに言葉を続ける。

「お酒、好きなんですか」

女は手に持ったビール缶を一瞥《いちべつ》してから答える。

「まあそれなりに」

「不躾《ぶしつけ》なんですけど、一本くれませんか」

リズとしては会話の苦手な己の口を少しでも軽くするための言葉で、本当に不躾だとは思ってもいない。困っていた女はいくらかの逡巡《しゅんじゅん》ののち、何かを諦《あきら》めるような表情と共に袋に入っていた一本をリズに差し出した。

リズは礼を言って遠慮なく、本当に遠慮の欠片《かけら》も見せずにビールを喉《のど》に流し込んだ。仕事終わりに青空の下で味わう冷たいビールの喉越しは最高だ。爽《さわ》やかな酔いが全身に行き渡るような感覚に、リズのテンションはさらに加速する。

「私、有逗絵里香っていいます。リズって呼んでください」

「あ、ああ。私は川尻美世。美世って呼んで」

「ごめんなさい。仕事がうまくいったもんだからつい気分良くて、話しかけちゃって」

「公園で一人酒飲んでる女に話しかけるって、なかなか度胸あるよね」

「なんかテンション上がっちゃってて。けど美世さんはなんでこんなところで？」

美世は野暮ったい自分の姿と行動を思い出したかのように頭を掻《か》いた。

「今日、急に仕事休んじゃってさ。今まで休日出勤することはあっても有給なんて取ったことなかったから、平日休みに何したらいいのか分からなくて。とりあえず外に出て、天気がよかったから、ちょっと飲んじゃおうかなって」

改めて振り返ると相当恥ずかしいらしい。リズは赤らんだ美世の顔へ喰《く》い気味に言う。

「分かりますよ。こう、天気いいとそういう気分にもなりますよね」

そう言いながら、リズはビールを飲もうと缶を傾けるが中身は空で、開けた口には何も落ちてこない。美世は吹き出しながら次のビールをリズに渡した。

それからリズと美世は雑談を続けた。美世は都内の会社に勤めるOLで、山形県の田舎から上京してきたらしい。同じく地方から上京してきたリズとは何とも話が合い、田舎のいいとこ悪いとこから東京の暮らしにくさなど、他愛のない話がいくらでも湧いてくる。リズは残りのビールがなくなったことに気づくと、公園の前にあるコンビニで追加の酒とつまみを買ってきた。

果たして真っ昼間から始まった女二人の酒盛りは大いに盛り上がった。砂場で子供を遊ばせる親達や、ゲートボールに勤《いそ》しむ老人達から何やら視線を感じないこともなかったが、リズはとくに気にしなかった。

リズの人生でここまで話の合う相手は初めてだった。自分と同じように社交性に難があると語る美世とはどうやら感性に近い部分が多いらしく、周波数が合っているかのように話が尽きない。会話は進む。酔いは回る。そしてコンビニに買い出しに行って四回目。美世が昨日体験した不思議な出来事に話題は移った。

「私の会社、最悪なんだ。事務やってるんだけど、所謂《いわゆる》ブラックで定時に帰れたことなんてないし。昨日も定時回った後に明日《あした》の会議資料作れって課長にねじ込まれて、家に帰ったのも日付変わるくらいだった」

「うわあ。そういうのって本当にあるんですね。私、絶対に勤められなさそう」

「絶対にお勧めしないね。それで、昨日へとへとで帰ったら彼氏から電話があったの」

彼氏。恋愛経験のないリズにとってはあまりに縁のない言葉だ。

「ここひと月くらいお互い忙しくて会ってなかったんだけど、別れようって言われたんだ。もう一年くらい付き合ってるのに、いきなり言われたもんだから私もテンパっちゃって。情けないけど泣きながら別れないでって言ったんだ。でも電話切られちゃって」

「それは、大変でしたね」

ああ、だからこんなところで。そんな言葉をリズは飲み込んだ。

「うん、まあ大変だったんだけど、けど話はそこからなの。疲れてるし気分最悪だし、それでもご飯食べなくちゃ、明日も仕事だし早く寝なくちゃって思って。ひどい振られ方したのにすごい社畜っぷりだよね。だけどビニール袋踏んで、転んじゃったんだ。ずどーん、って派手な音立てて。泣きっ面に蜂ってヤツ。もう最悪のさらに最悪って感じ」

美世はケラケラと笑うが、リズはその悲惨さを想像した。

「そりゃ、本当に」

涙ぐんでいるリズを見て、美世は少し嬉《うれ》しそうに微笑んだ。

「ありがと。だけどね、そのとき彼らがやってきたの」

「……彼ら？」

「そう。小人達」

美世の言葉にすっと酔いが醒《さ》めたような気がした。美世は続ける。

「派手に転んで、もう立ち上がる気力もなくて、真っ暗な天井見上げながら泣いてたの。子供みたいにかっこ悪くわんわんと。そしたらさ、天井の隅から何かがやってきたの。なんか、こう、掌《てのひら》サイズくらいの小さな人影が六、七人で手を繋《つな》いでくるくる回ってるの。ほら、白雪姫の七人の小人が踊ってる感じみたいに。それがさあ、すごく楽しそうで。なんか自分の境遇が切なくてさあ、つい言っちゃったんだ。手を伸ばして、助けて、って」

六、七人？　リズには美世の腕にしがみつく影は一体分しか見えない。だが美世に影について説明できる訳もなく、なんと言ったらいいのか分からずに口を開いたまま言葉が出ない。それを見た美世は自嘲《じちょう》気味に笑った。

「で、どうやら昨日はそのまま寝ちゃったらしくてさ。気が付いたら朝で。なんだか疲れも抜けてて、気分も晴れやかだったんだ。昨日の夜振られたばっかりだったのに不思議だったよ。で、ぼーっとしてたら遅刻確実の時間だったんだ。課長から電話がかかってきて。なんかめっちゃ怒ってたけど、どうでもよく思えて。休むって伝えて、昨日の別れ話でされたみたいに強引に電話切って、スマホの電源落としたんだ。けど、じゃあ何しようってこともなくてさ。こんな場所で酒飲んでた訳。なんだか変な話でしょ」

リズは異形の影響だと確信していた。美世の腕に見える影には、話と符合する点がある。何かの異常性の影響下にある可能性は高い。

「確かに、不思議な話ですね」

リズは躊躇《ちゅうちょ》していた。友人がほぼいないリズにとって、美世とのこの数時間の話は楽しくて仕方なかったのだ。偶発的に芽生えたそんな出会いに、無粋な仕事を交えることに少なくない抵抗を感じていた。

そんな心中の動揺が露骨に表情に出ていたのだろう。美世はやや話題選択に失敗したとでも思ったのか、またくだらない雑談を始めた。だが勢いの鈍った酒盛りは再び盛り上がることもなく、その数十分後、リズと美世は連絡先を交換して別れた。

「……マジで？」

旭泉探偵社の事務所で、リズは驚きに満ちた隻眼に見つめられていた。公園での奇妙な酒盛りの二日後、前の仕事の後始末を終えたメイに、リズは美世との接触について報告していた。

できるだけ詳細に伝えるべきだと思ったリズは、公園で見かけた美世の印象から、面白かった会話に青空の下で飲んだビールのおいしさまで、身振り手振りを交えてできる限り事細かにメイに語り尽くした。

リズとしては会心の仕事ぶりを情熱的に伝えたはずなのだが、メイはどこか戸惑うような表情だ。反応を待っていたリズに、メイは絞り出すように言葉を吐き出した。

「公園で話しかけて、酒を貰《もら》って、仲良くなった、と。なんつーか、あたしにはよく分からねえコミュニケーションだけど、まあ、うん。うまくいってるんだもんな。とにかくそのまま頼むよ」

「うん。任せて」

そういってリズは胸を張った。

「で、あんたの見込みじゃその小人はどんなもんなの？」

「影薄かったし、そこまで強い力はなさそうだけど。なんか妙な感じもするんだよね」

「妙って、どんな感じ？」

「小人の数が足りないような」

「ふぅん。異形に関してはあんたのそういう感覚、頼りになるからね。まあとりあえず調査続行だな。案件終えたばっかりなのに悪いけど、あんたは続けて接触を維持してて」

「もちろん。美世さんは友達になってくれそうだし」

「やけに楽しそうな理由はそれか。うん、じゃあちょうどいいや」

「ちょうどいい？」

「三人で飲みにでも行こうぜ」


リズと美世の初接触からひと月ほど経っていた。

『丈の庵《いおり》』と看板の掲げられたその小料理屋はメイの行きつけの一軒らしい。数十年の歴史がありそうな佇《たたず》まいではあるが、掃除が行き届いていて、どこか懐かしい雰囲気もある親しみやすい店だった。

「カンパーイ！」

いい店を見つけたから飲みに行こうと、リズが美世を誘ったこの飲み会。そこには『よく一緒に飲みに行く会社の先輩』であるメイも参加していた。調査対象者である美世へのメイの接触がこの飲み会の真の目的で、今後の調査の円滑化のための下準備でもある。

リズは美世に嘘をついているという意識に小さくない罪悪感を抱いてもいたが、メイの勢い溢《あふ》れる注文と、楽しそうな美世の姿に、いつの間にか後ろめたさは薄れていた。

「でさあ、その最悪な課長が会社に来なくなっちゃって。なんか家にも帰ってないみたいだし、ヤバいとこから金でも借りてたんじゃないかって、警察まで会社に来てさ」

この間はジャージ姿だった美世もこの日はまともな恰好《かっこう》だ。ワンピースにカーディガンを羽織り、耳には赤い月を模したようなイヤリングまで揺れていた。ただリズは美世の右腕にしがみつく小人が気になってしまう。小人の影は一体から三体へと増えていた。その影は公園で出会ったときよりも、明らかに濃くなっている。できる限り視線を送らないようにしながら会話を続ける。

「それってこないだ言ってた課長ですか？」

「そうそう。課長の家族には悪いけど、会社の雰囲気よくなっちゃってね」

「へぇ、リズからブラック勤めって聞いてたけど、今はそうでもないんだ？」

「前に比べれば天と地の差だよ。やっぱ仕事ってのは人で変わるもんだねぇ」

飲み会が始まって二時間以上が経っていた。初めはメイの威圧感ある外見に探り気味だった美世も、顔が赤くなる頃には饒舌《じょうぜつ》になっていた。

「それに上司が替わったせいなのか仕事もすごく楽になって。朝会社に行って気が付いたら仕事が終わってるようにすら感じるんだ。だから最近は平日にも気になってたお店に出かけたりして、すごく充実してて。お金あっても使う時間なかったからなあ、今まで」

「美世さんってどういうお店行くんですか？」

「ん、家の近くの個人でやってるような料理店に行ってみたりかな。今日のここもすごくいい。こういう独自の雰囲気を保っているようなお店が好きなんだよね。自分の価値を否定しないで伸ばしてるっていうか。なんだか励まされるんだ」

「いいなー。私もそういうの好きです」

「そうなの？　じゃあまたみんなで行こうよ。いい店知ってるから」

やや熱のこもった美世の言葉をピロン、という電子音が遮った。饒舌だった美世の口がぴたりと止まった。そして小さく呟《つぶや》く。

「あー、またかぁ」

明らかに落ちるテンションにメイとリズは顔を見合わせた。

「どしたん。何か連絡待ちだった？」

「ううん、こないださ、彼氏に振られたんだけど」

「そんな話、してましたね。なんか急に別れ話切り出されて振られたって」

「その元カレが、めっちゃ連絡してくるんだ」

美世はスマートフォンを二人に向けた。画面に映っていたのは翔という表記の人物からの一方的かつ大量のメッセージだった。そのどれもが「電話に出てくれ」や「一度でいいから話をさせてくれ」という懇願に近い言葉の羅列だった。

「え。けど美世さんが振られたんですよね？」

「そうなんだけどね」

「なんだそりゃ。振っておいて今更未練タラタラってか。どうしようもねえな」

「うーん、そうなんだけど。何かあったのかな」

メイとリズがいることを忘れたかのように、美世は真剣な眼差《まなざ》しで画面を見つめている。そんな美世を見てメイは呆《あき》れるように言った。

「オイオイ気にすんなよ、美世。そういう男はいるもんだって。酒とか疲れとかそういうもんに振り回されて大事なもんを自分勝手に捨てるタイプ。そういうヤツは勢い任せて同じこと繰り返すもんだ。悪いこと言わない。やめときな」

リズも頷《うなず》きだけでメイの言葉を肯定する。そんな様子を見て美世はくすくすと笑った。心底楽しそうなその様子に、メイもリズも再び顔を見合わせる。

「ああ、笑っちゃってごめんね。私、上京してから、いや故郷の田舎にいた頃から友達いなかったから、こういう話できる友達に憧《あこが》れててさ。なんか嬉しくなっちゃって」

そう言いながらも美世は笑い続ける。

「ああ、変なこと言ってごめん。話題変えよう。リズとメイって同じ会社に勤めてるんでしょ。普段、どういう仕事してるの？」

美世の言葉に、リズは救いを求めるように隣のメイを見た。先ほどまで楽しそうな表情だったメイが、何かを決断したような仕事の顔に変わりつつあった。メイもきっと美世のことを気に入っているのだ。きっと友達になれると思っている。だけど。

メイは少し息を吸ってから、皮肉めいた笑顔と共に話し始めた。

「人生はね、一度しか読めない本のようなものなんだ」

「うん？」

「何が書いてあるかはページを開くまでは分からない。そのページを開いても行を読むまで分からない。そういうもんでしょ？」

突然始まった不可解な話に美世は明らかに戸惑っていた。メイは続ける。

「けどね、そいつらは違う。すでに記されている物語にナイフで無理やりに文字を刻み込むような外法。人の本に強引に好みの文章を押し付ける迷惑な編纂《へんさん》者。本が破れようが汚れようがお構いなし。そういうものを調べるのがあたし達の仕事なんだ。ちょうどあんたの小人さんみたいなのを、ね」

メイは赤らんだ顔で言った。リズが公園で出会ってから美世との間に積み上げてきた心地よい何かが、テーブルの上にぽとりと落ちた気がした。

「一体、何を言ってるの？」

言外に美世が理解していることは明らかだ。左手は守るかのように右腕を抱えている。

「この子はね、そういうのが見えるの。ああ、霊感なんて胡散臭《うさんくさ》いもんじゃなくて一種のアレルギーみたいなもんなのかな。ええっと、どんな感じなんだっけ」

明るくそう言うメイとは対照的に、リズの心中は薄暗いものだった。

「気配を感じると毛先に電気が走ったような、チリチリとした感覚があるんです。そして近くで集中してみれば、薄《う》っすらとですけど影が見えるんですよ」

「それで、リズ？」

リズは悲しくて仕方なかった。それでも言葉を絞りだす。

「右腕の小人。増えてます。また彼らがやってきた、そうですよね？」

もう美世の顔に心地よい酔いは残っていなかった。

「リズ。メイにあんな冗談みたいな夢の話をしたの？」

「ち、違うんです。美世さん。それは夢なんかじゃない。私達とは違う何かなんです」

「リズとは、友達になれると思ってたのに」

悲しそうにそう呟いた美世を見てリズの胸が軋《きし》む。私だってそうです。美世さんと友達になれると思って嬉しかったんです。そんな思いは言葉にはならない。あまりにも白々しいことはリズにも分かっていた。

「それで、私をどうしようっていうの？」

「とりあえずそれについて調べたい。それがやってきてから美世の生活は良くなっただろ。それが増えてるってことは、恐らくはリズと出会ったときよりも、さらに」

美世の表情がますます硬くなる。

「だとしてもそのおかげで生活が良くなってるならいいじゃない」

「物事にはプラスだけってことはない。彼らは自分達の取り分を確実に取り立てる」

脅しのようなメイの言葉に、美世は声を荒らげる。

「そんな馬鹿な話。ふざけないでよ!」

怒りのこもった美世の声に一瞬店内が静まり返った。が、すぐにまた先ほどまでのにぎやかなざわめきが満ちる。そんな音のさざ波に負けそうな小さな声で、リズがポツリと呟いた。

「それでも美世さんは美世さんなんです。小人達に、自分を奪われないで」

リズの言葉に、美世の顔がひどく悲しそうに歪《ゆが》んだ。リズは自分が美世の信頼を裏切ったのだと確信せざるを得なかった。

それからのリズのへこみようは何とも無様なものだった。

あれから美世に何度も連絡はした。電話はもちろんLINEも複数回送っている。だが結果は着信拒否に未読無視だった。思い返す度にリズの目には涙が溜《た》まってしまう。きっと自分はどこかで間違えたのだろう。せっかく友達ができると思ったのに。きっと美世も自分と同じように思ってくれていたのに。悲しくて仕方なかった。美世に話しかけた理由は仕事がきっかけだったが、今はそんなこともどうでもいいとすら思えていた。

飲み会から四日経っていた。仕事を終えた夜のことである。リズは落ち込んだ気分のままにベッドに倒れ込む。胸の中に渦巻く感情と思考がぐちゃぐちゃに絡み合って、押しつぶされるような気分にリズは唸《うな》り声を上げる。

そのときリズのスマートフォンから軽快な音楽が鳴り響いた。リズはベッドから飛び上がり、机の上のスマートフォンに飛びついた。画面には川尻美世の表示。着信だった。

「も、もしもしもし？」

返事はない。美世のものと思わしき吐息のリズムと、何かが引っかかるようなガン、ガンと続く音が聞こえる。

「美世さん。おーい、美世さん？」

何かの誤作動で電話がかかってしまっただけなのだろうか。そう思うと着信に縋《すが》りつく自分がひどく情けなく思えた。少しの沈黙。スピーカーの向こうから聞こえる音に変化はない。リズが諦《あきら》めて電話を切ろうとすると、ガチャリ、と何かが閉まる音がした。

「リズ、助けて！」

突然の要請。電話を切ろうとしていたリズは困惑してしまう。

「美世さん、え？　あっと、こないだは」

「家に帰ったら翔がいるの！」

美世の声の向こうでは、先ほどよりも激しく何かを殴りつけるような音が繰り返されている。合間には獣のような低い唸り声が響いていた。

「翔って。振られた彼氏？」

「そう。連絡無視してたら、アパートの前で待ち伏せされてたの。それで、訳分かんないこと言いながら」

轟音《ごうおん》。轟音。轟音。

「鍵《かぎ》までは閉められなかった。チェーンだけじゃ扉なんかすぐ破られる！　ねえどうしよう。翔なんだよ！」

美世自身相当に混乱しているようだった。電話口のリズですら、スピーカーから溢《あふ》れる逼迫《ひっぱく》感に飲み込まれそうになる。

「と、と、とりあえず落ち着いて。警察、呼べる？　それともこっちで呼ぼうか？」

「駄目。警察は絶対駄目」

「だ、だけど」

恐らくは扉を全力で蹴《け》りつけるような音。続いて初めて聞く男の声が響いた。

「何故だ、美世。開けてくれ。頼む。一言だけでも。俺は、君のために。だからせめて！」

その声だけでも男がまともな精神状態ではないと確信できた。

「やっぱり警察」

「駄目。翔、すごく辛《つら》そうなの。数ヶ月前とは比べ物にならないくらいやつれてて、ボロボロで、見てられない。駄目だよ、警察なんて」

明らかに今、美世は襲われている。怯《おび》えている。なのにその言葉にはまるでその加害者を心配するような響きがある。リズはどうしたらいいか分からずに言葉が詰まる。すると一際大きな轟音と共に金属が引きちぎれる甲高い音が鳴った。美世の情けない悲鳴。そして男の声が大きくなる。

「美世ぉぉぉぉ」

呼気が激しくなる。悲鳴。リズは叫ぶ。

「美世さん。美世さん？　大丈夫？」

男女がもつれ合う悲鳴。言葉にならない声。一瞬の間を置いて男の悲鳴が響いた。リズは呼びかけ続ける。バタバタと騒々しい音が続いてようやく美世の声が聞こえた。

「転んじゃって、足摑《つか》まれたから、顔蹴っちゃった。翔、すごく苦しんでる。どうしよう。翔死んじゃうのかな。ああ、やだあ」

「美世さんは、怪我は大丈夫なの？」

「ああ、ごめんなさいごめんなさいごめんなさい。翔怒ってる。せっかく私を幸せにしてくれるはずだったのに。ごめんなさあああい」

「美世さん、すぐにそっちに行くから。がんばって」

「お母さんごめんなさい。分かんなかったよう。なんで死んじゃったの。なんで笑ってたの。私馬鹿だから。普通の子みたいにできないから。やだやだやだやだ」

明らかに錯乱している美世の声。再び轟音と悲鳴が重なる。男の声。

「美世、なんでだ。俺は君を選んだのに！」

悲鳴。ガラスが割れるような音。美世のかすれるような声。

「お願い、助けて」

暴れまわる騒音の合間に、はしゃぐ子供のような甲高い声が聞こえたような気がした。

＊

メイとリズが美世と接触していたなんて。しかも行方を追っていた兄が恋人を襲っていたなんて。二人の話に秋人は驚きを隠すことができない。いつだって頼りがいのある、優しい兄が、まさかそんなことを。驚愕《きょうがく》に思考が跳ねまわり、秋人は一時的に百足《むかで》のことすら忘れて絶句していた。

そんな秋人の様子を見て、メイは大きく声を張り上げた。テーブルの上にはリズが持ってきた美世と翔の写真と、それぞれの体格や職場についての詳細な情報の書かれた紙が置かれていた。

「よーし話を整理しようか。まずあたし達の話から。ひと月ほど前、リズが公園で影が憑《つ》いている女を発見した。平日の昼間から公園で酒を飲んでたおかしな女は川尻美世。

前の仕事を片付けてテンションが高かったリズはその勢いで美世との接触に成功、連絡先を手に入れた。コミュ障のリズにしちゃあ大戦果とも言える。よくやった」

リズは馬鹿にされているのか褒められているのか判断が付かないようで複雑な顔をしている。

「リズはそこから交流を開始した。重ねて言うが、コイツは少々社交性に難がある。美世との交流も円滑と呼ぶには程遠いものだと思えたが、意外や意外。ウマは合っていたみたいだ。関係性が断絶するどころか、良好な関係を築けていたなんて驚きだった」

リズはテーブルにこうべを垂れながら言う。

「私は普通に友達になりたかったんだけどなあ」

「んで。リズにはそのまま接触を継続させながらしばらく様子を見ることにした。そんなこんなで、最近のことだ。ブラック企業だった美世の職場の労働環境が改善されて、時間が取れるようになってきたらしい。だもんで今度は美世と直で接触することにした。あたしとリズの二人でね」

「それからわざわざ美世さんと飲むための下見だなんだと理由つけながら、毎晩飲み歩いてたんだよね。対象を警戒させない場所を探すためだとかなんとか適当なこと言って。全部経費で。結局行きつけの店に行ったくせに。社長もザルだけど、そこまで遠慮しないメイさんもメイさんだよね」

「それでつい先日、あたしとリズと美世の三人で飲んだ。結果はさっき話した通り。異形についての話になると美世が過剰に反応して、調査への協力要請は失敗した。恐らくあの小人は対象者に恩恵を与えるタイプで、ブラック企業勤めの美世の生活が顕著に改善されているあたりそこに間違いはないと思う。それだけなら問題はないんだけど、ああいう加護型《ギフト》の異形対象者はプラス面にこだわるあまりに、それに依存してしまう傾向がある。必ず取り立てられるマイナス面について考えようとしなくなる。まあそれでも名前とどんな職場かも調べはついていたから、とくに引き留めもしなかった訳だけれども」

リズは飲み会を思い出してまたへこんでいるようで、情けない唸り声が漏れている。

「都内の建築会社『菱狩建設《ひしがりけんせつ》』槙島支社に勤める二三歳の事務職員。配偶者なし。前科なし。槙島市のアパート『セジュ28』の201号室に居住。実家は山形の港町らしい。自分のことを会社の人間に話すこともなかったし、特別な友人もいないようだ」

「私はなー。普通に友達になりたかったんだけどなー」

「まあ住処《ヤサ》押さえてる訳だし、何か搦《から》め手でも考えようかなあと思ってたところで予想外の事態が発生した。突如リズに電話があったんだ。しかも元彼に襲われてるっぽい。あたしとリズは車を回して美世んちに急行した。しかし、そこでまたおかしなことになってたんだ」

「おかしなこと？」

「普通に美世が出てきたんだよ」

秋人は額に皺《しわ》を寄せながら言う。

「いや、兄貴らしき男に襲われてたんですよね？」

「そのはずだった。慌てて駆け付けたあたし達はノックしまくって美世を呼んで、やっぱ警察呼ばないとダメかと思ってたんだ。そしたら普通にドアが開いて、美世が立ってたんだよ。見た目は別に変わりなくて、服装も乱れてるとまでは言うほどのものじゃなかった。あたしらも下手すりゃ殺人事件でも起きてるかと思ってたからさあ。驚いて固まっちゃって。しかもそんなあたしらを見て言うんだよ。『何か用ですか』って」

「それは、面食らいますよね」

「な。それであたしらも大丈夫かとか何だとか聞いてたんだけど、アイツは至って冷静で無表情なままで、『なんで住所知ってるんですか』『怖いんで帰ってくれますか』とか繰り返すんだ。しかも目の前で携帯出して警察呼ぼうとするし。後ろで誰かに脅されてるようにも思えなかったから、まあとりあえず身の危険はないだろうってそのまま帰った訳だ。まったく大失態だよな。よくよく考えれば明らかに美世の様子はおかしかった。もしかしたら異形の異常性の影響下にあったかもしれないのに。そのときはどうにも狐につままれたような気分だったんだ」

「それで、それっきりなんですか？」

メイは恥じるように瞳《ひとみ》を歪《ゆが》ませていた。

「ああ。それから簡単な監視を外注に頼んでたんだけど、その数日後から、家にも帰ってないし職場にも出勤してないらしいって報告があった。メーターも動いてないし、どうやらどっかに行っちまったみたいなんだ。せっかく見つけた対象が失踪《しっそう》しちまったもんだから、あたしらもあの手この手で捜し回ってたんだよ」

「私は、ただ、美世さんに謝りたくて」

額を机に擦り付けるような姿勢でリズはそう呟《つぶや》いた。メイは仕方ないなあ、というような視線を向けてから秋人に尋ねる。

「しかし、まさか美世の件があんたらに関係あるたぁ想像もしてなかった」

「俺達だってびっくりですよ」

「それで兄貴の状況は？」

「部屋には長い間帰っていないみたいです」

「ん？　けど十日くらい前に兄貴とは電話してたんだろ。連絡はよく取ってたのか？」

「ええ。その前はその二週間くらい前だったかな」

「あ、けどあの先週話を聞いたレストランのおじさん、一ヶ月くらい前から急に翔さんが店に来なくなったって言ってたよね？」

「ああ、言ってた言ってた」

「んん？　リズ、初めて美世に会ったのはちょうど一ヶ月くらい前だったよね」

「んー、正確には一ヶ月ちょっと前くらい、かな」

「確か飲み屋で話してたとき、美世は彼氏に急に振られたって言ってたよね。それもその頃って言ってなかった？」

「っていうか、私と初めて会った日の前日だった気がする」

「けどなんか変ですよ。兄貴、美世さんのこと大好きだったのに、急に別れたどころか美世さんを襲っただなんて、信じられないです」

「男と女の話なんて道理が通らねえことのほうが多いもんだけど、それには同意だね。今から一ヶ月少々前に、何かの理由があって彼女も仕事も捨てたんだと思う。さらにその後に翔が美世を襲ったのも何か理由があったんじゃないか。で、それに関してはあたしとリズには思い当たる節がある」

「小人、だね」

「そ。ただしそれがどんな影響でそんな状況を導いたのか、まだ見当もつかない。なあ秋人、それ以前に何か翔の周囲で変わったことがあったかは聞いてない？」

「変なこと、ですか。あ。そういえば兄貴の兄貴分っていうか、レストランの仕事に引っ張ってくれた先輩が事故にあったって話してました。それにこのあいだ電話したときには兄貴の親友が亡くなったって話も」

　メイが鋭い視線を秋人に向けた。

「それが全くの偶然だっていう可能性は考えないとして、短期間にごく身近な人間に不幸が重なっていたってことか」

　メイが右手の人差し指と中指をコンパスのように開いて美世と翔の写真の上にとん、と置いた。じっと二人の顔を見つめながらメイは黙り込んでしまった。紗耶香が二人の写真を見下ろしながら質問する。

「それで、これからどうするつもりなんですか」

「この写真をいつも使う情報屋に流してみる。どこかで目撃情報が拾えるかもしれない。もしかしたら事情あっての恋人同士の逃避行の可能性もあるし」

「手掛かりもないのに捜せるんですか」

「一応ウチも探偵社だから。プロのネットワークと仕事ってのは頼りになるもんなんよ」

「それで美世さんを見つけられれば、お兄さんの手掛かりもきっと見つかるよ」

リズは下手くそに微笑んだ。相も変わらず卑屈な印象は拭《ぬぐ》えないが、その意味に気付いて秋人は思わず微笑み返した。下手くそながらも励まそうとしてくれているのだ。

「ま、他にも役に立ちそうなとこあたってみるから。結果が出るまでは待つしかないってことで、今日は解散。秋人は百足《むかで》がやってきたらどうにかして、あたし達に報告すること。さ、忙しくなるぞ！」

メイは手を鳴らして立ち上がった。恐らくは帰れという意味なんだろう。

「それじゃあ、お願いします」

秋人がそう言いながら頭を下げたが、メイは背を向けていて返事もしなかった。もう興味が秋人から翔と美世の調査に移ってしまったんだろう。リズだけが二人を見送ってくれた。

「なんていうか、強烈な数時間だったな」

「ハハ。あたしも初めてのときは色々と強烈で、終わった後はぐったりしちゃった」

外に出ると陽は落ちかかっていた。真っ赤な西陽に街は燃えるような朱に染まってい
る。最寄りのバス停から二人は並んで帰り道を歩いていた。あの雑居ビルで話したこと
はあまりに非現実的すぎて、まるで白昼夢を見たかのようだ。

行きよりもゆっくりと帰り道を進み、紗耶香の家についた頃にはすっかり陽が落ちて
いた。紗耶香が玄関を開ける前に振り返る。

「送ってくれてありがと。それで秋人は大丈夫なの？」

「正直怖いけど、やれるだけやってみるよ」

不思議と昼間ほどの恐怖は湧いてこなかった。だがふと百足のあの顔を思い出すと、
胸の鼓動は速くなる。そんな秋人を見つめていた紗耶香が言う。

「ならウチ来る？　秋人んちに帰らなければアレも出てこないかもしれないし」

「ありがと。けど親も心配するから。ださいけどしばらく親の部屋で寝かせてもらうよ」

「そっか。分かった。気を付けてね」

紗耶香は少し残念そうにそう言った。

秋人は一人、住宅街の夜道を進む。紗耶香の家は秋人の家のすぐ近所で、歩いて十分
もかからない。そのわずかな時間の中で今日あったことを考えていた。

異形。百足。美世さん。小人。兄貴。

思いもよらない点と点が繋《つな》がって、奇妙な世界に迷い込んだような気分だった。あんな荒唐無稽《こうとうむけい》な話を信じるつもりなんてなかったのに、気が付けばごく自然に受け入れていた。今では疑う気持ちすら湧いてこない。何とも不思議な感覚だった。

家の明かりが見えてきた。どこにでもある中流階級らしい平凡な家。その向こうにはあの雑草の生い茂った空き地がある。できることなら視界にも入れたくないと思ったその時だった。

ザザザザザザザ。

全身の筋肉がガラスに変わってしまったような感覚に陥って、玄関を開けようとした手を止めた。覚悟していたはずなのに一歩も動くことができない。動いてしまえば恐怖で全身が粉々に砕けてしまいそうだ。さざ波のような奇妙な音。忘れられる訳はない。それは窓辺から聞いた、あの忌々《いまいま》しい音と同じだったからだ。

頼む。勘違いであってくれ。そんな祈りは無駄であることを秋人は直ちに理解した。門の向こうから己に向かって飛び立つ、あの百足の姿が眼前に広がっていたからだ。

巨大な百足の体の両端に、大人の頭部と同じ大きさの赤子の顔。その全ては真珠のような白で、二つの赤子の顔には歓喜に満ちたような笑みが張り付いていた。

百足は秋人の全身に巻き付いて全く動けないほどに強力に締め上げる。秋人は真っすぐな姿勢のまま倒れ込み、玄関前の石畳に叩《たた》きつけられる。悲鳴を上げようとしても口にも巻き付く百足の体が許さない。百足の幾百もの脚が、全身を針でつつくような痒《かゆ》みと痛みを伴う感覚を味わわせる。あのときの記憶と現在の状況が秋人の脳の中で混ざり合い、反応して炸裂《さくれつ》する。反響し合う恐怖の大波は頭蓋《ずがい》を吹き飛ばすかと思えるほどの威力だった。

父さん。母さん。誰でもいい。誰か。なんでもいいから助けてくれ！

一度は落ち着いていたはずの恐怖はより激しく燃え上がり、秋人の理性は消失した。残っていたのは原始的な恐怖と生存への欲求だけだ。

怖い！　怖い！　怖い！　死にたくない！

夢などではない圧倒的な力による拘束と、とても現実とは思えない恐怖。抵抗は絶対的な百足の力に完全に封じられていた。だがそんなことも理解できずに指先だけが死にかけた蜘蛛《くも》の狂乱のように蠢《うごめ》いていた。そんな十の指が突然にぴたりと止まった。

ふと締め付けが緩んだ。この窮地から逃れようと、秋人は寝ころんだ姿勢のままで本能的に両腕を百足の締め付けから引き抜いた。次の瞬間、再び胴体が身動きとれぬほどに締め付けられる。自由になった両腕でどうにか引きはがそうとするが、当然のように百足はびくともしない。地面を這《は》って逃げようとしても一センチも進んでいる気がしない。諦《あきら》めきれずに出鱈目《でたらめ》に振るう両腕に違和感があった。いつの間にかその両手にあるはずのないものが現れたからだ。

右手には通学鞄《かばん》に付けていたはずのストラップが握られていた。それは高校受験の際に満と紗耶香の三人で同じ高校に行けるようにと、年越しの神社で買った木彫りのだるまがついたストラップだ。無事高校に入学した後も、思い出の品として大学入学の時まで持っていようと三人で決めたのだ。今日は通学鞄は二階の自分の部屋に置いてあるはずだった。

左手には携帯電話が握られていた。折り畳み式のガラパゴス携帯だ。折り畳まれた接続部分が黒く汚れている。

「「べえ、びょっぢ」」

二つの顔が同時に鼓膜を破りそうな甲高く不愉快な声を上げた。相変わらず何を言っているのか分からない。百足のどちらの顔もその言葉が余程好きなのか、歓喜の表情で全身の針のような脚を悶《もだ》えさせている。

「「べえ、びょっぢ」」

口のまわりを数十匹の甲虫が這い廻《まわ》るような感触が連なる。目は塞《ふさ》がれていないので、秋人は二つの笑顔を至近距離で見せつけられていた。目の前の恐怖は、秋人の精神の許容量を遥《はる》かに凌駕《りょうが》していた。

全ての思考が吹き飛び、空っぽになった秋人の脳内にこれまでの人生が思い起こされる。母の笑顔から始まった刹那《せつな》の旅は、家族と幼馴染《おさななじみ》を中心とした生活を俯瞰《ふかん》しながら飛び越える。一六年の記憶の終着地は、その中でも群を抜いて奇妙な十日ほどの記憶だった。

(兄貴、ごめん。見つけられなくて、ごめん)

その瞬間、全身を金属の型にはめられたような絶対の拘束が緩んだ。だが思考が空白状態にある秋人は石畳に倒れ込んだままの姿勢で、目の前で何かを言い合う赤子達を呆《ぼう》然《ぜん》と眺めていた。前回と同じく片方が何かを勝ち誇るかのように捲《まく》し立て、もう片方は泣きそうな顔でそれに耐えていた。秋人の意識にゆっくりと帳《とばり》が降りた。

病室には秋人一人だった。病室に通されたメイは開口一番に言う。

「おう、生きてて何よりだ秋人」

病室の扉の開閉音にすら怯《おび》えていた秋人は、自身の様子が目に入らないかのような粗雑な物言いに微《かす》かに呆気《あっけ》にとられていた。そんなメイの後ろから紗耶香とリズが現れた。

「秋人、大丈夫なの」

紗耶香は心配そうな表情だった。リズはどんな表情をしたらいいのか分からないようで、あの下手くそな作り笑顔で様子を窺《うかが》っていた。

「まっさか昨日のうちにやってくるたぁ予想外だったな。で、どうだった？」

遠慮のないメイの言葉に紗耶香が嚙《か》みついた。

「メイさん！　少し待ってくださいよ」

「んだよ、紗耶香ちゃん。怒んなって」

「メイさんは一般的な気遣いが足りないんだよなあ」

メイは肩を竦《すく》めた。

「秋人、ゆっくりでいいからね」

紗耶香の気遣いに頷《うなず》きながらも秋人の視線は常に揺らぎ続けていた。窓や入口、部屋の隅や天井、どこもかしこも気になって仕方ない。両手は握って開いてを繰り返してしまう。無意識に何かを握りしめていないか、自分の掌《てのひら》を信じることができない。紗耶香は何度も心配の言葉をかけてくれるが、それは自分の姿が余程ひどいことの証明だろう。せっかく三人が見舞いに来てくれたにもかかわらず、いつの間にか部屋には沈黙が広がっていた。

「なー、そろそろいいよな」

病室に満ちる遠慮がちな空気に嫌気の差したメイが気だるそうにそう言った。

「そろそろ昨日何があったか教えてくれよ。あたしゃ気になって仕方ないんだ」

紗耶香が声を上げる。

「メイさん！」

「ここで心配そうな顔してコイツの奇行を眺めるだけだってんならあたしは帰るよ。それに秋人だってあたしに心配そうな顔されたかないだろ」

「けど、こんな弱ってるのに」

「だからって前に進まなきゃ解決はしない」

メイと紗耶香が秋人を挟んで睨《にら》み合った。その様子に秋人が震える声を上げる。

「い、いいんだ、紗耶香。すぐに連絡したかったのにスマホを取り上げられて、時間が経っちまったんだ。俺としても、メイさん達の意見が聞きたい」

メイは得意げな表情で紗耶香に微笑んだ。紗耶香は真顔で応《こた》える。

「じゃあ頼むよ。百足《むかで》がやってきたところからで。ゆっくりでいいから」

秋人はその言葉の通りにゆっくりと語った。時折、思い出した恐怖に耐えられなくなり、用意されていた袋に吐いて黄色い胃液が口から糸を引いていた。

「へぇ。今回はよく覚えてたんだな」

メイが興味深そうにそう言った。

「頭ん中真っ白だった、んですけど。自分でも不思議なくらいはっきり記憶は残ってて」

喉《のど》の奥から苦いものが込み上げる。紗耶香がベッドの端に座りながら嘔吐《おうと》用の袋を取り出したが、秋人はそれを片手で静止しながらどうにか飲み下した。

「それで、思い出したんです。前回、同じように、お守りと、ペンを握ってたって」

「お守りって？」

「兄貴が買ってくれた、棚の奥にしまってあったやつです。ペンは親父がゴミ袋に突っ込んでて、どっちも襲われながら摑《つか》むはずのないものです」

「で、それはどうなったん？」

「お守りは、消えてました。ペンだけが残ってて。今回も、片方だけ残ってました」

秋人は布団の下に隠してあった折り畳み式の携帯を取り出した。

「これ、兄貴の携帯、なんですよ」

「は？　だってあんたの兄貴は」

「そうなんです。何故か失踪《しっそう》中の、兄貴の携帯が俺の手の中にあったんですよ。それに、今まで何を言われてたか、分からなかったんですけど、病室で考えてたら、分かっちゃったんです」

「分かったって何が」

秋人の脳内で双子が微笑み、鼓膜を揺らすような声が響く。べぇ、びょっぢ。

「ねえ、どっち。です」

「どっち？」

「アイツらは俺に、選ばせてたんです」

なるほどねぇ。そう言ってからメイは病室の中で考え込んでしまった。

「けど秋人君無事で、よかったよ」

リズが口を開くが誰も何も応えない。これといった話題も思いつかないようでリズはパクパクと口を開閉させながら黙ってしまった。ふと思い出して秋人は言う。

「そういえば満は？　てっきり一緒に来るかと思ってたんだけど」

「満は、しばらく来られないって」

「何かあったのか」

「ううん。別に大したことないよ。けど、ちょっと色々あって来られないって」

そう言って紗耶香はにっこりと笑った。だがもう十年以上の付き合いなのだ。秋人の憔悴《しょうすい》しきった頭でも、その笑顔が嘘であることは理解できた。満に何かあったのか。秋人が言葉を紡ごうとするところでメイがぽつりと言う。

「多分、祈り型《プレイ》だな」

「ぷれい？」

「秋人、前回のペンってどんなやつだ？」

「漫画を描くためのGペンってやつです」

「漫画？　お前漫画描くのか。へぇ、見かけによらないっていうか」

紗耶香からの睨みつけるような視線を察してメイがお手上げといった素振りをする。

「Gペンってあの手塚治虫の漫画に出てくるような、ダイヤ状の先っぽのやつだよな。あれって漫画描く以外に何か用途あるのか？」

「いえ、漫画とか絵を描く以外は使わないかと」

「なるほどなるほど。じゃあお前、漫画に関連することで何かいいことあったろ」

脳裏に病室で謝罪を口にした父の背中が思い浮かんだ。

「ありました。親父が自殺未遂したと勘違いして、漫画描くことを認めてくれたんです」

「それだ。祈り型《プレイ》ってのは便宜上の異形の分類なんだけど、出会った人間の欲求を叶《かな》えるタイプで、一方的に恩恵を与える加護型《ギフト》とは違う。一応当人の欲求には沿ってくれるが、やり方や結果に問題がある場合が多い。百足の場合は恐らくお前の関心のあるものを二つ用意して、選んだ側に恩恵を与えたんだと思う」

「だから」

『ねえ、どっち』って聞いてきた訳だ」

謎を解いた晴れ晴れとした表情でメイは言った。他の三人の表情は暗いままだ。

「それって選ばれなかったほうはどうなるのかなあ」

リズが視線を落としながらそう言った。

「まあ選択しなかったほうに、プラスが与えられるってことはないだろうね」

メイの返事に病室には再び沈黙が満ちる。そんな中、秋人は震える声を上げた。

「そのときのお守りって、兄貴が俺のために遠くの神社で買ってきてくれたものだったんです。あれは兄弟の絆《きずな》の証《あかし》みたいなもので」

秋人は言葉を詰まらせた。その様子にメイが言う。

「まだ推測なんだ。そうかもしれないけどそうじゃないかもしれない。気にすんな」

メイは秋人達に背を向けた。

「リズ、そろそろおいとまするよ。紗耶香ちゃんはそいつと一緒にいてあげな」

「メイさん待ってください。最後に一つだけ」

「何?」

「最初にアレに襲われたとき、兄貴と最後の電話をしたって言ったじゃないですか。そのときなんですけど、兄貴が妙なことを話してたんです。何が一番大切なのか、考えておけって」

「オイオイ、それって」

「それにこうも言ってました。兄貴にも選択のときが来たって」

メイとリズがいなくなったことで病室が静かになっていた。

「正直、メイさん達がお見舞いに来るのは反対だったんだけど。結果的にはよかったのかな。秋人もずいぶん落ち着いたみたいだし」

「言われてみればそうだな。漠然とした恐怖としてじゃなくて、一つの存在としてアレを扱ってくれるから、なのかな」

「本当におかしなことになったね。秋人はしばらく入院？」

「うん。とても家には帰れない。っていうか、しばらくは外に出られそうにもない」

「仕方ないね。また明日《あした》来るときは退屈しないように何か持ってきてあげようか？」

「頼むよ。それで、満には本当は何があったんだ？」

切り返すような秋人の言葉に、紗耶香は何かを呑《の》み込むように喉を動かしてから言う。

「本当はね、気まずくて満には連絡してないんだ」

「気まずいって何があったんだ？」

「告白されたの。幼馴染《おさななじみ》としてじゃなくて、恋人として付き合ってくれって」

今度は秋人が言葉を失った。

「それで気まずいってことは、断ったのか」

「うん。けどすごくショックだったらしくて」

「何で断ったんだ。確かに幼馴染で付き合い長すぎるけど、いい男でいい奴じゃんか」

「他に好きな人がいるから」

秋人は紗耶香が潤んだ瞳《ひとみ》を自分に向けていることに気が付いた。思わず顔が熱くなり俯《うつむ》く。お互いに言葉はなく、病室には温かな沈黙が満ちていた。

＊

「こりゃ厄介なことになってきたねえ」

病院から事務所に戻ってきたメイはソファーに寝転がりながらそうぼやいた。リズは反対側のソファーに寝そべっている。

「あの話じゃお兄さんに憑《つ》いてた百足《むかで》が秋人君に鞍替《くらが》えしたって感じかなあ。そういや美世さんから電話があったとき、俺は選んだとかなんとか、男の声が叫んでたの思い出したよ。多分、そういうことだよねえ」

「けど姿を消した美世には別の異形、小人達が憑いてたじゃん？　あれはあれで何かをやらかして、美世が失踪する原因を作ったとすると、そっちの情報は本人に聞くしかないから、せめて足取りさえ摑めればいいんだけど。顔写真流したばかりだから時間掛かるだろうしなあ。それになんだか見落としがある気がするんだよね、今回の件は」

「見落とし？」

「何か、致命的なものが」

ぼうっと天井を見つめるメイとリズに落ち着いた声がかけられた。

「珍しく困ってるみたいじゃないか」

「そーなんよ、カノンさん」

事務所の奥から出てきた白髪の初老の男は、丸眼鏡をかけた人の好《よ》さそうな顔で微笑んだ。カノンこと叶《かのう》は事務や外注業者とのやり取りを任されている社員の一人だ。

「今回は余程面倒なやつなのかい」

「面倒っていうか、異形の仕業が重なってるみたいで、話が複雑で」

リズはソファーに寝そべったままの姿勢でカノンの顔を見上げる。

「しかしこの半年でずいぶんと案件が多いじゃないか。今までは年に一件か二件だったのに」

そう言いながらカノンは珈琲《コーヒー》を二つテーブルの上に置いた。カノンの趣味の手挽《てび》きの豆から淹《い》れたこだわりの逸品だ。メイとリズは起き上がり、礼を言いながら口をつける。

「お。今日もうまいねえ、カノンさん」

「本当、おいしい」

「ははは。そりゃよかったよ」

そのとき珈琲を見下ろしていたメイの動きがぴたりと止まり、ただ瞳だけが大きく見開かれた。止まったままのメイをリズはしげしげと見つめる。

「メイさん？」

「カオスだ。だからこんなに何体も！」

興奮気味のメイの姿に、リズはただならぬものを感じていた。

「一体どういうことだい」

「異形の法則その三だよ。カノンさん、社長は今どこ？」

「さあ。この数日出かけたままだけど」

「あの人電話出ねえからなぁ。まあいいやカノンさん、例の顔写真の調査急ぐようにせっついておいて。あたしとリズは西橋《にしばし》家に行く。イカを使うぞ」

「ええっ、今から？」

「あたし達が認識している以上の数の異形がこの街に潜んでいる可能性がある。じゃあ何が目的か。そりゃあいつらが集まる理由なんて一つしかないじゃん。社長を待ってたら間に合わなくなる。事後承認でいいよ、責任はあたしが取るから。きっと大量に引っかかるぞ」

メイは立ち上がり時計を見上げた。

「今ならまだ問題ない。リズ、急ぐよ。途中で紗耶香ちゃんを拾ってく」

「えぇぇ、多分秋人君の病院でしょ。ついてこないと思うよ？」

「無理やり連れてく。さあ、さっさと行くよ！」

興奮するメイがそう怒鳴るので、リズは渋々と支度を始めた。

# 第二章　西橋愛花と蔵の中の怪人

七年前のとある日、愛花《あいか》はツインテールの黒髪を乗せた幼い顔に憂鬱《ゆううつ》を浮かべていた。西橋家の令嬢として礼儀正しい優等生の演技を続ける学校が終わって、近くの公園で時間を潰《つぶ》した愛花が家に帰ったのは午後四時を回る頃だった。屋敷の東側にある茶色い玄関扉をゆっくりと開けて、できる限り音を出さないようにこっそりと靴を脱ぐ。愛花の部屋は西橋邸の西の奥の部屋だ。抜き足差し足で廊下の暗がりに自分の姿が溶けるようなイメージを浮かべながら部屋へ向かう。

神奈川県の郊外に居を構える西橋家は、海運業を代々営む地元では有名な一族だ。戦後の混乱期に乗じて先々代から始まった『西橋海運』は従業員四百名を超える優良企業で、去年までは順調に黒字を叩《たた》きだしていた。いわゆる地元の名士の家である。そんな西橋家の屋敷には普通のそれとは違う奇妙な点があった。

一般的な民家ならば十軒ほど建ちそうな広大な敷地の中に、正方形の巨大な日本家屋が建っていた。それだけならまだ豪勢なお屋敷だという印象に止《とど》まったが、西橋邸の奇妙な点はその正方形の真ん中をくりぬいたような中庭にあった。中庭の真ん中には大きな蔵が建っていて、大きな南京錠で施錠されていた。その堂々たる出《い》で立ちを来客は皆不審に思うのだ。一体何が入っているのだろう、と。

それを知るのは歴代の西橋家の当主だけで、問うても口を噤《つぐ》んだ笑顔を返されるだけだった。実生活で考えれば屋敷の中央部分を渡る廊下がないのだから、住む者にとっては不便でしかない。しかも中庭も内壁に囲まれているので屋敷の廊下から景色を楽しめる訳でもない。利便性の欠片《かけら》もない屋敷ではあったが、それでもそれを当然として西橋家の歴代当主とその家族は七〇年近くにわたりそんな屋敷に住み続けていた。

愛花も生まれてから十歳になる今の今までこの屋敷で暮らしてきたのだから、そんな不便も当たり前だと思ってきた。だが愛花の両親に代わって半年前から屋敷に住み始めた叔父《おじ》一家はそうは思わなかったらしく、中庭とそこに鎮座する蔵に対して連日悪態をつき続けていた。

愛花は東の玄関から南の廊下を通って自分の部屋を目指す。いくつもの引き戸や襖《ふすま》が並ぶ古臭い木目の廊下は夕刻の時分にあっても薄暗く、秋口の涼やかな気温をぐっと下げてしまうような雰囲気が漂っていた。

屋敷の南側の廊下には客室や待合室、応接間など用途の違いのはっきりしない部屋が並んでいる。その中でも一際大きい一室からガラスの割れる音がした。部屋の前を通り過ぎようとしていた愛花はぎょっとして、襖の隙間から部屋の中を覗《のぞ》いてしまった。

そこは大宴会場だった。かつて親戚《しんせき》一同の集まる年末年始の宴会の際にはこの部屋を開放して、一族総出で無礼講の大騒ぎをしていた。現在の部屋は明かりも点《つ》けられずに巨大なテレビだけが鈍い光を放ち、その前では愛花の叔父である西橋宗久《むねひさ》が画面を見つめていた。ほとんど動かないジャージ姿の背後には酒瓶が並んでいて、一本が割れていた。きっと何かに苛立《いらだ》って机の角で叩き割ったのだろう。いつも酒を飲んでいる叔父には珍しい話ではなかった。

気配を感じた宗久がゆっくりと振り向こうとしたので、愛花は慌てて廊下の奥へと去った。酔った叔父に絡まれればろくなことにならない。愛花が半年間で学んだ知恵だった。

西橋邸の南西角の自室についた愛花は、引き戸を閉めて大きく息を吐いた。正方形の西橋邸の西の一辺には親族の部屋が集まっている。半年前までは愛花の部屋は西側の中央の一室だった。だが叔父の息子兄弟、勝一《しょういち》と利二《としじ》にその部屋は奪われてしまった。仕方なく愛花は空いていたこの隅の部屋に引っ越したのだ。

その部屋は親族用の客間で、特段不便がある訳ではなかった。だが幼少期からの自分の領域が奪われたことに愛花は敗北感と屈辱感を覚えていた。そんな陰鬱《いんうつ》な気分を忘れようと、愛花は敷かれたままの布団の上に倒れ込んだ。

「パパ……ママ……」

呟《つぶや》いた声は西橋邸の広大な影に吸われ消えていく。干されてもいない布団は冷たくて重たげだった。

「愛花さん」

冷たい声で目を覚ました。寝起きのはっきりとしない頭のままで扉のほうを見上げる。

「お食事の時間です。失礼しますよ」

了承を得る訳でもなく部屋の引き戸が開けられる。割烹着《かっぽうぎ》姿の老婆が盆を持って立っていた。その姿を見て愛花はかつての使用人の光江《みつえ》を思い出していた。光江ならもっと礼儀正しく優し気な笑顔を向けてくれるはずだ。光江は叔父がやってきてからすぐにクビにされて屋敷を出ていってしまった。それ以来愛花はあの優し気な老婦人とは会っていない。目の前の老婆は光江とは似ても似つかず、ただ冷たい感情しか感じられない。

光江に代わる新しい手伝いとして自己紹介されたはずだが、もう名前も忘れてしまった。

老婆は乱暴に盆を机に置いて仏頂面のまま言葉を発さずに部屋を出ていった。

一人きりで夕飯を食べる。廊下の向こうから叔父達の楽し気な声が聞こえてきた。胸がぎゅっと締め付けられた気がして、こみ上げるものを堪《こら》えながら夕餉《ゆうげ》を飲み下した。

早々に食事を終えた愛花は再び布団に寝転がった。学校の宿題は図書室で終えていたし部屋にはテレビもパソコンもない。入浴は叔父達が入り終わった一〇時以降ではないと許されていないのでやることがないのだ。愛花は学校の図書室から借りてきた本を開いた。生まれた頃に流行《はや》っていた魔法に満ちた小説だ。愛花は辞書のように分厚いそれを読み始めて空想世界へと旅にでた。

午後一〇時。習慣づいた感覚で愛花は入浴の時間に気が付き、着替えを持って普段使いの小浴室へと向かった。薄暗く肌寒い廊下を歩く。浴室に向かうまでには叔父達が団らんする居間や、兄弟たちのものになったかつての自室の前を通り過ぎなくてはならない。部屋から漏れる明かりすら視界に入れないように俯《うつむ》きながら通り過ぎる。悔しくて、悲しくて、寂しくて、目には自然と涙が溜《た》まっていた。

そうやって俯いていたからこそ、愛花は足先に転がっていた黒い物体に気が付いた。真っすぐ顔を上げて歩いていたのならきっと気が付かなかっただろう。

それは錆《さ》びた鍵《かぎ》だった。錆《さび》が保護色のように廊下の木目に溶け込んで、薄暗い照明の影にしか見えなかった。愛花は鍵を拾い上げ、明かりにあててじっと見つめた。どこかで見たことがある。屋敷の玄関や裏口のものではない。一体何の鍵なんだろう。好奇心を刺激された愛花は鍵を握りしめて浴室へと向かった。

ゆっくりと風呂《ふろ》に浸《つ》かった愛花は体を拭《ふ》いて脱衣所でパジャマに着替えようとしていた。だが脱衣所の籠《かご》に入れたはずのパジャマがどこにもない。洗濯機の裏や棚の底まで調べたがそれでも見当たらない。このままでは下着姿で自分の部屋まで行かなくてはならない。親戚とはいえ愛花の認識では叔父一家は未《いま》だ他人だ。他人の一家が団らんする部屋を下着姿で横切るなんて嫌で嫌でたまらなかった。すると外から子供の笑い声が聞こえてきた。確認するまでもない。甲高いあの兄弟の声だ。

「おーい、愛花。風呂長いじゃんか」

「金持ちだからってお湯や電気を無駄にするなって母ちゃんから言われてたじゃんか」

愛花には兄弟の下卑た笑いが容易に想像できた。あの二人はいつもこうやって愛花に悪戯《いたずら》を繰り返す。昨日は鞄《かばん》に虫を入れられたし一昨日《おととい》は石を投げつけられた。年上の彼らは小柄な愛花とは違いがっちりとした体型で、いつも二人で行動する。恐らく今の状況もいつもの悪戯の一端なのだろうと、明らかな確信を抱きながらも愛花はお願いする。

「わたしのパジャマがなくなっちゃったの。二人とも、服取ってきてよ」

その言葉に兄弟は同時に明確な侮蔑《ぶべつ》を含んだ声を上げた。あの兄弟は悪戯の成功の際に声を合わせて笑うのだ。

「でたよ、金持ちの家で甘やかされて育った奴はすぐに人を使おうとする」

「なんでおれ達がお前の言うこと聞かなきゃならないんだよ」

「「嫌だよ、ばーか」」

息のあった罵倒《ばとう》に愛花は口を噤んだ。わずかな沈黙に勝利を確信したのだろう。扉の向こうからは歓声と廊下を駆ける音が聞こえた。

行ったのかな。こっそりと脱衣所の扉を開けて外を窺《うかが》う。廊下を念入りに見渡すが人の気配はない。愛花は脱衣所に残っていた下着のシャツとパンツだけを着て音を立てないように廊下に出た。その手には先ほど拾った錆びた鍵が握られていた。

こうなったら東側を大きく回って部屋に戻るしかない。遠回りでしかないけれど、あの兄弟に下着姿を見られるよりはましだ。愛花は周囲を警戒しながらゆっくりと歩き出した。

「あれーアイツ服着てないんじゃねぇ？」

「あらーアイツ変態なんじゃねぇ？」

そんな愛花を息を潜めて待っていた兄弟が廊下の曲がり角の陰から姿を現した。誰もいないと油断していた愛花は両腕で体を隠そうとするが、当然それで隠しきれる訳もなく、思わず兄弟とは反対の廊下へと走り出した。

「「変態が逃げたぞー！」」

嬉々《きき》とした兄弟の声が背を叩いた。愛花は悔しかった。今までも悪戯や嫌がらせはこの兄弟に限らず叔父一家からいくらでも受けてきた。だがそのたった一つも愛花は理解できない。突然に両親がいなくなった理由も、今まで会ったこともなかった叔父達が自分に辛《つら》くあたる理由も何一つ理解ができない。愛花自身は誰も憎くない。叔父達とだって仲良くなりたかった。だが現実は愛花の望みとは真逆へと進み続ける。悪意や人間関係で生じる摩擦の意味すら知らずに、愛花は当惑し逃げることしかできなかった。

だが十歳の少女であっても恥については学んでいた。だから愛花は走った。自分の中の大事な矜持《きょうじ》を守るために。そこだけは決して嘘をつきたくなかった。それでも相手は来年中学に上がる兄とその一つ下の弟なのだ。小柄でひ弱な愛花とは運動能力に差がありすぎた。逃げられない。直接的な暴力にまでは想像が及ばなかったが、更なる侮辱が浴びせつけられることは確信していた。嫌だった。嫌で嫌で仕方がなかった。今のこの姿を見られれば今まで耐えてきた何かが崩れてしまうような確信が、胸の早鳴りを加速させる。

愛花は走りながら右手に握るものの固さに気が付いた。そして思い出した。それはかつて父が持っていた、お化けがいるから近づいてはいけないと言い聞かされていた中庭の蔵の鍵だ。

愛花は一度だけ父が蔵を開けているところを見たことがあった。たまたま蔵へ何かを運び込む父の背中を見つめていると、扉の隙間からお化けの青い瞳《ひとみ》が光っていたのだ。あまりの恐怖に、それ以来蔵に近づくどころかできる限り視界にすら入れないようにしてきた。

だが今、愛花は考えるよりも早く、東の廊下から南の廊下を直角に曲がり、廊下の中ほどにある観音開きの中扉を開けた。小さな愛花を押しつぶすような巨大な影が聳《そび》え立っていた。決して蔵には近づいてはいけない。それは叔父《おじ》がやってきてからも変わることのない西橋家のルールだった。だが今はそんなルールよりも、恐怖よりも、胸の内の危機のほうが重要だった。

慌てて大きな南京錠に錆びた鍵を差し込んだ。重々しい音と共に南京錠が解ける。全身を使って力一杯に扉を開いて、わずかな隙間に体を滑り込ませた。音を立てないように扉をゆっくりと閉める。しばらくすると少し遠くから木目の床を打つ騒々しい足音が聞こえて、やがて遠ざかっていった。

なんとか逃げ切れたと愛花はため息をつき、同時におかしなことに気が付いた。蔵の中にぼんやりとした明かりが灯《とも》っているのだ。そしてノイズの混じるクラシックが流れていた。ピアノの重々しいその曲がブラームスの『永遠の愛』だと知ったのはずいぶんと後のことだ。

何かしらの物置だと思っていた蔵の中には、西洋屋敷の一室のようなゴシックな空間が広がっていた。蔵の中に広がる異界。まるで不思議の国に迷い込んだような混乱の中、扉に背を預けて縮こまる愛花に向けて、彼は椅子に下ろしていた腰を上げて言った。

「これはこれは。小さなガールさん。こんばんは」

彼は青色の瞳を輝かせた。その声は優し気だが、奇妙に現実感のない響きがあった。

彼は白人だった。やや禿《は》げ上がった高い額と鼻。癖強く巻き上がった短髪。頬や額には深い皺《しわ》が刻み込まれているが、その表情はどこか爽《さわ》やかで優し気だ。明らかに愛花の父や叔父よりも年嵩《としかさ》に思えるのだが、同時に二〇代の青年のような若々しさも感じられる矛盾した愛嬌《あいきょう》を備えていた。そんな顔面で一番目立つのは二つの青い瞳だ。ギョロリと大きな瞳は電灯みたいな光を放っているように思えた。彼は白いシャツと濃い青のズボンを穿《は》いて、背筋を伸ばしていた。

蔵の内部の様子も愛花の思っていたものとはずいぶんと違っていた。愛花の部屋よりも大分広く板張りの床だ。外観は蔵だが内装は西洋式で、照明が取り付けられているが光量が乏しく全体が薄暗い。そんな薄明かりに照らされるのは大きなベッドと本棚、妙に奥行きのある古臭いテレビに、これまた年代物に見える蓄音機だった。

「ここ、ガール来る、珍しいです。ガール、誰ですか?」

発音も文法も奇妙な言葉だった。愛花には呪文のようにしか思えずに、全く予想外な男の存在に何と答えたらいいのか分からない。

彼は下着姿のままで全身を凍らせる少女をじっくりと見下ろしていた。少しばかり観察していた彼は思いついたように声を上げた。

「ハァハン。ガールは愛花かもしれない?」

そう言って彼はにっこりと笑った。少年のように無邪気な笑顔だ。

「隆久《たかひさ》かわいいかわいい、言います。私もかわいいかわいい、考えました」

「パパのこと、知ってるの?」

彼から漏れた懐かしい父の名に愛花は思わず口を開いた。

「はい。知っている。私、隆久と友達です」

彼は長身をかがめて視線を愛花に合わせた。

「愛花さん、ここに来る駄目言われた? なんで来た?」

「勝一と利二から逃げてきて」

「ショウイチトトシジ?」

「子供です、叔父さんの」

「おじさん？　私の？」

「違います。わたしの、叔父さん」

「ハァハン。叔父《オンケル》ですねェ。私考えます。もしかして宗久？」

「そう。宗久叔父さん」

「あァ、宗久のボーイたちにいじめられてます。ねェ」

彼は愛花へと背を向け、洋服棚からジャケットを取り出して愛花の肩へとかけた。

「そのボーイ達弱い。汚い。愛花さんかわいそう。ガールをかわいそうなボーイ駄目です。日本のボーイ駄目ですねェ！」

少し厳しめに言った彼の言葉を愛花は断片的ながら理解できた。そして彼のその親しみのこもった態度に、わずか数分で警戒心を溶かされる不思議な感覚を抱いていた。彼は愛花を椅子に座らせて自分はベッドに腰かけた。

「珈琲《コーヒー》でも淹《い》れる。いいですか」

「わたし、コーヒー飲めないから」

「あァ。そうですよね。昔、東京いました。小さいボーイ、ガール、みんなキャラメルチョコレート大好きです。愛花さんも好き？」

「甘い《ツァマァ》ものもそんなに」

「おやまあ！　愛花さん、何好き？」

「果物。葡萄《ぶどう》とか」

「ごめんなさい。ここ、葡萄ないです」

他愛もない会話で謝る彼に、愛花は逆に悪いことをしたような気分になってしまう。

「謝らないでください。その、あなたの名前はなんですか」

彼は少し考えるように愛花を見つめた。

「ロベルト、ヨハン、スミス……ラムゼイは、仕事用です」

愛花は彼が何を言っているのか分からないままじっと待っていた。

「ハァハン。じゃあイカ、と呼んでください」

「烏賊《イカ》？」

「イカです。クリスチアーネがそう呼んでました」

「くりすちあーね？」

「若い頃に好きだったガールです」

「そうなんだ」

「イカからも質問です。愛花さんのパパ、どうしました？ 急に来なくなりました。イカ、寂しい。宗久、いいない。隆久、いいです」

愛花は少し戸惑いながら答える。

「パパとママ、事故にあったって。それから帰ってこない」

「ハァハン。それはかわいそうに」

薄《う》っすらと涙を浮かべながら俯《うつむ》く愛花に、ィカは寂し気な笑顔を向けた。

「辛《つら》いこと、ごめんなさい。じゃあ、次は愛花さん。聞きたいことありませんか」

優しい笑顔に愛花は思わず微笑み返した。

「イカは何でウチの蔵にいるの？」

「イカは昔、世界は平和がいいと考えました。けど日本、ィカ悪い考えます。だからィカをペン！　しました」

彼はペン！　と言うと同時に右手で銃の形を作ってこめかみを撃った。

「イカはペン！　されても不思議に大丈夫でした。日本考えました。ィカをペンできない。だけどイカを自由できない。日本、ィカを隠しました。そして日本負けました。隠せなくなった。だから愛花さんの家にィカ隠しました。それでイカはここにいます」

「イカの言ってることよく分かんない」

彼は満面の笑みで愛花の頭を撫《な》でた。

「愛花さんは小さいガールです。考えるしない。いいです」

ガサガサで大きなその手は冷たかった。それでも愛花には、この半年間で自分に触れた何よりも温かく感じられた。彼は壁に掛けられた時計を見上げて言う。

「愛花さん。もうずいぶんと遅いです。家に戻る。いいです」

愛花は一瞬涙ぐみそうになったが、声には出さずに真顔を取り繕って彼を見つめた。彼は西橋家の娘として情けない顔をするなと父から怒られたことが頭をよぎったのだ。

そんな愛花の機微に目ざとく気が付いて、にっこりと笑った。

「愛花さん。イカと友達になる。またここに来る。考えますか？」

愛花の顔に笑みが咲いた。彼は返事を聞くまでもなく答えを理解しているようだった。

彼から借りたぶかぶかのジャケットを羽織った愛花は蔵の鍵《かぎ》を元通りに閉めて、皆が寝静まった屋敷を抜き足差し足で部屋に戻った。その日の愛花は久しぶりにどこか満たされた気分で眠りにつくことができた。


次の日、愛花は叔父《おじ》一家の寝静まった深夜にこっそり部屋を抜け出した。もちろん昨日出会った新しい友人のもとへ向かうためだ。

「こんばんは。愛花さん」

「こんばんは。イカ」

その日の彼はジャケットを着ていてワインをグラスについで飲んでいた。アナログテレビでは深夜のニュース番組が流れていた。愛花は礼を言いながら昨日借りたジャケットを返し、彼はそれを受け取りながら愛花に席を空けた。愛花は足のつかない椅子に座りながら、ベッドに座った彼のほうへと振り向いた。

「イカはいつもここでテレビを見てるの？」

「テレビを見たり本を読んだり音楽を聴いたり。愛花さんはいつも何してるですか」

「図書室で借りてきた本を読んでる。わたしの部屋テレビとかないから、ごはん食べて本読んでお風呂《ふろ》入って寝ちゃうんだ」

「家にはテレビない？」

「わたし叔父さん達に嫌われてるから。部屋に一人でいなくちゃならないの」

「ハァハン。それは、いいない、ですね」

彼は哀れみの表情で愛花を見つめる。

「学校は？　小さいガール、ボーィ沢山いるです」

「んー、最近みんなと仲良くなくて。きっとわたしのせいなんだけどね」

「どうしてですか」

「わたし西橋家の娘だからいつもしっかりしてなくちゃいけないんだけど、叔父さん達が来てからうまくいかなくて。みんな、なんだか冷たいんだ」

「愛花さん。かわいそう」

「イカの方がかわいそうだよ。ずっと蔵の中にいるんでしょ」

「長い時間います。慣れました。それにテレビはいいです。いろんないい悪い見れます」

そう言いながら彼はテレビを見る。画面にははしゃぎまわる芸人の姿が映っていた。

「イカにはお父さんとお母さんはいないの？」

「いません。すごく前にいないです」

「お嫁さんは？」

「何人か、いました」

「何人も？　すごいね」

「すごくないです。イカいつも死にそうでした。そんなイカに優しい人いただけです」

「死にそう？　よく分かんないけど。じゃあイカは誰が一番好きだったの？」

「みんな好きでした。誰が好き嫌いないです」

「なんかずるいなあ、それ」

「日本では、ハナコさん。好きでした」

彼は遠くを見つめるように少し微笑んだ。

「愛花さん、好きな人いますか」

にこやかな表情の彼は尋ねた。愛花は少し考えてから眉根を寄せた。

「パパもママも、お手伝いの光江さんも、学校の友達もみんな好きだった。けど」

「けど？」

「みんなはわたしのこと嫌いだったみたい。きっとわたしが良い子でいられなかったから、みんな、どっかにいっちゃった」

悲し気な言葉とは裏腹に愛花は笑った。

「愛花さん。イカは愛花さんのこと強い考えます。いいです」

「わたしは強くないよ」

「愛花さんはいいです。利口で強い考えます。愛花さんはかわいそうだけど、誰か怒る、いいじゃない考えてます。それはすごく強いです。すごくいいです。それに悲しいのに悲しいしない。これ、すごいことです」

いつの間にか彼の顔から微笑みが消えて真剣な表情になっていた。明らかに変わった雰囲気に愛花は思わず背筋を伸ばした。

「人は争います。誰かと違うといいじゃないです。けどかわいそうな人をかわいそうにする人はかわいそうな人です。弱い人です。そういう人はかわいそうになるとかわいそうにした人に怒ります。憎みます。我慢できない。いいじゃないです。だからかわいそうになっても怒らない人はすごく利口で強くていい人です」

「イカの言ってることは難しいよ」

そう言いながらも愛花は彼が自分を評価してくれているということは理解できた。誰かに褒められるのは久しぶりだった。思わず愛花は泣きだしそうに瞳《ひとみ》を潤ませる。

「愛花さん？　大丈夫ですか」

「大丈夫。ありがと。イカってすごいね。昨日会ったばかりなのにわたしのこと分かってるみたいに言うんだから」

彼は無邪気に微笑んだ。

「だって愛花さんはイカの友達ですから」

出会ったばかりなのに、何でこの人は自分の言ってほしい言葉が分かるのだろう。そう思いながらも、愛花はその笑顔が嬉《うれ》しくて仕方なかった。

それから愛花は毎日のように彼のもとを訪れた。平日は皆が寝静まった深夜に。休日は愛花を置いて遊びに行った叔父一家の留守の間に。彼はいつでも歓迎してくれて、愛花も彼にますます懐いていった。愛花にとって蔵の中でゆっくりと過ごす時間は孤独を忘れられる唯一の時間だった。

「愛花さん。それどうしたんですか」

その日は土曜日で叔父一家は旅行に行っていなかった。土日は使用人もいないので、愛花は人目をはばかることなく彼の蔵で本でも読んで過ごそうとしていた。そんな愛花の額には大きな絆創膏《ばんそうこう》が貼られていた。

「ちょっとね」

そう言って愛花は微笑んだが、彼は険しい表情のままだ。

「転んだですか。殴られですか」

彼の青い瞳に覗《のぞ》き込まれると、全てを白状しなくてはならないような気分になってしまう。

「兄弟の悪ふざけで石をぶつけられたの。ちょっと血が出ちゃったけど大したことないよ」

「ハァハン。兄弟駄目です。馬鹿です。ガールにこんなことするの男じゃないです。愛花さん利口で強いです。けど駄目です。駄目なボーイにやられ続けるなんてかわいそうです」

「だってしょうがないよ」

「イカはここから出れません。だから愛花さんがどうにかできるようにイカが教えます」

「教えるってどうやって？」

彼は立ち上がり、顔を隠すように拳《こぶし》を上げて風切り音を上げながら振りぬいた。

「戦うです」

「けど怒らないのがいいってこないだ言ってたじゃん」

「怒ることと戦うこと違います。憎むのは、いいないです。憎まないで戦うのいいです。戦えば兄弟は愛花さんかわいそうしません」

彼の瞳には有無を言わせぬ説得力があった。

「イカ教えます。愛花さんイカの生徒です」

「うん。分かった」

「ただし約束してください。誰かが愛花さんかわいそうしたら戦う。かわいそうな人と戦うのは悪いです。いいですか」

「うん、約束する」

彼は手を差し出した。ごつごつとしたその手を握った愛花はブンブンと勢いよく振る。相変わらず彼の手は冷たかったが、それでも愛花は楽しくて声を上げて笑ってしまった。

彼が愛花に教えたのはボクシングだった。彼が得意だというアッパーカットについて教えてくれるそうだ。

「いいですか。アッパーカットは一発で相手倒せます。相手が倒れたら愛花さんの勝ちです。倒れた相手殴ったり蹴《け》ったりは卑怯《ひきょう》です。いいないです」

「はい。イカ!」

「兄弟は愛花さんよりも大きいです。だから狙いを正確に大きく手を伸ばす。いいです。伸びない。悪いです。だから愛花さんは兄弟に飛び込みます。思いっきり伸ばします」

彼はステップを踏み込んで拳を打ち上げた。風切り音が拳の威力を物語っていた。

「イカってボクサーなの?」

「違うます。イカは兵士でした。ボクシングも覚えました。さ。愛花さん、打って」

そう言って彼は腹の辺りに掌《てのひら》を広げて下に向けた。ここに打ってこいという身振りだ。

愛花は細い足を精一杯に前に出して、見様見真似で拳を振り上げた。だが愛花の拳は彼の肘《ひじ》近くに間抜けな音を立てた。拳の痛みに愛花は泣きそうになる。人を殴ったことなんて一度もないのだから当然だった。そんな様子を見ながら彼は微笑んだ。

「悪いないです。強いです。練習しましょう」

こうして愛花と彼の密会にボクシングの訓練が追加されることになった。

彼と愛花が出会ってから一ヶ月が経過していた。

父もそうだったが、叔父《おじ》も同じように二日に一度ほどの頻度で彼のいる蔵の鍵《かぎ》を開けて何かを持ち込んでいた。時間はまちまちだったが、鍵を失くしたはずの叔父は何も問題ないかのように気怠《けだる》そうに白い箱に入った何かを運んでいた。きっと予備の鍵があるから気にも留めていないのだろうと愛花は考えた。

叔父と何をしているか彼に尋ねたが、彼は微笑むだけで答えてくれなかった。それでも叔父が来た日には彼のワインが増えていることに愛花は気が付いていた。お酒飲むくらい気にしないのに。そう思いながらも愛花はそれ以上そのことについて触れなかった。

そんなある日、屋敷に珍しい来客があった。叔父が同居するようになってから来客自体が珍しかったのだが、父の頃でも西橋家の屋敷にやってくる客としては珍しいタイプだった。

客は女性だった。モデルのような体形で赤い長髪が特徴的な派手な女性だ。迎えた叔父は不貞腐《ふてくさ》れた態度で女性を彼のいる蔵へと案内し、一時間もしないうちにその女性は蔵を出て帰っていった。そのあと、叔父はいつも以上に不機嫌で酒を飲んで暴れていた。

「ああ。あれは仕事です」

その日の夜、派手な女性についてイカに尋ねると彼はそう答えた。

「この蔵で仕事してるの？」

「はい。イカは特別です。だからいろんな相談あります」

「特別って？」

「んーむつかしい話です。愛花さんまだ早いです」

「そんなー」ひどくがっかりした愛花に、彼は仕方なさそうに少しおどけて言った。

「おやまあ《ツァマァ》……イカはお化けに詳しいんです」

「お化け？」

愛花はかつて父から言われた話を思い出していた。

「パパがイカのことお化けって言ってたよ」

「ハハハハハ！　そうです。イカはお化けなんですよねェ！」

何故か彼は嬉しそうに笑った。愛花は一体何がおかしいのかまるで理解ができなくて、彼を見つめていた。

「さあ愛花さん。今日の練習です」

彼の掌に直撃しても愛花の拳は情けない音を上げるだけだ。それでも初めに比べれば動きがよくなっていた。愛花自身明確な上達を感じていた。

「いいですねぇ！　愛花さん。部屋でも練習してる。分かります。いいですね！」

愛花は平日の深夜もしくは土日の昼間にボクシングを教わって、その動きを部屋で練習し続けていた。何せ時間はあるのだ。ステップとアッパーだけの動作ではあったが、単純が故に反復は簡単だった。それに加えて最近は彼に言われて放課後の校庭で鉄棒を使ったトレーニングも始めた。トレーニングといっても鉄棒にぶら下がったり、斜め懸垂をしたりする程度の軽いものだったが、愛花にとってそれは自分を強くしようとする覚悟の行動だった。愛花はステップとアッパーを繰り返しながら彼に問う。

「けどいつまで我慢すればいいのかな。あいつら今日も靴隠したんだよ」

「愛花さんかわいそう。けど駄目です。焦るのいいない。勝てないと兄弟、愛花さんを抑え込もうとします。卑怯で馬鹿な奴らだからです。だから愛花さん。一回です。一回で兄弟倒します。そうすれば兄弟考えます。愛花さん、弱くない。かわいそうできない」

愛花は今では直訳的な彼の喋《しゃべ》り方も理解できるようになっていた。理解できたからこそ、愛花は不安な気持ちで彼を見つめた。

「勝てるかなぁ、わたし」

「今はむつかしい。けどいつか勝てます。イカがついてますから」

「うん、そうだよね！」愛花は笑いながら彼の掌に拳を叩《たた》き込んだ。

「ハハハ！　いいですねぇ！」

愛花は弾む息を抑えながら上機嫌で蔵の鍵を閉めた。中庭を歩きながら両手を構えてアッパーのステップを刻む。自分の拳をあの兄弟に披露する日が待ち遠しかった。中扉を開いて廊下へあがる。少し前までは怖くてたまらなかった薄闇がもう何ともなかった。蔵のお化けは今では愛花の友達だからだ。愛花は深夜の静寂を波立てないように慎重に中扉を閉めた。

「オイ。こんなところで何してんだ」

予想外の声に愛花は体を跳ねさせた。振り向けばそこには宗久がいた。いつもこの時間には寝ているはずなのに。心臓の凍り付く感覚を味わいながら答える。

「ちょっと寝れなくて中庭に出てました」

俯《うつむ》く愛花の鼻を酒の匂いがついた。宗久がこの時間まで飲んでいたことに気が付き、自分の迂闊《うかつ》さに息が詰まるような気分になる。

「兄貴は蔵には近づくなって言ってなかったのか」

「言ってました。けど中庭に出てただけで」

愛花が言い終わる前に宗久の平手が愛花の頬を捉《とら》えた。イカほどの体格はなくとも、大人の男と少女だ。何をされたか分からない愛花の頬には稲妻が落ちたような痺《しび》れが広がり、一瞬の後に焼き付くような痛みが始まった。思わず泣き声を上げそうになる。

「とっとと寝ろ。馬鹿たれ」

宗久の言葉に栓をされたように、声は止まり涙が瞳《ひとみ》に留《とど》まった。

「オイ。聞こえんぞ」

呆然《ぼうぜん》とする愛花に宗久が言った。擦《かす》れる喉《のど》から声を絞り出す。

「おやすみなさい」

「フン」鼻を鳴らして宗久は再び宴会場の方へと姿を消した。まだ酒を飲むつもりなのだろうか。明日《あした》の朝は二日酔いで機嫌が悪いだろうから気を付けないと。そう思いながら愛花は自分が涙を零《こぼ》していたことに気が付いた。頬に残った痺れと涙が混ざり合って夢からの目覚めを知らせていた。

それから愛花は蔵には行かなくなった。理由ははっきりと言葉にできなかった。ただ彼と会っても前のように笑えない気がしたのだ。

＊

数日後、いつしかと同じように、彼のもとに来客があった。

「それで前回の件なんだけど」

「ハァハン。例の話ですか」

机に座る派手な赤髪の女が、ベッドに座る彼に向かいあっていた。

「死んだしてた人の家に生えていたって言う花。私、植物、いいじゃないです」

「この間はまた死人が出るって予想してたじゃない。それが当たったからまた来たのよ」

「たまたまです。二件あったならまた続く可能性考えます」

「けどあんたは死者が出るだろう方角も当ててみせた。それは普通じゃないでしょ」

「たまたまです。何となく、いい思いました」

「それってきっとあんたの特別な力ってやつなのよ、リヒャルト」

彼は露骨に嫌そうな顔で女を見つめた。

「ボス。会いに来てくれる、嬉しい。だけどその名前は使わない約束です」

「せっかく有名なのに。誰が聞いてる訳でもないでしょ」

「その男は死んだです」

「分かったわよ、ラムゼイ。で、その花は人死にが起きてからその日の内に消えちゃうのよ。天井に向かって舌を伸ばした死体だけ残してね。この間の死体なんて一メートル近くまで舌が伸びてたって話。その花が起点なのか結果なのかは分からないけど、ウチとしてはぜひ採取して調べたいのよ。だから」

　女は机にとある地方都市の地図を広げた。赤いマーカーでいくつか○が付けられている。それから足元に置いてあった鞄《かばん》から袋に入れられた真っ赤な芽のようなものを取り出した。

「これが『舌の芽』ね」

「流石に現場見てないです。悪いです」

「いいのよ、この間みたいな勘で。どうせ他に手掛かりもないんだから」

　嫌な顔をしながらも彼は地図を見下ろした。口ではそうは言ったものの彼は女の要望に応《こた》えられるだろうと漠然と考えていた。彼は舌の芽を袋から取り出して左手でしっかりと握りしめた。昨日採取されたばかりのそれからは血や唾液の残りが滲《にじ》み、左手から机へと滴り落ちる。そのまま集中して青い瞳で地図を覗《のぞ》き込むと、不思議と地図が立体的に盛り上がり小さく震えだしたように見えた。現場を表す赤い○の部分に右手の指を置いた。するとその指から水面を打つような波紋が地図上に広がっていく。そんな波紋の一部が何かにぶつかったように大きく跳ねた。彼は人差し指でその場所を指した。

「多分、ここです」

「よし」女は彼の指さした場所に赤いマーカーで×印をつけた。満足そうな顔で頷《うなず》くと、鞄から取り出したいくつかの分厚い本を机の上に置いた。東洋哲学に関する書籍と日本の中世の仏教勢力に関する学術書だった。

「いやあ助かった。地道な調査だとこう簡単にはいかないから。あ、これ差し入れね。また報告も兼ねて来るけど次は何持ってきてほしい？　希望聞いとくよ」

「葡萄《ぶどう》がいいです」

「葡萄？　あんたそんなもん食べれないでしょ。まあいいけど。調査がうまくいったらとびっきりの高級品買ってきてあげる」

そう言って女は荷物をまとめ始めた。

「ボス。どうして私こんな力ありますか」

「どうしてって。どうしてだろうね。詳しいことはあたしにも分かんないけど」

「けど？」

「あんたのその力は所謂《いわゆる》『念視』って言われる類《たぐい》のものでしょ。ほら、あんた死刑になる前に、バイクに乗ってるところを奇妙な男に襲われたって言ってたじゃない。そのせいで人間じゃなくなった訳だけど。元々敏腕のスパイだったあんたには人並み外れた観察眼と知能があった。それとこれとが混ざり合って生まれた偶然の産物みたいなものなのかなって、あたしは考えてる。それくらいしか言えないけど、貴重な力だよ」

「けどそのせいで外に出れなくなりました」

「仕方ないね。一九四四年には死んだことになってるんだから。未《いま》だにスポンサーはあんたが外に出ることを許してはくれないけど、あのとき死んだままになってたよりはここで生きていたほうがいいんじゃない？　あんたが変えた歴史の行く末をじっくり知ることができたでしょ」

「ハァハン。それでもひどい話です」

「あたしもそう思うよ。だけどスポンサーはスポンサーだから。仕方ないね。これでも昔よりはずいぶん待遇良くなったんだからマシになったと喜ぼう」

「あぁ《ツァ》まぁ《マァ》。確かに」

「んじゃあたしはこれから現場に飛ぶから。また報告に来るから葡萄期待しておいてね」

そう言って女は騒々しく蔵から出ていった。女がいなくなると宗久が蔑《さげす》むような視線で彼を睨《にら》み付けてから扉を閉じた。

＊

その日もいつもと何も変わらぬ一日だった。愛花はあれからも校庭で自主的な運動を続けていたし、部屋でも彼に教わったボクシングの練習は続けていた。だがイカのもとを訪れることはなく、どこか薄暗い気持ちを抱えながら日々を過ごしていた。

そんな陰鬱《いんうつ》な気分で家に帰った愛花は、たまたま学校から帰ったタイミングで赤髪の女性とそれに付き従う叔父《おじ》とばったりと出会ってしまった。赤髪の女性は最近屋敷を訪れることが多かったが、愛花は毎回彼女が蔵で何をしているのかは知らなかった。だがきっと西橋家にとっての客であることは間違いないだろうと考えて、ただ子供らしく挨《あい》拶《さつ》をした。

「こんにちは」

「こんにちは。ああ、あなたが愛花ちゃん？」

赤髪の女性は屈《かが》みこんで愛花と視線を合わせ、微笑んだ。愛花はできる限り礼儀正しく答えた。

「西橋愛花です」

「うん。可愛らしい子だねぇ、宗久さん」

「はあ」

赤髪の女性が笑顔で声をかけても、宗久は気に入らない表情を隠さない。そんな表情を一瞥《いちべつ》しながら、赤髪の女性が愛花へとこっそりと耳打ちした。

「葡萄好きでしょ。彼、用意して待ってるよ」

愛花は驚愕《きょうがく》の表情で女性を見返した。女性は向日葵《ひまわり》のような明るい表情で微笑み返すだけだった。

「お前、あの女に何言われたんだ？」

宗久は赤髪の女性を見送り、その足で部屋に引っ込んでいた愛花のもとへやってきた。恐らくあの女性がやってくるので今日は酒を飲んでいなかったのだろう。顔面には露骨な苛立《いらだ》ちが残っていて、部屋の入口に立ちながら、しきりに右脚を小刻みに動かしていた。

「えっと、わたしのことかわいいって言ってくれました」

宗久は怪訝《けげん》な表情のままに質問を重ねた。

「お前、最近屋敷で変な鍵《かぎ》拾わなかったか。古い錆《さ》びた鍵だ」

「見た覚えはないです」

「そうか」そう言って宗久は部屋の戸を乱暴に閉めた。ぴしゃりと鳴ったその音を合図に、愛花の心臓は強烈な鼓動に割れそうに痛んだ。考えてみれば当たり前の話だ。叔父は鍵の紛失に気が付いていた。愛花に質問したということは愛花を疑っているということなのだろう。もし蔵に出入りしていることがばれたらどんな目にあうのだろうか。

恐怖と罪悪感で愛花はパニックに陥っていた。それでも葡萄を用意して愛花を待ちながら微笑んでいる彼の姿が脳裏に浮かんでしまい、それをかき消すことができなかった。

「愛花さん、久しぶりです。いいですねェ！」

久方ぶりに彼の蔵を訪れた愛花を、彼は大袈裟《おおげさ》なまでの身振りで出迎えてくれた。叔父を騙《だま》しつつの訪問に罪悪感を抱きながらも、彼の笑顔に愛花は面映ゆい気分で微笑んだ。

「久しぶり、イカ。ごめんね、急に来なくなって」

「いいです。愛花さん、友達です。悪いないです」

そう言って彼はまるでお姫様を出迎えるかのように跪《ひざまず》きながら、愛花をいつもの椅子に促した。愛花は微笑みながら背の高い椅子へと飛び乗った。

「愛花さんいいです。今日来るすごくいいです。イカ、すごくいいもの手に入れました」

そう言って彼は机の真ん中に置いてあった箱を開けた。中身については知っていたが、愛花は何も言わずに微笑んでいた。

「今日、ボスから貰《もら》いました。輝く葡萄ってヤツらしいです。すごくいいですこれ！」

彼はやや興奮気味に、丁重に包装されていたマスカットを取り出した。それは薄暗い蔵の照明の下でも瑞々《みずみず》しく光り輝いていた。彼は葡萄を蔵の奥の流しで洗い、裏返した箱の蓋《ふた》を皿代わりにして愛花に差し出した。

「さァ愛花さん。食べてください。きっとすごくいいです。最高です」

「ありがとう、イカ」

礼を言って愛花は目の前のマスカットを一粒千切り、皮を剝《む》こうとした。

「あァ、愛花さん。それ皮ごと食べるいいです」

そう言われて愛花は皮ごと粒を口に放り込んだ。少し噛《か》むと弾《はじ》けるように皮が破れ、爽《さわ》やかな甘さが口いっぱいに広がった。久方ぶりの高級な甘味に愛花は目を白黒させた。

「すごい、すごく、おいしい！」

「ハァハン、いいですねェ！」

彼はひどく上機嫌で今にも踊りだしそうなほどだ。そんな気分を抑えきれないのか、レコード盤に針を落とした。蔵の中にクラシックの荘厳な音色が響き渡る。

「イカも食べようよ、すごいおいしいよ」

「イカは食べれないです。愛花さん、食べてくださいよ」

「なんで？　アレルギー？」

「そうです。食べれないです」

となると高級葡萄は自分のために用意されたものだと愛花は気が付いた。無邪気に舌鼓を打ちながらも申し訳なさが込み上げて、遠慮が頭をもたげだす。

「こんないいもの用意してもらって、なんだか悪いよ」

「いいです。イカは友達に笑ってほしいです。だから葡萄、ボスに頼みました。すごくいいです」

愛花さん、笑います。いいです。イカも笑います。二人で笑います。すごくいいです。だから
彼は愛花に顔を近づけてにっこり笑った。愛花もそれにつられて遠慮を忘れて微笑んだ。久しぶりに会った彼は変わらず優しくて、愛花は嬉《うれ》しくてたまらなかった。

「ねえイカ。イカはあの赤い髪の女の人にわたしのこと話した？」

大粒の一房を食べきるのは愛花には難しかったので、三分の一ほど食べて残りは取っ

ておいてもらうことにした。愛花は果汁のついた手を洗いながら言った。

「ボスにですか？　いいえ。話してないです。誰にも話さないです」

「けどあの女の人が、イカが待ってるってわたしに言ったの」

そう言われて彼は少し驚いた様子で考え込む素振りを見せた。

「ボスは考える、すごいです。イカが葡萄頼みました。考えます、誰かが来たと」

「大丈夫かな。叔父さんに言ったりとか」

「多分、いいです。ボスも宗久、いいないです。だから言わない。考えます」

「だといいんだけど。最近、叔父さんがわたしのこと疑ってるみたいで」

「だから来る。悪いでした？」

「そうなんだ。今日はお酒飲んで寝ちゃってたから来れたけど」

「おやまあ《ツァマァ》。困ります」

「ね。いいない、よね」

そう言って愛花は苦笑した。彼は再び何かを考えていたようだったが、何かを振り払うように笑顔を見せた。

久しぶりに彼のもとを訪れた愛花は不安よりも嬉しさが少しだけ上回って、いくらか気分が楽になっていた。先ほどまでの雑談に笑みを残しながら南京錠を閉めようとした。

「「見ぃちゃった、見ぃちゃった！」」

歌うように重なる声に振り向いた。そこには嫌らしい笑みを浮かべた兄弟が立っていた。

「確か蔵には近づいちゃいけないんだよな」

「しかも鍵を開けて中に入ってる。これはすごく悪いことだよな」

鬼の首を取ったような表情で兄弟は囁《ささや》き合う。愛花は顔面蒼白《そうはく》で声を絞り出す。

「なんで、ここにいるの？」

「最近お前の様子がおかしかったから見張ってたんだよ」

「そしたらやっぱり悪さしてた。やっぱり甘やかされてきた奴はろくなことしないんだ」

「お願い、このことは叔父《おじ》さんと叔母《おば》さんには黙ってて」

愛花の懇願に兄弟はくすくすと笑いを漏らした。

「なんでだよ。約束事破ったのはお前だろ」

「俺達はそんな悪いことできないよ。お前みたいに甘やかされた人間じゃないから」

顔を見合わせた兄弟は大声で笑いだした。愕然《がくぜん》としながら愛花は尋ねる。

「なんで。なんでいつもそんな意地悪するの？　わたしは何もしてないじゃない」

絶望広がる愛花の表情に、兄弟の顔にはさらなる満足が上塗りされる。

「お前らの一家はずっと西橋のお金を独り占めして楽してきたんだろ」

「お前の親父は父さんを追い出していい思いしてきたんだろ」

「「じゃあしょうがないよなぁー」」

兄弟は再びけらけらと笑いだした。その笑いも言葉も愛花には全く理解ができない。パパが悪いことをしたの？　だからいじめられるの？　分からない。何も分からない。この半年、叔父達は愛花に意地悪なんて言葉では収まらない仕打ちを繰り返していた。きっと理由があるんだろう。パパかママが何かしてしまったのかもしれない。叔父達にも、かわいそうなことがあったのかもしれない。だけど愛花自身は何もしていない。叔父達に憎悪すら抱いていない。それなのに叔父達からは、幸福な生活の中で培われた、愛花の良心を削り壊そうとするような悪意だけが伝わってきた。

そんな悪意が愛花の心に火を灯《とも》らせた。この半年あまりのストレスが、長い年月をかけて積み重なった化石燃料のように、強烈なエネルギーを溜《た》め込みながら焔《ほのお》との接触を待っていた。遂にそのときが来たのだ。

兄弟が中扉を開けようとした。行く先は考えるまでもない。半年にわたる冷遇に耐えてきた愛花だったが、愛すべき奇妙な友人を奪われることだけは許すことができなかった。

「あああああああああああああ！」

必死の叫びに驚いた兄弟が同時に振り向いた。愛花は裸足《はだし》のままに中庭の砂利を踏みしめて、勝一の懐に滑り込み、力いっぱいに拳《こぶし》を振り上げた。この屋敷にやってきて以来、全く反撃することのなかった愛花の拳は、視覚的にも精神的にも二重の意味で勝一の死角を捉《とら》えていた。顎《あご》に直撃した愛花の拳は相変わらずの非力だった。それでも勝一の脳を揺らすには十分な衝撃を生んでいた。崩れ落ちる兄の姿に呆然《ぼうぜん》とした利二は全く何もできずに、練習が重ねられ研ぎ澄まされたアッパーカットのポーズを眺めていた。

「え?」阿呆《あほう》のようにそう零《こぼ》した利二の瞳《ひとみ》には、二発目の渾身《こんしん》のアッパーカットを繰り出そうとする愛花の姿が映っていた。

泣きじゃくる兄弟を背に、愛花は生垣へと握っていた鍵《かぎ》を放り込んだ。兄弟の声は屋敷に響き渡っている。中扉の向こうからは騒々しい足音が迫っていた。

「ごめんね、イカ」愛花はぽつりと呟《つぶや》いた。

「謝らないでください」

予想外の返事に振り返ると彼が中庭に立っていた。

「イカ、外に出ていいの?」

「駄目です。悪いです。けど愛花さんの声が聞こえたから、出ちゃいました」

そう言って彼は小さく笑った。

「兄弟、やっつけたんですね。流石です。愛花さん、大きくて、利口で、強いです」

「ありがとう。全部イカのお陰だよ」

愛花がそう言った途端、中扉が轟音《ごうおん》と共に開かれた。転がり悶《もだ》える兄弟を見た叔母がヒステリックな悲鳴を上げて駆け寄った。次の瞬間、宗久は愛花の髪を掴《つか》んで力任せに中扉の奥に引きずり込んだ。

「愛花さん！」

「早く子供達を中に入れろ！」

　叔母は兄弟の背をさすりながら立ち上がらせ中扉の奥へと連れていく。愛花のツインテールが宗久に力任せに引っ張り上げられる。あまりの痛みに愛花は悲鳴を上げる。宗久はそんな愛花を廊下へと力任せに叩《たた》きつけた。

「このクソガキ。やっぱり鍵を持ってやがったか。とんでもないことやらかしやがって」

「宗久さん、やめてください！」

「黙れ化け物。てめえも蔵から出てるんじゃねえ！」

　彼は動じずに宗久を睨《にら》みつける。その視線が癇《かん》に障ったのか、宗久は愛花の腹を蹴《け》り上げる。痛みと衝撃に一瞬呼吸が止まり、悲鳴すら上げられない。

「その様子だと一回や二回じゃねえな。そうだろ、リヒャルト」

「その名前で、呼ばないでください」

「完全なルール違反だ。飼われている分際で舐《な》めた真似しやがって。ふざけんなよ、化け物」

　そこまで言われても彼は中庭に立ったまま宗久を睨みつけたままだ。そんな姿にさらに苛立《いらだ》ったのか、宗久は愛花を引き起こして壁に叩きつけた。痛みに震えながら愛花は彼に向かって手を伸ばす。

「助けて、イカ！」

宗久は愛花の腹を再び蹴り上げた。愛花は痛みに耐えながら背を丸める。

「助けられねえんだよ。こいつは蔵と中庭から出れねえんだ。それがルールなんだよ」

ルール？　化け物？　愛花は激痛の最中《さなか》、必死に宗久の言葉を理解しようとする。

「教えてやる。こいつはな、戦時中に殺されたはずの赤軍《アカ》のスパイなんだよ。死刑にされたはずなんだが、何故だかこの化け物は生き残っちまった。で、日本はこの化け物を利用できないか考えた。だが予想よりも早くアメリカ軍がやってきたもんだから、どうにかこいつを隠そうとした。それで当時のお偉いさんが西橋家《ウチ》にお役を回したんだ。それ以来この化け物はこの屋敷で延々と飼われ続けてんだよ」

戦争の話も『アカ』という言葉の意味も愛花にはよく分からなかった。ただ宗久の言葉の端々から漏れる悪意と侮蔑《ぶべつ》の感情が、心を火であぶるかのように焦がしていく。

「いいか。こいつは正真正銘の化け物だ。吸血鬼って知ってるか？　人の心を読んで血を吸う化け物だ。こいつはそれなんだよ。だからお前の親父もこの蔵には近づくなって言ってたんだ。それなのに馬鹿なお前は鍵まで開けやがって！」

宗久が丸まっている愛花の背中を蹴った。背中に伝わった衝撃と激痛に、愛花は大きく体を反らした。生まれて初めて味わう激しい暴力の痛みに、愛花は意識を失いかけていた。残った微《かす》かな意識の中で愛花は叫ぶ。

「イカ、お願い」

だが彼は動かない。悲痛な表情で愛花を見つめるだけだった。その様子を見て、宗久は狂ったように笑いながら愛花の背を踏みつけた。

「無理だ。吸血鬼は招かれなきゃ人のいる住居には入れない。だからこの屋敷はこんな奇妙な形なんだ。この屋敷自体がコイツを囲む牢獄《ろうごく》なんだよ。そんなお役目のお陰で西橋家はたっぷりと金をもらい続けてきた。これからもたっぷりもらい続けるためにはこいつにはここにいてもらうしかない。そんな大事な化け物を逃がそうとしやがって」

踏みつける力が強くなる。愛花には悲鳴を上げる力すら残っていなかった。だが掠《かす》れる声でどうにか言葉を紡ごうとする。

「逃がそう、なんてしてない。ただ、わたしは、イカと友達になった、から」

宗久の足に更なる力が加えられた。

「本当に馬鹿なガキだ。お前は騙《だま》されたんだ。笑いに侮蔑の色が濃くなる。こいつはお前を利用して、屋敷に招き入れさせるつもりだったんだよ」

「嘘、だ」

「嘘じゃない。じゃなきゃお前みたいなガキをあの化け物が相手する訳ないだろ」

愛花は体を捻《よ》じらせて、中扉の隙間から中庭の彼へと視線を向けた。彼は苦しみ悶える愛花をただただ悲しそうな顔で見つめていた。

「なんで、違うって言ってくれないの」

返事はない。

「イカとわたしは、友達じゃなかったの」

返事はない。愛花の双眸《そうぼう》からはどうしようもない程の涙が零《こぼ》れていた。

「憐《あわ》れなガキだ。兄貴に似て、本当に馬鹿で救いようがない。来い。きつくお灸《きゅう》を据えてやる。リヒャルト、てめえにもしばらく血はやらん。せいぜい苦しめ、化け物め」

力任せに腕を引き上げられながらも愛花は中庭の彼を見つめ続けていた。その視線が彼の悲愴《ひそう》なそれと交わった。それを断ち切るように中扉が乱暴に音を立てて閉められた。

愛花は髪の毛を乱暴に掴まれながら引きずられていく。圧倒的な暴力と痛みに抵抗する気力すら失われ、ただ嵐が過ぎ去るのを待つことしかできない。

宗久は愛花を中扉の目の前の居間に放り込んだ。乱暴に投げ飛ばされた愛花は髪を引きずられ痛む頭を抱えてうずくまる。そんな愛花を見下ろしながら宗久は叫ぶ。

「お前は俺達を破滅させるつもりだったのか。親が死んだお前を引き取ってやったのに、恩を仇《あだ》で返しやがって！」

兄弟は叔母《おば》にしがみつき、叔母は兄弟を守るように両手で抱えている。

「この娘、勝一と利二を殴ったのよ。あの化け物のエサにしようとしたのよ！」

叔母のヒステリックな叫びが居間に響いた。荒唐無稽《こうとうむけい》な妄想に愛花は抗議しようとする。その瞬間、叔母達と視線が交差した。視線から感じたのは悪戯《いたずら》に伴うような幼稚な悪意ではなく、傍観を重ねるような無関心でもなかった。悪意の澱《おり》を刃《やいば》としたような純然たる殺意だ。

愛花には、叔母の言っていることもそんな視線を向けられなくてはならない理由も分からない。愛花は兄弟を殺そうとした訳ではない。悪意を向けてきたのは兄弟のほうだし、愛花自身は和解して仲良くやれるならそれでよかった。叔父《おじ》も叔母も兄弟もみんなと友達になれれば最高だった。なのに何故ここまで恨まれなくてはならないんだろう。憎まれなくてはいけないいんだろう。殺意を向けられる当事者でありながらも、愛花は不思議でたまらなかった。そんな一方的な感情が悲しくて仕方なかった。

叔母達を見上げていた愛花の髪を宗久が乱暴に摑んだ。痛みに小さく悲鳴を上げる。

「そんなに俺達が憎かったのか。俺達を殺して遺産を手に入れるつもりだったのか。チビの癖に恐ろしい考えしやがって！」

愛花は宗久の顔を見上げた。鼻息荒く目を血走らせる必死な顔は飢え切った獣のように醜かった。その表情に愛花は理解した。この人達は愛花にひどいことをしているという事が本当は分かっていたのだ。自分達がひどいことをしているから愛花も仕返しにひどいことをするのではないかと怯《おび》えているのだ。だから怒るのだ。だから怖いのだ。

「アンタ、もうそいつは屋敷に置いとけないよ。あの化け物を逃がそうとしたんだ」

「ああ。だけどコイツがいなくちゃ兄貴の遺産が手に入らないだろ」

「じゃあどうすんのさ」

「そうだな。こいつは部屋に閉じ込めておこう。外から鍵を掛けて、もう二度と出さない。蔵の化け物を出そうとしたんだ。親戚《しんせき》連中も納得するだろ」

愛花は抵抗の意思すら失いながら呆然と会話を聞いていた。絶望的な未来を耳にしても他人事《ひとごと》のようにしか思えなかった。ゆっくりと愛花の心に帳《とばり》が降りようとしていた。

突然轟音が響いた。愛花も叔父一家も驚愕《きょうがく》し、音が発した方へと向いた。扉が蹴り開けられ、中庭から差し込む月光に照らされる彼は、呼吸が荒れ大きく肩を揺らしていた。激しい吐息の音以外は静まりかえった薄暗い廊下の中で、青い瞳《ひとみ》だけが神秘的な光を放っていた。

「イカ」

「愛花さん」

彼が一歩居間へと近づく。室内灯に照らされた彼の姿を見て誰もが言葉を失った。皮膚は裂け、頭頂部からは滝のように血が流れていた。いつも愛花に向けられていた優し気な微笑みは、歯を食いしばり痛みに耐える必死な表情に塗りつぶされていた。

彼は招かれていない屋敷には入れない。宗久はそう言っていた。その通りなのだろう。その姿は明らかに限界を超えていた。

「何やってんだ、てめえは」

驚愕と明らかな怯えを含みながらそう言った宗久が彼の目の前に立った。交替するように叔母が愛花を押さえつける。

「ルールを破ったから、その様《ざま》なのか」

彼は答えない。廊下の木目にその血をしみこませながら、飛び出しそうなほどに見開いた瞳でただ宗久を睨みつけていた。その視線が気に入らなかったのだろう、宗久は彼の肩を突き飛ばす。彼は大きく揺らぎ、一際激しく血が流れ出す。あまりに悲痛なその姿に愛花はどうにか体を向けて彼に手を伸ばした。膨らみ切った風船のように、わずかな一刺しで彼は崩れ去ってしまう。そう感じたのだ。

（やめて、イカ。戻って！）

叔母に塞《ふさ》がれた口で呟《つぶや》いた。それはくぐもった小さな悲鳴にしかならない。彼はふらつく体を支え直し、再び宗久を睨《にら》みつけた。叔父はそんな必死な彼を鼻で笑った。

「お前に死んでもらっても困るんだよ。蔵に戻れ。俺達はお前を招いていない」

それでも彼は一歩踏み込んで、噛《か》みつくように宗久へと顔を近づけた。

「もう一度だけ言う。戻れ」

その瞬間、彼の青い瞳が叔父の背中越しに愛花に向けられた。その瞳が訴える何かを、愛花は本能的に察し、叔母の手に思い切り噛みついた。大げさな悲鳴と共ににわかに拘束が解かれる。彼の瞳が自分に向いていないことに気が付いた宗久は、その視線の先を追って大きく息を吸う愛花を見た。恐怖と驚愕に染まり切った宗久が叫ぶ。

「そいつを押さえろ！」

この家に一番長く住んでいるのは誰か。誰がこの家の主《あるじ》に相応《ふさわ》しいのか、愛花は気付いたのだ。慌てて動いた叔母よりも早く、愛花は彼に向けて叫んだ。

「イカ、いらっしゃいませぇ！」

必死ながらどこか間抜けなその言葉に、彼から流れ落ちていた血がぴたりと止まった。

その瞬間、廊下で彼と睨み合っていたはずの宗久の姿が消えた。一瞬のことに呆気《あっけ》にとられていた愛花は、天井に衝突して落下した宗久の姿を見ても何が起きたのか全く理解することができなかった。叔母と兄弟達の悲鳴が響き渡る。だが血まみれで腕を振り上げたポーズをとる彼の姿を見て、愛花はようやく合点した。

「わあ、さすがイカ」

自らのボクシングの師匠が吸血鬼の怪力で撃ち放ったアッパーカット、その威力に愛花は思わず乾いた笑いを漏らした。ただ人間を幽閉するだけならいくらでも方法はあるのに、何故西橋家は中庭をくりぬくような面倒な方法で彼を秘匿していたのか。その答えたる怪力の凄《すさ》まじさに、愛花はただ驚くことしかできなかった。

彼は崩れかかった体を引きずりながら居間へと入る。愛花も残った力を振り絞って立ち上がり、血まみれの彼の体に倒れ込んだ。彼は愛花を優しく抱きしめた。

「ありがとう、イカ」

「何言ってるですか。愛花さんとイカは友達です。当たり前、いいですよ」

甲高い悲鳴を上げて部屋の隅にうずくまる叔母と兄弟を無視しながら愛花は言う。

「ごめんなさい。わたし、もしかしたらイカが騙してたかもしれないって思っちゃった」

「イカのほうこそごめんなさい。初め、イカは愛花さん騙す。いいです。考えてました」

「え？」

「聞いてください。イカは死ぬ前はずっと嘘をつき続けてきました。いろんな名前使いました。いろんな人を騙しました。けどみんなイカのこと信じてくれました。オットー。ワイゼ。クラウゼン。みんなイカのこと友達だと思ってくれていました。だけどイカは誰も友達じゃないって考えてました。だってイカは誰も信じてないでした！　イカは友達いないでした。そして死にました。後悔いいです。悪いことなかったです。イカは自分の仕事を精一杯やり切りました。そして最後は負けました。けどそれでもいいです考えてました。けど死んでから長い時間経って、ずっと閉じ込められて、すごくここから出たくなりました。だから愛花さんと会ったとき、ここから抜け出す、いいと思いました」

彼は血まみれの顔で申し訳なさそうに愛花を見つめていた。

「けどこのままじゃイカは死ぬ前と同じだって考えました。イカは死ぬ前は国とか、思想とか、そういう大きなものが一番大事、考えてました。死ぬ前にしたこと、いいです。誇りに思ってます。だけどもう嘘はつきたくないです。自分を友達だって考える人、裏切りたくないです。死ぬ前に嘘つき続けたから、もう嘘つきたくないんです。だからイカはもう愛花さん、騙《だま》す、悪いです。嫌です。愛花さんと友達でいたいです。だから嘘、ないです。だから愛花さん、守ります」

「ありがとう。イカ」

再び愛花は彼に抱き着いた。彼の体は血まみれで、冷たかった。それでも愛花の冷え切っていた心には何か温かいものが広がっていた。

さんさんと朝日の降り注ぐ中庭で、開けっぱなしの蔵の扉を抜けて愛花は子供らしい元気な声を上げた。

「おはよー、イカ。光江さん」

「おはよう、愛花さん」

「おはよう、愛花ちゃん」

そんな愛花に彼と光江が微笑みながら返事をした。

愛花がイカを屋敷へと招いたあの後、二人の前にあの赤髪の女性が現れた。どうやら叔母の通報を聞きつけて、救急隊より早くやってきたらしい。イカに叩《たた》きのめされた叔父を見て爆笑し、連れてきた男達に叔父とその一家を運ばせた赤髪の女性は、愛花を抱きしめたままのイカと何か難しい話をしていた。「スポンサー」や「ルール」なんて言葉が飛び交う会話を、疲れ切って呆然《ぼうぜん》としていた愛花はよく覚えていない。ただ一つ愛花が覚えているのは、笑顔の女性が愛花の頭を撫《な》でながら言ってくれた「何も心配ないからね」という言葉だった。

その言葉通り、愛花の生活には何も心配がなくなった。

イカは何事もなかったかのように蔵に戻り、愛花をいじめていた叔父《おじ》一家は屋敷を去っていった。イカの話では、赤髪の女性が叔父の代わりに愛花の後見人になったらしい。

愛花が貰《もら》うはずだったお金や西橋家の屋敷は、これからあの女性が管理するそうだ。

愛花がそんな赤髪の女性にまずお願いしたのが、使用人の光江を呼び戻すことだった。叔父によって西橋家を追い出された光江は、夫との死別と六〇を超える年齢もあってこの半年隠居に近い生活をしていたのだが、連絡があるとその要請に快く応じてくれた。実際、過酷な環境に愛花を置いてきたことを気に病んでいたらしく、半年ぶりに会った愛花を抱きながら謝罪の言葉を繰り返していた。今では西橋邸に住み込みで働いている。

「イカ、またパソコン？　やりすぎじゃない？」

「アー。あともう少し」

光江が朝食を並べている背後で、彼は蔵に新しく設置されたパソコンデスクへ向かっていた。世界中と繋《つな》がるインターネットという文化に彼は魅了されていた。曰《いわ》くモスクワの国立図書館を頭にぶちこまれているような気分らしい。だがその没頭具合には愛花も光江も呆《あき》れていた。食事を並べ終えた光江も彼用の珈琲《コーヒー》を淹《い》れながらたしなめる。

「まったくずっとこの調子なのよ。イカさん。食事は一緒にって愛花ちゃんとの約束でしょう。いい加減にしなさい！」

光江はマウスを握る彼の手をぴしゃりとはたいた。モニターから目を離しながら彼は降参するように手を上げた。そんな様子を眺めながら愛花はくすくすと笑った。

彼は光江が淹れた珈琲を飲みながら新聞を開き、光江も食卓に座り、愛花の茶碗《ちゃわん》に白米を盛っていた。使用人である光江も食事を共にするようにと愛花が頼んだので、光江の前にも食事が並んでいる。両親を失って以来の幸せな団らんがそこにはあった。

その日の昼頃、屋敷にチャイムの音が響いた。光江が返事をしながら早足で向かう音が聞こえる。中庭で運動していた愛花に、数人の足音が重なりながら近づいてきた。

「こんちは、愛花ちゃん」

「こんにちは。ボス」

赤髪の女性が現れた。背後には背の高い不愛想な眼帯の女が立っている。

「ボスって。別に名前で呼んでくれていいのに」

「イカがそう呼んでるから。それで今日はどうしたの。お仕事？」

「まあ仕事の話もあるけど、愛花ちゃんに会いに来たのもあるんよ。一応あたし後見人だし。で、元気？」

「んー、微妙」

「微妙かぁ。まあいつだって元気って訳にもいかないよね。何か欲しいものがあるんなら言うんだよ。何でも買ってあげるから」

そう言いながら二人は蔵へと入っていった。愛花も後からついていく。

「こんにちは、ボス」

蔵の奥でパソコンデスクの前に座っていた彼は、扉のほうへと向き直った。

「こんにちは、ラムゼイ」

「そちらのガールは？」

「ウチの新人。こっち関係の仕事任せることになりそうだから挨拶《あいさつ》につれてきた」

「御轟哵《みごうめい》です。よろしくお願いします」

「よろしくです。大きなガール」

メイは睨《にら》み付けるように彼の上から下までじろりと眺めた。彼は笑顔で返す。

「社長、本当にこのオッサンが？」

「こら口悪い。ラムゼイは本物だよ。今んとこあたしが把握している中じゃ国内唯一の珍種だから、扱いは丁重にね」

「へーい」

彼は笑顔を引きつらせながら呟く。

「……ボスも口悪いです」

「それで最近の調子はどうなの？　他に欲しいものあるなら用意してあげられるけど」

「今のところは。このインターネットがあれば、満足です」

「なんだか本当に引きこもりじみてきたね、あんた」

呆れるような表情を気にする素振りも見せずに、彼は続ける。

「しかしボスはよく愛花さんの後見人なれました。すごいです」

「スポンサーはあんたをここに閉じ込めておければそれでいいみたいだから、そのためには愛花ちゃんが必要で、それを管理できるのはあたしだけだって説得したの。まあ他にも非合法な手段もちょろちょろと。ま、うまくいったよ」

「ボス、怖い人です。けどそのスポンサーはなんでイカをそこまで?」

「彼らは旧満州軍閥の末裔《まつえい》らしいよ。あんたを恨みながら、裁判で死んだご先祖様の遺言で絶対に外に出さないようにしなきゃいけないいんだってさ」

彼は信じられない、といった顔で言う。

「そんな大昔の遺言、守ってるですか。すごい」

「ま、そのおかげで愛花ちゃんにお金が入るんだからいいんじゃない? 別にあんただって逃げ出すつもりはないんでしょ。一応、言いつけ通りに蔵で暮らしてるんだから」

「まあ今のところは」

「ずっとそうであることを願ってるよ。あんた便利だから」

そう言いながら微笑むボスに、彼は何か思いついたような顔を向けた。

「そうだ。ボスにメイさんもお昼食べていきましょ。光江さんに頼みます」

「まあ今日は暇だからいいけど。メイ?」

「別に構いませんよ」

愛花は眼帯女の顔を覗《のぞ》き込んだ。愛花と目が合った女はにこりと笑った。威圧感の抜けきらない、不器用な笑みだったが、嫌な感じはしなかった。この人、目つきが悪いだけできっと悪い人じゃないいんだろうな。直感的にそう思った愛花はメイに微笑み返した。

言葉通り暇だったらしく二人の女は西橋邸でしばらくゆっくりと彼や愛花と話をして

帰っていった。午後には光江が買い物に行って、彼は蔵でパソコン弄りを再開し、愛花は彼の蔵のベッドで新しく買ってもらった本を読んでいた。夕刻を回る頃、光江の作る夕餉《ゆうげ》の香ばしい匂いが屋敷に満ちてきた。愛花は本を閉じて天井を見上げて言った。

「イカ」

「何ですか」

彼はパソコンに向いたままだ。愛花はそんな背中を横目に続ける。

「わたしはこの半年で生まれ変わったと思うの」

「愛花さんが？」

「うん。イカみたいに。だからね」

愛花はベッドから起き上がり、真っすぐに彼を見つめた。そんな気配に衝《つ》かれて彼も椅子をずらして不思議そうに愛花を見つめていた。

「わたしも自分に嘘つかないで、いろんな人に会ってみようと思う。今までみたいに西橋家の子供としてじゃなくて。わたし自身に正直になって向かい合ってみようと思う」

「そうですか」

そう言って彼はにっこりと笑った。その笑顔はいつもと同じく優し気だったが、それでもどこかいつもよりも嬉しそうに見えた。そのタイミングでテーブルクロスを持った光江が扉を開いた。

「さぁさ。晩御飯ですよ。愛花ちゃんは食事前に手を洗って。イカさんは珈琲？」

「はーい」

「お願いします」

「じゃ食事持ってきますからね」

扉を開けっぱなしのままで光江はばたばたと炊事場へと向かっていった。その背中を見送りながら愛花は言った。

「イカ、ありがとうね。わたしと友達になってくれて」

「こちらこそ。愛花さん」

春の夕焼けが中庭に差し込んでいた。ふと見上げると青と赤の混じり合う、邪魔するものは何もない綺麗《きれい》な空が広がっていた。

# 第三章　最上紗耶香と樫山家の守神

紗耶香は不愉快で仕方がなかった。百足《むかで》の恐怖に弱り切った秋人を置いていくのは嫌だとあれだけ言ったのに、メイに強引に病院から連れ出されて古臭いセダンの後部座席に押し込まれてしまったのだ。拉致《らち》に近いその様子に診察待ちの患者達は目を丸くしていた。秋人の父親が何事か叫んでいたけど大丈夫なのだろうか。警察とか呼ばれていないだろうか。

「いい加減ふくれっ面よしなよー。秋人は病院にいれば大丈夫だって。多分」

運転するメイを見て紗耶香は確信する。どうしようもなく合わないのだ。メイは何とも思っていないみたいだが、紗耶香はその奔放な性格が嫌でたまらなくなる。

「いくら気が逸《はや》ってるからって、紗耶香ちゃん担いで車に放り込むのはどうかと思うんだよなぁ。ごめんね、紗耶香ちゃん。メイさん、脳みそまで筋肉だから異形のこと以外は全て粗野なんだ。嫌になっちゃうよね」

「うっせぇ、リズ」

助手席に座るリズをメイは睨みつけるが、リズは素知らぬ顔で窓の外を眺めていた。

そんな二人に、紗耶香は正気を疑うような眼差《まなざ》しを向けつつ、左右に大きく揺れ続ける慣性に耐えて踏ん張るのに精一杯だった。メイの運転は暴走としか言いようがなく、けたたましいドリフト音を奏でながら山道を駆け下りている。速度メーターのほうには視線を向けられなかった。明確な数字を見てしまったら、恐怖に耐えられる気がしなかったからだ。メイは目的地は神奈川の郊外だと言っていた。この最悪の状況からはまだまだ抜け出せそうにない。

やっと車が止まった頃には、紗耶香は脳がゆっくりと回転し続けているような最悪の気分で、最早《もはや》何のために自分がこんな目にあっているのかも忘れかけていた。意識は朦《もう》朧《ろう》とし、気が付けば病院から連れ出されたときのように、担ぎ上げられていた。自分を担ぐメイがリズと何か話しているが、内容は頭に入ってこない。重々しい何かが開く音がして、ソファーのような何かに座らされた。

紗耶香はようやく顔を上げて周囲を見渡した。そこは西洋風の一室だった。大きな観音開きの扉から夕刻の柔らかな陽が差し込んでいる。目の前の机の左側にメイとリズが、右側には白人男性が椅子に座り、こちらを覗き込んでいた。机の上には人数分の珈琲《コーヒー》カップが並んでいて、男性の背後にはゴシックな空間にネオンのような光を浮かび上がらせるパソコンとモニターがいくつも並べられていた。

「このガール、大丈夫です？」

「あー、どうだろうね。かなりしんどそうだけど。いやいや焦って飛ばしてきたから、紗耶香ちゃんがこんなになってるなんて気が付かなかったよ。ハハ」

「このガールがこないだ言ってた？」

「そ。見える子。将来的にはウチで雇いたいと思ってる。だからあんたにも会わせたくて連れてきたんだけど、こりゃ無理させただけだったかな」

「紗耶香ちゃんは嫌そうだけどね」

「なあにウチは給料いいし休み多いし、福利厚生だって手厚いんだから来てくれるって」

「だといいけど。紗耶香ちゃん、友達になってくれそうだし」

紗耶香は自分を覗き込みながら雑談する二人を呆然《ぼうぜん》としたまま眺めていた。未《いま》だ脳が回り続ける感覚は収まらない。気力でどうにか吐き気を抑え込んでいるが、昼食の蕎麦《そば》との再会まであともう少し、といった気分だ。

「それで今日はどうしたですか。急にやってきてびっくりです」

男性が珈琲を啜《すす》りながらメイを見る。その目にはうきうきとした高揚が迸《ほとばし》っていた。

「カオスだよ、イカ。ついにカオスがやってきたんだ！」

その言葉に彼はカップを持った手をぴたりと止めた。メイは珍しく上機嫌の笑顔のまままで、リズは珈琲カップを見つめたままだ。

「本当ですなら十年ぶりの大事件ですよ」

「十年前ほどの規模かは分からないけど、いいか驚けよ。今回は槙島市、その周辺で発生するぞ。つまり東京近郊でカオスが起きるんだ」

「……本当に大事件です」

興奮気味に話すメイと彼に、ミルクを見つめていたリズが醒《さ》めた様子で言う。

「まだメイさんがそう思ったってだけでしょ。別に決まった訳じゃあ」

「だからここに来たんだろ」

そう言ってメイは秋人から預かったであろう携帯電話を机に置いた。

「これは？」

「今扱ってる案件の関係者の携帯。そいつは今行方不明で、少なくとも二つの異形がそいつに関わってる」

「ハァハン。珍しいケースですね」

「ああ、あんたも関わって三件分か。まあそういうことで頼むよ」

メイはそう言って槙島市の地図を広げた。彼は血の跡の残った携帯電話を握りしめ地図を見下ろす。地図には赤いマーカーで○印がつけられた個所があり、右手でそれを指さした。彼はじっと地図を見つめ続ける。メイとリズはその様子を見つめていたが、彼の青い瞳《ひとみ》が戸惑いに曇った。

「どした？」

「悪いです。見えません」

「何だって？　見えないなんてことあんのかよ」

「見えないというか。波紋がいろんな場所で反応して見える。悪いです。駄目です」

「どういうことなんだ？」

「多分。すごく色々なものが重なります。それが、いいないです」

「重なるって」

リズが何か言いかけたところで彼は赤いボールペンで地図上にいくつも×をつけた。

「ここら辺で波紋が途切れます。多分、ここにもいます」

「異形が？　マジかよ」

「調べてください。途切れた場所、見ればいいかもです」

彼が記した×印は六か所もあった。リズがまるで他人事《ひとごと》のように呟《つぶや》く。

「この×印全部に？　うわあ。すごいなあ」

「こりゃ手が足りないなあ。マジで社長に増員頼まないと」

「ボスはこのことを？」

「知らない。あの人はいつもの通り行方不明だよ。ったくタイミングわりぃなあ」

呆然としたままメイ達の会話を眺める紗耶香には何が何だか意味が分からない。私はこのまま放置され続けるのだろうかと考えたとき、夕陽の差し込む扉の向こうから遠慮がちな声が響いた。

「あのー、なんか光江さんからこれ持って行ってって、言われたんですけど」

黒髪をポニーテールにまとめた美しい少女が顔を出した。その手には水の入ったコップと錠剤の載った盆があった。

「いやいや。いきなり吸血鬼って言われても」

愛花と名乗る少女の持ってきた酔い止め薬を飲んでいくらか気分を持ち直した紗耶香は、奇妙な蔵の中で紹介されたイカについてそう感想を述べた。楽しそうにメイは言う。

「コイツはレアなんだぜ？　念視が便利だから仕事でも重宝するし」

「いやいやいや。戦時中から今の今まで生きてきたって、この人何歳なんですか」

リズが指折り数えてから彼に尋ねる。

「えっと。百歳は超えてたよね？」

「はい。今年で一二五歳です」

紗耶香は今更ながらこの奇妙な一週間ほどの体験全てが何かの冗談で、今現在ドッキリ番組に参加させられているのではないかとすら思えてきた。普通の人には見えない奇怪な存在は自分でも見えるだけに信じざるを得なかった。だがいくら何でも目の前の白人男性が吸血鬼で一二五歳だと言われると、これまでの人生の全てが否定されているような非常識さに脳がバグを起こしている感覚に囚《とら》われる。早鐘のように思考を揺らす頭痛の正体が重度の車酔いのせいなのか、奇妙すぎる現実のせいなのか分からなかった。

「じゃあ人を襲って血を吸ったりするんですか」

「ハハハ。大丈夫です。今便利ですから人襲わなくても血飲めます。すごくいいです」

イカは蔵の奥のワインセラーを親指で指した。頭痛が猶《なお》の事ひどくなった気がした。

「それで私はなんでこの、イカさんに会わされているんですか。それにメイさん達が言ってる、かおすって何なんですか」

その言葉が紗耶香の口から出ると、メイは殊更に目を輝かせた。

「ねえねえ紗耶香ちゃん。前にあたしが説明した異形の三法則って覚えてる？」

「はあ。えっと、しっかりと認識されることを嫌う。強いこだわりを持つ。ぐちゃぐちゃな場所を好む。でしたっけ」

「ちゃんと覚えてるなんて優等生だねぇ。んで、今回問題なのはその三つ目。奴らは混《こん》沌《とん》を好む。それがどういう理由なのかは分からないけどあたしやリズ、紗耶香ちゃんに奴らの影が見えるように、何やら独特な感覚があるんだろうね。奴らは明かりに集まる虫のように混沌の香りにつられて集まってくる。そんな異形が大規模な混沌に誘われて複数体集まった状況をあたし達は『カオス』って呼んでいる。虚《うつ》ろなる百鬼夜行。魑《ち》魅《み》魍魎《もうりょう》の舞踏会。呼び方はそのまんまだけどいいの思いつかなくて」

「つまり秋人の件も、美世さんの件も、それが関係しているってことですか」

「うん。恐らくそれぞれがカオスの一端を担ってる。それでこのイカのところにやってきたんだ。コイツに念視してもらったら槙島市にはずいぶんと大量の異形の気配が視《み》えるらしい」

紗耶香は故郷を覆う巨大な影を想像して言葉を失った。息を呑《の》みどうにか言葉を絞り出す。

「そのカオスはいつ起きるんですか。何が起きるんですか」

「分からない。今はその兆候が見え始めたってだけだから、本当に起きるかどうかもまだ確定的じゃない。地震か津波かテロか事故か。まだ何も分からない」

そう話すメイに紗耶香はさらに言葉を失った。リズが励ますように言う。

「けど人為的なことだったら止められるかもしれないし、そのカオスを追えば美世さんを見つけられるかもしれない。美世さんに憑《つ》いている小人もカオスを目指すだろうから」

話がヒートアップしそうになる前に愛花がおずおずと声を上げる。

「話はよく分からないですけど、せっかく皆さん来てくれたんですから晩御飯食べていってくださいよ。光江さんも久しぶりのお客さんに気合入ってましたから、ぜひぜひ」

剣呑《けんのん》な雰囲気を中和するような愛花の言葉にメイが笑った。

「そうだね、久しぶりに光江さんのご飯頂こうかな」

「いいんですか、すぐに調査始めなくて。大事件が起こるかもしれないんでしょ」

「いいのいいの。異形の調査は理由がない限りは昼間にやるって決めてるし、どうせ今日は徹夜で仕事することになるだろうから、今の内にゆっくりさせてもらおう」

軽い口調で紗耶香の質問に答えたメイに続けてイカが言う。

「久しぶりに賑《にぎ》やかな食事、イカはすごくいい思います。愛花さんナイスです」

だが、愛花はそう言ったイカのほうには一瞥《いちべつ》もくれなかった。

「じゃあ皆さんはくつろいでいてください。よかったら居間のほうで用意しますけど」

「え、ああ、うん。まあ私達はここでも構わないよね？」

「お、おう。ここでいいよ。いつもここで食べてるんだろ。別にわざわざ」

愛花はあくまで笑顔のままでメイの言葉を遮った。

「分かりました。じゃあ私は光江さんの手伝いしてきますんで。少し失礼しますね」

そう言って愛花は蔵から出ていった。扉が閉まると同時にイカは机の上で頭を抱えた。

「そういや愛花ちゃん、蔵に来てからあんたのほうには視線すら向けなかったな。なんかあったんかよ、イカ？」

「イカは今、愛花さんにすごく悪いです。すごくすごく悪いです」

「いつも愛花ちゃんと仲良しだったのに。何したんですか」

「愛花さん、高校生なりました。スポーツも勉強もできる。すごくいいです。優等生です。けどイカ心配でした。愛花さん、美人で強くて利口で優しい。何か悪いことあるかもしれない。考えました」

「もう完全に父親の心境だな。それで？」

「イカは何かあっても駆けつけられません。蔵出れません。だからすごくすごく心配でした。だから考えました。屋敷にカメラとかつけて、パソコンで見れるようにしました」

「イカさん。まさか」

「イカ心配で、愛花さんの部屋とかお風呂《ふろ》にもカメラつけました。心配だから。それだけ考えました。あと愛花さんの鞄《かばん》にもつけて、外でも心配ないですように」

紗耶香達は絶句しながら一二五歳の吸血鬼を見つめていた。

「すげえな、あんた。最悪の満漢全席って感じ」

「それはひくなんてもんじゃないよね。下手したら二度と口利かないレベル」

「それ、愛花さんが知らないうちに仕掛けたんですか」

紗耶香の質問にイカは悲しそうな顔で答える。

「愛花さんには安全ですのため、必要です場所につけます言いました。けど愛花さんはそれすごく悪い考えたみたいで」

「んで無視されてるって感じか。うん、そりゃあんたが悪い。悪すぎる」

「けどイカはいやらしい気持ち全くなかったです。何かあったときのためにつけただけです。愛花さんお風呂入ってるときとか、着替えてるときなんて見たことないです。愛花さんイカの一番の友達です、そんなことしません！」

「そりゃその通りなんだろうけど。そういう問題じゃないと思うよ」

「愛花さん喋《しゃべ》らなくなりました。ずっとこのまま。イカすごくすごく悲しいです」

紗耶香は目の前で嘆く吸血鬼を眺めながら、やっぱり自分は騙《だま》されたんじゃないかという思いを強くしていた。

光江の用意してくれた食事を終え、帰宅の途についたのは午後七時を回るころだった。

帰りの車は流石に気を使ってくれたのか、行きと同じ道を通っているとは思えないほどに穏やかな運転で、紗耶香も安心して思わず後部座席で眠りについてしまった。紗耶香が目を覚ましたのは西橋邸を出発してから四〇分後、秋人からメッセージが届いたときだった。

午後八時過ぎ、宮部内科医院は診療を終了して、病院に残っているのは秋人とその両親だけだ。すでに施錠されている正面玄関ではなく裏口に回り込んだ紗耶香は、インターホンを鳴らし殴りつけるようにノックする。

「開けてください、紗耶香です！」

少しの間を置いて鍵《かぎ》の開く音がした。秋人の父、悟《さとる》の顔が扉の隙間から覗《のぞ》く。

「紗耶香ちゃん？　どうしたんだ、こんな時間に。すまないが今は手が離せ」

悟の言葉の途中で紗耶香は強引に体を扉の隙間に捻《ね》じ込んだ。紗耶香の突飛な行動に悟はのけぞり、メイとリズもどさくさに紛れて侵入する。

「紗耶香ちゃん、秋人は今」

「分かってます。秋人から連絡があったからここに来たんです！」

怒鳴るようにそう言いながら紗耶香は病室の扉を開けた。秋人は昼間の病的な様子からさらに月日を経たようなやつれ具合で、四角い部屋の角にぴったりと嵌《は》まり込むように腰を落としていた。目は血走り、幾度も吐いたのか口から漏れる胃液の粘りがスウェットを汚していた。

「紗耶香ちゃん？」

秋人に寄り添っていた母、依子《よりこ》の驚きの声を無視したまま紗耶香は秋人に抱き着いた。

「ごめんね。やっぱり離れるんじゃなかった。私のせいだ。ごめんね」

紗耶香の抱擁に、秋人は状況を理解していないかのように血走った眼を白黒させる。

「あー、なるほどなるほど」

ひりついた病室に間延びした声が響く。紗耶香はその声の主を睨《にら》みつけた。

「メイさんが私をここから連れ出したから」

「いんや。多分関係ない。そうだろ、秋人」

秋人の瞳《ひとみ》が大きく揺れた。紗耶香を抱きしめる腕が硬直する。

「オイ。一体何なんだ君達は。息子は調子が悪いんだ、帰ってくれ！」

紗耶香達を追ってきた悟が怒号を上げる。その声に秋人がびくりと体を跳ねさせた。

依子が声を上げる。

「お父さん！」

「あ、ああ」

悟の怒号も依子の抗議も聞こえないように、メイは病室を見回しながらふらふらと歩き回っているリズは出入口の横で身を小さくしていた。

白く清潔な病室を見回していたメイは、秋人を一瞥するとカーテンの閉められた窓へと手を伸ばした。

「やめ、やめてくれ！」

秋人とは思えぬ甲高い叫びが響いた。メイは納得したように振り返る。

「窓からか。いつから？」

「五時過ぎた頃、です。初めは、気のせいかと思ったんです。けど、カリカリって、何かを引っ掻《か》く音が次第に激しくなって、しばらくしたら、声も」

「声？」

「笑い、声です」

「秋人のお母さん、ずっと一緒でした？　音とか声は聞こえましたか？」

息子に寄り添いながらも戸惑っていた依子は突然の指名に怯《おび》えたような反応を見せる。

「え、ええ。ずっと一緒にここに。私は変な物音は聞いてませんけど」

「いいですね。それにこの病院もしっかりしていてよかった」

「メイさん。アレは俺を」

「ああ、追ってきたみたいだな。リズ？」

「うん。多分窓の外」

その言葉に病室から音が消えた。一拍置いて秋人が唸《うな》るとも叫ぶとも取れない泣き声を上げた。必死にしがみつく腕は痛いほどだったが、紗耶香はむしろそこまで秋人を追い詰めさせてしまった自分に強い怒りを抱いていた。

「いい加減にしろ。一体何の話をしているんだ」

「息子さんは妖怪《ようかい》みたいなもんに憑《つ》かれてます。恐らくはお兄さんに憑いていたものが彼に憑いてしまったようで、今まで二度それに襲われてます。今回もそのせいですよ」

悟の顔が露骨な困惑に歪《ゆが》んだ。

「この切羽詰まった雰囲気と話の滑稽《こっけい》さに理解が追いつかないって感じですかね。いいですよ、これまでの説明しますから」

そう言って、紗耶香にとってあまりにも濃い日々を、メイはわずか五分足らずで説明した。

「つまり秋人が謎の化け物に取り憑かれて何度も昏倒《こんとう》していると。馬鹿馬鹿しい。次は悪霊に効く壺《つぼ》でも売りつけるつもりか？」

「ハハハ。親子ですね。あんたの息子も同じこと言ってたよ」

悟の顔が引きつった。秋人に寄り添う依子が声を上げる。

「それで、どうすれば息子は助かるんですか」

「依子！」

「この子は何かに襲われたって言ってたのに、あなたは悪夢を見ただとか幻覚を見ただとかそんなことばっかり。この人の言っていることのほうがまだ信用できるわよ」

悟の顔が真っ赤になり、わなわなと全身を震わせながら、声を絞り出す。

「君達は帰りなさい。たとえ化け物がやってきても私が守る」

「あなた」

「息子よりもずいぶんと頭が固いな。秋人の多少なりの柔軟さはお母さんの遺伝かな」──

メイの言葉に悟が隠せなくなった怒りを顔に浮かべて、メイの白いシャツの襟元を摑《つか》んだ瞬間、リズが呟《つぶや》いた。

「あ、駄目」

辛うじて耳に拾えるリズの声と同時に、完璧《かんぺき》とも言える角度でメイの拳《こぶし》が悟の顎《あご》を掠《かす》めた。糸の切れた人形のように悟がその場に崩れ落ちる。

「あなた！」

依子の絶叫も素知らぬ顔でメイは崩れる悟の体を支え、いとも簡単に担ぎ上げた。その様子にリズが声を上げる。

「メイさん、めんどくさくなったら手を出す癖、やめなさいって言ってるでしょ！」

「しゃあねえじゃん、今のは。あっちから手を出してきたんだから。それにこのオッサンこのままじゃ邪魔だろうし、これでいいんだよ」

メイの蛮行にリズは地団太を踏む。メイは部屋の隅のベッドへと悟を降ろした。

「ごめんね、奥さん。けどもう余裕ないからチンタラやってられないんだよ。今からは秋人を助けるために全力を尽くす。いいかな？」

目の前の状況を呑《の》み込もうとする依子は震えるように何回も頷《うなず》いた。その様子にメイは笑顔になる。そしてようやく紗耶香が先ほどから睨んでいることに気が付いた。

「これからいろいろと準備するけど、紗耶香ちゃんはそのままでいいよ。誰かが秋人についていなきゃ」

「私、メイさんのこと嫌いです」

紗耶香にとって偽りのない本心だった。だが余程意外な言葉だったのか、メイは面食らっている。その背後ではリズがため息交じりに呆《あき》れた表情を浮かべた。

「えぇ。あたしは紗耶香ちゃんのこと、結構気に入ってるんだけど」

「むしろこれまでの行動で好かれてると思ってたのがすごいよね。ほら、準備しないと」

リズは依子についてくるように頼みながら、何か言いたげなメイを引きずって病室を後にした。

それから三〇分ほど経った。メイ達が何かの準備をする間秋人は部屋の隅に蹲《うずくま》ったまままで、紗耶香は隣に座り秋人と固く手を握り合っていた。これからやってくる何かに対して怯え切った秋人とは対照的に、紗耶香は広げた紙箱で塞《ふさ》がれた窓を睨みつけていた。

扉には鍵《かぎ》がかけられ病室は完全な密室となっていた。机や床には集められた停電用の懐中電灯や蠟燭《ろうそく》が並び、買い出しから帰って来たリズは、飲み物や菓子類の詰まったレジ袋を机の上に置いた。

「さて。紗耶香ちゃん？」

メイからの問いかけに睨みつけるような視線だけを返す。メイは肩を落として続ける。

「異形の三法則、その一は？」

「はっきりと認識されることを嫌う」

「正解。エラい。優等生！」

無表情で返す。

「はあ。だからあいつらは観測者、大抵の場合は人間の認識が拡散する場所に潜んでいる。単純に視界の悪い闇の中とか、人が踏み込まない山奥とか。んで。今、この病院にいる人間はこの部屋にいる六人だけ。つまりこの病院の他の部屋、窓の外、その他諸々《もろもろ》のどの場所も、誰も認識していない、認識が拡散された状況だって言える。これがすごく重要なんだけど、ここまでは分かる？」

「はあ」

「その拡散された状態の場所にアイツはいる。この部屋以外の場所全てにアイツは存在するし、存在してない状況だとも言える」

「いわゆるシュレディンガーの猫の箱がひっくり返った状態ってこと」

リズが付け足すが、それでも紗耶香にはいまいち言いたいことが分からない。

「そして逆を言えば、認識を拡散させなければアイツはこの部屋に入れない。まあ、それでも入ってくるタチの悪い異形もいるけど、窓の外から嫌がらせしてくるレベルなら多分無理だろ。だから、これからあたし達はここで決して明かりを絶やさずに、朝まで徹夜の持久戦をブチかます。それがやろうとしている防御策だ」

「意外です。お札貼ったり塩撒《ま》いたりしないんですか」

「宗教的な方法は通じるヤッとそうじゃないヤツがいるから。仏教の魔羅《マーラ》に十字架掲げても無駄だろうし、キリスト教の悪魔《デーモン》に念仏唱えても鼻で笑われるだけだろ。そういうのは信心深い人間に、宗教と所縁《ゆかり》の深い異形が憑いたときにやるもんだ。こんだけ発展した社会じゃ化け物だって多様化してるんだよ。なのに何かに憑かれたとなりゃ信仰心の欠片《かけら》もない癖に、寺やら神社やら教会やらに頼むヤツが多くてな。そりゃ祓《はら》う方も祓われる方も困るだろうに。だからどんな相手にでも効きそうな手を使うんだよ。認識についてはあらゆる異形において共通事項だ。この方法なら大抵のヤツには効果ある。とりあえず今日のうちは百足《むかで》を遠ざけることくらいできると思う」

「けど出入口は塞いでるんですよね。これじゃどちらにしろ入ってこれないんじゃ」

「そこが面倒なところでね。物理的な障害が有効な場合もあるけど、たとえ密室内であっても認識が拡散したすきに潜り込めるヤツもいる。もしこの部屋の内部が拡散状態に、例えば電気が落とされて真っ暗になったりしたら侵入されるかもしれない」

「だからこんなに懐中電灯を」

「そ。何せ人間の認識において最も大きな割合を占めるのは視覚だ。それを奪うには真っ暗にするのが一番簡単だからね。もし停電したら懐中電灯で部屋をできるだけ照らすんだ。少なくともその範囲だけはあたし達は認識できる」

「なんだか頭こんがらがってきた」

紗耶香は空いている手で頭を抱えた。横で秋人が震える口を開いた。

「そ、それで、大丈夫なんですか」

「多分。成功率は結構高い」

じゃあ失敗する可能性もあるんですか。紗耶香はそんな言葉を飲み込んだ。

「とはいえ一つ問題がある」

「問題？」

「この方法、クッソ暇なんだよ」

メイは断りもせずにリモコンを拾ってテレビの電源を入れた。ちょうどニュース番組が始まっていて、最近都心近郊で多発している事件についてキャスターが語っていた。

「……並区で見つかりました焼死体についての続報です。閑静な住宅街の真ん中で身元不明の焼死体が発見されるという衝撃的な事件に、周囲の住民は騒然としています。今回の事件で不可解なのは、焼死体が発見されたにもかかわらず、火元となった場所が特定されていないということです。司法解剖の結果、身元不明の遺体は本日、もしくは昨日の深夜に死亡したとされていますが、近隣区域では火災は発生しておらず……」

紗耶香は心臓が締め付けられるような感覚に陥って、思わず秋人の手を強く握ってしまった。メイが小さく舌打ちしながらチャンネルを替える。画面にはどこぞの街の名物スポットを紹介するバラエティー番組が映し出された。

「紗耶香？」秋人は横顔を覗《のぞ》き込む。

「ううん、何でもない」

紗耶香は心の中で己を戒める。満が昨日から行方不明だということは伝えられない。今の秋人にはこれ以上の負荷に耐える余裕はないのだから。

メイはすぐにテレビに飽きて、リズが抱えていたレジ袋から酒瓶と紙コップを取り出した。リズはリズでチューハイの缶を取り出してつまみを開けている。病室に不似合いな濃い油の香りに紗耶香は顔を顰《しか》めた。依子がおずおずと口を出す。

「あの病院でお酒とかは、ちょっと」

「堅いこと言わないでくださいよ。このまま神妙に夜明けまで待とうだなんてもちませんって。待つことしかできないんだから、多少の暇潰《ひまつぶ》しには目をつぶってください」

そう言われて困る依子の横から紗耶香が言う。

「けど酒なんか飲んでていいんですか。さっきの話だと、認識がはっきりしなくなるっていうか」

その言葉にメイとリズが顔を見合わせる。

「紗耶香ちゃん。飲み込み早いね。これは才能あるよ、うん」

「まったくだ。もしお金欲しくなったら、いつでもウチで雇ってやるから言うんだよ」

紗耶香は渋面でそれに答える。

「で、飲んでも大丈夫なんですか」

「まあこれだけ人数いるし。それにあたしらは多少虚《うつ》ろにならないと」

「虚ろに？」

「うん。多少認識歪《ゆが》ませて、アレを見ときたいから」

リズの言葉にゆるんでいた病室の空気がにわかに凍り付いた。

「アレを見るつもりなんですか」

「うん。秋人君から聞いただけじゃ詳細までは分からないし。見てみれば異形経験者として気づくことがあるかもしれないし。後で窓の外でも覗いてみようかなって」

「あたし達は結構慣れてるから」

これまで口数少なかった秋人が震える声で叫んだ。

「あんたらはアレを見たことないからそんなことが言えるんだ。あんな化け物を見ようだなんて。ふざけたこと言わないでください！」

秋人の怒りを聞き流しながら、メイは買ってきた紙コップにウイスキーを注ぎ込んだ。

「多少酔狂もあるけどさ。そういう訳じゃなくて、これは必要なステップなんだよ」

ウイスキーに口をつけたメイはうまそうに眼を細めた。チューハイを飲み早くも顔を赤らめ始めているリズが言う。

「メイさんは異形観察がライフワークだから、一〇〇％酔狂だけど。それだけじゃなくて、異形は解明しなくちゃ危機を避けられないの。結局、百足がこの部屋に入ってこれないようにしても、根本的な解決にはならないでしょ。すぐそこに百足がいるなら少しでも情報を集めて解明しなくちゃならない。だからそれくらいのことをしてでも、相手への認識を深めなくちゃならないの。それに百足は、そこまで危険じゃないと思うし」

「危険じゃない？」

「うん。もっとヤバいのだと姿を見た人間を延々と追いかけて殺したりとか、見ただけで精神的に殺されちゃったりとか、そういうのもいるからさ。そう考えれば百足はまだましなほう。まあしつこくて厄介ではあるんだろうけど」

秋人は何とも言えない表情で絶句していた。人生最大の恐怖が大したことないと一《いっ》蹴《しゅう》されたようで、何も言えなくなったのだろう。

「本場は大麻《はっぱ》とかクスリ使ってトランスするんだってさ。だからあたし達の酒なんて何てことないんだって。むしろ好きな酒が役に立つなんて僥倖《ぎょうこう》じゃあないの」

メイはリズへと紙コップを掲げる。それに気づいたリズも音もなく乾杯をした。

紗耶香は二人の酔っ払いを眺める秋人の手の震えが収まっていることに気が付いた。何だかんだでこの二人は秋人の力になってくれている。やっていることは無茶苦茶だが、秋人を襲う恐怖に立ち向かってくれている。同時にただ隣に寄り添うことしかできない自分にひどい無力感を覚えていた。紗耶香は握りしめていた秋人の手を離し、ベッドにつまみを広げているメイとリズの前に立った。

「紗耶香？」

「紗耶香ちゃん？」

秋人とリズの声が重なった。それと同時に紗耶香は机に置いてあったウイスキー瓶に手を伸ばし、ラッパ飲みで大きく呷《あお》った。

「さささささ、紗耶香ちゃん？」

「ぶわはははははは！」

その様子に爆笑するメイ。止めようとするリズの手も間に合わず、紗耶香の喉《のど》に琥珀《こはく》色《いろ》の液体が流れていく。人生初のアルコールが強烈な芳香と共に紗耶香の喉を焼き払う。暴力的な刺激に即座に酒瓶から口を離し目を大きく見開いて、悶《もだ》えながら言葉にならない声を上げた。その様子にメイはさらに笑い声を大きくする。

「紗耶香、何やってんだよ」

啞然《あぜん》とする秋人の質問に咳《せ》き込みながら紗耶香は答える。

「わ、私もそいつを見る。秋人を追いつめる百足をこの目で拝んでやる」

「お前がそんなことする必要は」

「ある！　私にはその才能があって、秋人が追いつめられてるんだ。私にはそいつと戦う理由がある。そうでしょ。メイさん、リズさん」

腹を抱えて悶えていたメイは、どうにか体を起こしながら紗耶香の背を叩《たた》く。

「ああ、そうだ。全くその通りだ。いやいやいいね青春だね。あたしゃますます紗耶香ちゃんの事好きになったよ。だけど初めての酒で四〇度のウイスキーをラッパ飲みなんて、百足の面《む》拝《か》む《で》前に死んじまうぞ」

「そうだよ。メイさんの真似なんかするもんじゃないよ。はい」

リズが紙コップに入れたお茶を紗耶香に差し出した。喉を焼く衝撃に目を白黒させていた紗耶香は礼を言いつつコップを受け取った。笑みを深めたメイが秋人に向き直った。

「なあ、秋人。もう大丈夫だよな」

「えっと、何が？」

「こんないい女が三人も、あんたのためにここまでやってんだ。もう何も怖いことないだろ？」

メイもリズも、そして紗耶香も秋人に向かって微笑んだ。母である依子だけが訳も分からないといった表情で、その様子を眺めていた。

＊

翌朝、メイとリズは例の如く事務所のソファーに並んで寝ころんでいた。

「紗耶香ちゃん。あれは蟒蛇《うわばみ》だね。あの年であの量は一種の才能だよ」

「しかも超笑い上戸。あの後、秋人の親御さんにえらい怒られてたけど、ずっと笑ってたもんな。酒で失敗するタイプだ。未成年だしもう飲ませないようにしないと」

「結局百足は現れなかったしねぇ」

異形の襲来に備えた一夜の結果は、未成年を巻き込んでの酒盛りという社会人として罵倒《ばとう》されるに十分な所業だった。流石にこっぴどく怒られたリズ達だったが、久しぶりに元気に笑う秋人を目にしたせいか、悟が気絶する前のような衝突は起きなかった。

秋人のベッドで泥酔している紗耶香を家に帰す訳にもいかず、新しく並べたベッドに秋人を寝かせて、悟達にその面倒をお願いしてきた二人はその足で事務所にやってきた。

誰もいない事務所の鍵《かぎ》を開けて、水をがぶ飲みして、睡眠不足と二日酔いに負けないようにどうにか踏ん張りながらソファーに寝そべっているのだ。

「けど面白かったね。紗耶香ちゃん、秋人君に抱き着きっぱなしだったし」

「本当に秋人のこと好きなんだな、あの子」

「しかもバレバレなのに隠してるつもりみたいだから、今日起きたら死にたくなるだろうね。イヒヒヒヒ」

リズが魔女のように笑っていると、事務所のドアが開いてカノンが入ってきた。

「おや。メイちゃんにリズちゃん。今日は早いじゃないの」

ようやくやってきた待ち人に二人は顔を上げる。

「おはよ、カノンさん。社長から連絡は？　やっぱカオス案件っぽいから人員と調査費の追加をお願いしたいんだけど。できるだけ早く」

「そうなのかい？　そりゃ大事《おおごと》だなあ。けどまだ社長からの連絡はないよ。代わりといっちゃなんだけど、君達が留守の間に面白いものが見つかったって報告があったんだよ」

「面白いもの？」

その言葉にメイは勢いよく跳ね起きて、ソファーに座った。リズもゆったりとした動きで体を起こす。

「調査依頼していた川尻美世さんだけど。彼女の履歴書が手に入ったんだ。見てごらん」

カノンは事務所の奥の自分の机から茶色い封筒を取り出して、それをメイに渡す。リズが立ち上がりメイの横に座る。メイは封筒を乱暴に開いて中身の履歴書を取り出した。

履歴書自体は一般的な書式のもので、貼られている証明写真は多少髪が短いものの美世のものだ。山形で生まれて地元の高校を卒業し東京へ出てきた二一歳の女。志望理由も就活対策のハンドブックに書かれていそうな面白みのないもので、どこにでもありそうな何の変哲もない履歴書だ。だがメイとリズはその奇妙な部分に眉《まゆ》をひそめた。

「樫山《かしやま》美世。川尻美世じゃなくて？」

「そう。その子、今とは違う苗字を名乗っていたみたいだね」

そのときリズのスマートフォンから高音のマーチが流れ始めた。リズは液晶画面を見つめて呟《つぶや》いた。

「社長だ」

「はあ？　何であんたのほうに」

メイの言葉に応《こた》えずにリズは電話にでる。

「おはよ。リズ」

「あ。おはようございます、社長」

「なんかメイからいっぱいメール来てたんだけど。あの子に電話すると面倒だから、リズに聞いたほうがいいと思って」

「アハハ、そうですよね。ずっとぐちぐち言ってましたし」

「こっちも忙しいんだから電話通じないくらい、いい加減慣れて欲しいんだけど」

「そうですよね。まあメイさんですから。絶対に慣れないと思いますよ」

「リズ。電話替われ」

スピーカーの外から聞こえた不機嫌な声にリズが通話口を押さえてから言う。

「駄目だよ。どうせメイさん文句ばっか言うからって、社長はこっちに電話かけたんだから」

「あんだと、あの女狐め」

スマートフォンをひったくろうとするメイの腕を躱《かわ》しながら、リズは通話を続ける。

「で、確定なの？」

「ああ、はい。そうです。カオスで確定っぽいです」

「じゃあ自由にやっていいよ。いくら使ってもいいから」

「いいんですか」

「リズはカオス案件初めてでしょ。多少の金はかかっていいから、安全第一でやんな。こっちはまだ忙しくてしばらく戻れそうにないから。メイとうまくがんばってね」

「分かりました。じゃあ詳細はまたメール送ります。それじゃ」

そう言ってリズは電話を切った。

「おいリズ、切るんじゃねえよ、一言くらい文句言わねえと」

右目に不満を湛《たた》えたメイにリズは言う。

「だから切ったんだよ。社長はこっち戻れないけどカオス案件ならとことんやっていいって。経費は上限なしで使っていいってさ」

「毎度毎度そんなザル経理でよく潰《つぶ》れてねえな、ウチの会社は」

「ハッハッハ。まあ、よかったじゃないか。イカのとこ行ってきたんだろう。少ししたら外注の方に連絡するから、それまでにどこで何を調べるか打ち合わせしておこう」

そう言って席につこうとしたカノンをメイとリズが呼び止める。

「その前にカノンさん」

「こ、珈琲《コーヒー》淹れて」

二人は朝まで飲んだアルコールに脳を揺らされながらそう言った。

百足が秋人の病室の外に現れるようになってから一週間が経っていた。季節は移り、涼やかな秋風は体の芯《しん》を冷やすような寒風にと変わりつつあった。

「おーう。元気かー?」

秋人の病室にリズ達がやってくるのは一週間ぶりだった。その様子に紗耶香は言う。

「……調査、大変そうですね。すごく疲れてるみたいで」

まったくその通りだった。メイがうんざりしたような表情で言う。

「まあね。如何《いかん》せんイカが付けてくれた印って物凄《ものすご》く大雑把でさあ。外注の皆さんにも大雑把に調べてもらうしかないし。金と時間と手間がかかるかかる」

二人は病室に用意されていたパイプ椅子に座った。リズは続ける。

「経費はいくら使ってもいいって言われているけど、使える手は限られてるしね」

「それでそっちの様子は？」

「まだアレはいるみたいです。夜になると何かを引っかくような変な音が聞こえるんです。それに猫が取っ組み合いしているみたいな、無茶苦茶な叫び声も」

「その割には落ち着いてるな」

「今まで通りにやれば、ここには入ってこられないって分かりましたし。それに紗耶香が傍に居てくれますから」

そう言って秋人は紗耶香の手を握った。紗耶香はそれに応えるように嬉《うれ》しそうに笑う。

「お熱いことで。で、こっちもカオスの調査の一端として翔と美世の捜査を続けているんだけど。秋人、あんた美世について何か聞いたことない？　例えば最近親が離婚したとか、結婚してたけど別れたとか」

「いや、そういう話は聞いたことないですけど。どういうことですか？」

「どうも美世は苗字を変えているらしい。川尻美世じゃなくて樫山美世らしいんだ。けど結婚歴もないっぽいし、お前なら何か知ってるかなって」

「そんなこと初めて聞きました」

「やっぱそうだよな。うーん。美世が見つかれば翔の手掛かりも摑《つか》めるかもしれないし、翔が見つかれば百足《むかで》の件も何か分かると思うんだけど」

そう言ってメイは天井を見上げた。横に座るリズが言う。

「やっぱ行ってみるしかないかなあ」

「行くって、どこにですか」

「美世さんの故郷。調べてたら案外あっさり分かっちゃってね。山形の港町に樫山って名前の有名な一族がいて、どうもそこで生まれたらしいの。もしかしたら異形の手掛かりもあるかもしれないから、実際に行ってみたほうがいいかなって」

「けどこっちの件が一段落しないとな」

「外注に任せてるんじゃないんですか」

「そりゃこの通り目立つ人相だから地道な調査には向いてないけどさあ、任せてばかりもいられないんだよ。場所がはっきりしない上に、異形の話なんて大抵は世間話やら噂からその足跡を探さなくちゃならない。ほら、あたしらは影が見えるけど普通の人はそうはいかないだろ。だからある程度はあたしらが直で行ってみようかと思ってて」

疲れた顔でそう語るメイに紗耶香が尋ねる。

「それって危険じゃないんですか」

「町中にいるようなヤツが、いきなり見つけた人間皆殺しにするなんてことはないと思うんだよ。そういうのはもっと人の目の届かない拡散の強い場所にいるはずだから」

そう言ってメイは膝《ひざ》を叩《たた》いて立ち上がった。

「そんな訳でまたちょっと遠出することになりそうだから。しばらくこっちには来られないと思う」

「ええ。まあ多分大丈夫だと思います」

「いいねえ。本当に強くなったもんだ」

「メイさんが言ったんですよ。こんないい女三人がここまでやってくれてるんだから、泣き喚《わめ》いて怖がっている場合じゃないですよ」

その笑顔にはまだ虚勢の色が濃かったが、それでもリズには困難に立ち向かおうとする強《したた》かさも感じられた気がした。

「ああ、そうだったな。それじゃ留守の間、秋人を頼んだよ。紗耶香ちゃん」

紗耶香は当然とばかりに力強く頷《うなず》いた。


メイとリズはその日のうちに、今朝イカから送られてきたＰＤＦファイルに記されていた場所を訪れていた。山が近く自然が溢《あふ》れているが都心に近いこともあり、のどかながらも不便のなさそうなベッドタウンだ。二人がその街についたのは夕刻を回る頃だった。

本当は朝から張り付いていたかったが、他の調査員へ指示を出したり報告を読んだりもしなくてはならない。事務所にいるカノンは事務連絡等の庶務を一手に担ってくれているし、街の裏事情にも精通している。それでも異形の案件ならばやはりメイかリズが目を通さねば、細かい兆しや違和感を見逃してしまう可能性がある。

リズは入社以来最大の繁忙期にへとへとだった。とはいえカオスの発生が確実視されているのならタイムリミットはそう遠くない。ゆっくり休んでいる訳にもいかない。

運転席に座るメイも相当に疲れているのだろう。リズとは違い家に帰ることすら面倒らしく、最近は連日事務所に泊まっているらしい。その瞳《ひとみ》には隠せない疲労が溢れている。

そんなメイが運転する車で街を走る。カーラジオからは焼死体が遺棄されていたという怪事件についてのニュースが流れていた。また新たな死体が見つかったらしい。

「世の中、訳の分からねぇヤツがいるな。なんだって焼いた死体なんぞ捨ててるんだか」

坂の多い山地を開いた住宅街を見渡しながら、ハンドルを切るメイが言う。

「そういやリズは初めてだろ、カオスの案件は」

「そりゃこの会社入ったのが二年前だし。最後に起きたの十年前だっけ」

「そ。あのときは本当に大変で、まだあたしも女子高生だったのに半年くらい休みなしだったからなあ。今回もこっからひたすら忙しくなるだろうから、覚悟しとくんだね」

リズは驚いた顔でメイを見つめる。

「んだよ」

「メイさんにも女子高生の頃なんてあったんだね」

「喧嘩《けんか》売ってんのか」

「なんかスラム街でマフィアに育てられたって言われたほうが、ぴったしくる」

「喧嘩売ってんだな」

メイがリズの頬《ほ》っぺたをつねろうと手を伸ばした。その瞬間、住宅街の曲がり角から車が飛び出してきた。互いに急ブレーキを踏んでつんのめるようにして停まった。

「ちょっとメイさん！」

「おお、悪《わり》ぃ悪ぃ」

リズ達の車が態勢を整えるよりも速く、相手側の車は発進した。ヘッドライトに照らされた一瞬にリズは相手ドライバーの横顔を見た。意外な遭遇に、それが現実なのかを確認するように、メイと顔を見合わせる。

「あれって」

「うん。美世さんだったよね？」

リズ達は慌ててその車を追った。

「ねえ、メイさん」

「んだよ」

「一応、あたし達って探偵なんだよね。探偵社に雇われているんだから」

「一応な」

「けど探偵って肩書が死ぬほど似合ってないよね。あたしもメイさんも」

「本当にな」

「考えてみれば聞き込みも尾行も基本的な仕事ができないから、外注で同業さんに頼んでるんだもんね。本当に向いてない」

「アー、もういい。分かってるよ、向いてないって。だから目の前に捜索対象が現れるような超ラッキーな状況で、尾行失敗して見失うなんてクソみてえなドジ踏んでるんだ」

住宅街から坂を上り続け数十分。いつの間にかリズ達は山の奥深くにまでやってきていた。街明かりは遠く、漆黒の山林にはヘッドライト以外の光源は見えない。

「山登ったあたりまではうまく行ってたのになあ。脇道多いし飛ばすからどこ曲がったんだか分からなくなっちまうし。あーあ」

そう言いながらメイはハンドルに顎《あご》を乗せた。気だるそうな一つ目には諦《あきら》めが宿っていた。メイと同じく尾行が下手くそなリズにしてもその気分は同じで、何を探す訳でもなくぼうっと窓の外を眺めていた。瞳の先に広がる漆黒にちらりと何かが見えた。

「メイさん、車停めて。あれ見て」

「あ？……明かり？　こんな山奥に」

「そんなに遠くないよね。行ってみよう」

メイは車を路肩に寄せてエンジンを切った。

その日は空が曇っていたので星明かりも月明かりもなかった。車に積んであった懐中電灯で足元を照らしながら、柔らかい腐葉土の上を進む。

「なんだかおかしなことになってきたね」

「本当にな。なんでこんな場所に。まさかこんな山奥に人が住んでるとも思えないよな」

「人目につかない、山奥の、家って言うか小屋だよね」

二人は光源である建物を視界に収めていた。ひどく古い日本家屋で、こんな山道の合間にあるだけに電気も通っていないのだろう。遠くから見えた明かりは電池式のランタンがいくつか吊《つ》り下げられた光だった。だがその程度では家屋全体を照らすことはできていないようで、夜の帳《とばり》が屋根の上からのしかかっている。

「おい、あれ」

メイが指さす方には先ほど美世が乗っていた車が庭に停まっていた。

「ビンゴだね。で、どうするの？」

「行くしかないだろ。何してるにしても本人に事情を聴くのが一番手っ取り早い」

メイは大股《おおまた》で森の中から抜け出して家へと向かう。リズもその背を追う。庭先に入った瞬間、ガラスの割れた玄関の引き戸が音を立てて開かれた。以前、小料理屋で飲んだときよりも痩《や》せているように見えたが、それは間違いなく美世だった。美世はメイとリズを見ても、驚くことも誤魔化すこともなくただ無表情に二人を眺めていた。その耳には赤い月を模したイヤリングが揺れていた。

「美世さん、よかった、無事だったんですね」

無事を喜ぶリズの呼びかけにも反応はない。メイが一歩、踏み込みながら微笑んだ。

「よぉ美世。久しぶりだな。こんなところで何やってるんだ？」

何も答えない。暗がりに溶けてしまいそうなその顔は、翔に襲われていると電話があったあの日と同じだった。何事もなかったと告げていた、あのときの無表情だ。そしてリズにはその右腕にしがみつくいくつもの小人の影が見えていた。確実にあの日よりも数が増えている。

「おい、美世」

メイが美世の肩を摑《つか》もうとした。その瞬間美世は玄関の奥へと後ずさり、何かを摑んでメイに向かって振り上げた。

「うおぉ！」

慌ててメイは美世の右腕を受け止める。手には大きな出刃包丁が握られていた。

「メイさん！」

「近づくな！」

メイは握る腕をゆっくりと捩《ね》じ上げる。一緒に仕事する中で、リズはメイの強さを何度も目にしてきた。一八六センチあるメイの鍛え上げられた肉体は、過去の仕事上のトラブル（その中には明らかにメイが悪いパターンもあったが）において、その暴力性を炸裂《さくれつ》させていた。そんなメイにとって、美世の細腕など赤子の腕に等しいはずだ。

「冗談にしちゃ度が過ぎてんじゃないか、美世」

余裕の笑みすら浮かべるメイに腕を捩じ上げられながら、美世が一歩前に踏み込んだ。だが美世の左手が動いたとき、メイは次なる一撃を余裕をもって受け止めようとした。

美世の左手が摑んでいたものは防犯用の催涙スプレーだった。

「があぁ！」獣のような声を上げてメイは両手を離してのけぞった。拘束を逃れたその隙に、美世は車へと飛び乗ってすぐさま発進した。

「あああ、畜生！」

怒号を上げながら腕を振り回すメイにリズが駆け寄る。

「メイさん、大丈夫だよ。美世さんもう行っちゃったから」

「逃がしたのか。ナンバーは？」

「もちろん覚えてる」

「よし。ああ、けど、クソ。痛《い》ってぇ」

「ちょっと待って。家の中で水探してくる！」

そう言ってリズは薄暗い家の中に踏み込んだ。外観に違《たが》わず内部も古臭く、ところどころ床が腐っており天井には蜘蛛《くも》の巣が張っている。掃除や補修とは縁がないことがうかがえた。リズはおっかなびっくりな足取りで奥に進む。

その途中でリズは物音に気が付いた。ごうごうと強い風が吹き荒《すさ》ぶような音だ。他に誰かいるのだろうか。リズは殊更慎重に音のほうへと向かっていく。音を追って歩くとリズは炊事場に辿《たど》り着いた。だが音はさらに炊事場の奥にある引き戸の向こうからのようだ。リズは一旦《いったん》ここまでメイを連れてきてから音源に向かうべきかとも思ったが、己の臆病《おくびょう》を叱咤《しった》しながらゆっくりと音を立てずに引き戸を開いた。

そこにあったのはレンガを重ねた大きな陶芸窯だった。窯の内部から赤い光が迸《ほとばし》っている。風のような音の源はこれだった。火力が空気を巻き上げて音を奏でているのだ。

窯の扉は鉄製の枠に耐熱ガラス板が張られたもので、内部が見えるようになっていた。リズは好奇心から中を覗《のぞ》き込む。窯の中の光の無い瞳《ひとみ》と目が合った。

その瞬間、それが何か分からなかった。それが人であると認識し直すと慌てて扉を開こうとする。だが取っ手は高熱でリズの掌《てのひら》を容赦なく焼いた。

「熱っ！」

悲鳴を上げながらリズは手を離す。何か使えるものはないかと探すリズは、窯の隣の薪の山の上に耐熱手袋が置いてあるのに気が付いてそれをはめた。取っ手を持つ。熱いが今度は耐えられないほどではない。リズは力いっぱい扉を引き開けた。

開けられた扉口から空気を目一杯吸い込んだ炎が噴き出した。同時に焼かれていた彼か彼女かの真っ黒な腕が突き出た。真っ黒なその腕は指先が焼けて溶けてくっついて、一本の尖《とが》った黒い棒のようだ。リズは炎に炙《あぶ》られることも気にせずに、その腕を力一杯に引っぱった。ずるりと真っ黒な人体が窯から落ちた。肉の焼ける臭いと髪や洋服の燃え尽きた異臭にリズは口と鼻を手で覆った。

大丈夫ですか。そんな安易な問いかけを発せないほどに明確な死の光景だった。どうしたらいいかも分からないままに絶句していたリズは、痙攣《けいれん》すらしないその誰かを見下ろすことしかできない。恐らくは自分達がやってくるよりも前からこの人が焼かれ、絶命していただろうことを理解した。死んでいるはずの人間から自分に向けられた視線の生々しさは、リズの心の内側にべっとりと粘りつくようなものを残していた。

＊

東京から新幹線で新潟駅へ行きローカル線に乗り換えて、山形県の日本海側にあるその街についたのは事務所を出てから五時間以上経過した頃だった。なんやかんやとよく喋《しゃべ》る相方が今回ばかりは長い移動時間の中でも沈黙しているのを見て、メイは何か声をかけようとしたが思いとどまった。ただそのままに沈黙に付き合っていた。

事前にアポを取って場所も確認していたので迷うことはなかった。その屋敷は広大な敷地に建つ、要塞《ようさい》を思わせる巨大な日本家屋だ。いうなれば地方豪族の御殿といった様で、財力や権力よりも重苦しいほどの支配力を主張しているようだ。大門の前でメイはインターホンを鳴らそうとしたが、押す前に大門の脇の扉から老婆が顔を出した。

「御轟様でいらっしゃいますか」

「そうです」

「お待ちしておりました。どうぞ、こちらへ」

老婆の案内に従ってメイとリズは敷地内へ入っていく。母屋までの道のりには手入れの行き届いた木々が立ち並んでいた。どれも長い歴史をそこで過ごしているのだろう。成金的な顕示欲は垣間《かいま》見えず、来客に歴史の重みだけを伝える役割を果たしていた。

屋敷の様子を眺めながら、メイは事前に読み込んだ資料について思い出していた。

樫山家は山形県佐間環《さまわ》市に居を構える一族だ。元は地方の豪農だった樫山家は明治維新の動乱で財を成し、戦後の物価の乱高下の波に乗ってそれを大きく膨らませ、佐間環市の支配者とも言える地位を確立した。多種多様な事業に出資しているが、その中でも地方エネルギーインフラ事業に一枚かんで、その分野では全国に手を延ばしている。政界への進出はない。それでもこの街の黒幕《フィクサー》ともいうべき存在になったのは決して偶然ではないのだろうとメイは考えていた。そんな地方都市の王家が美世の生家だった。

数分庭を歩いて母屋についたメイ達は応接間に通された。応接間からも豪勢な日本庭園が一望できて、壁際には武者鎧《よろい》が飾られていた。

「今、旦那様を呼んでまいります。しばしお待ちくださいませ」

そう言って老婆は応接間を出ていった。出された茶を啜《すす》りながらメイは横目でリズを見る。リズは両手で湯飲みを持ちながら、じっと揺れる茶を見つめていた。

「リズ。あたしが話すからな」

返事はなかった。美世を見つけた日から一週間以上経っていたが、ずっとこんな調子だった。無理もない。仕事上の都合とはいえ喧嘩《けんか》別れに近い状態だった美世をリズはずっと気にかけていた。あのときのことを謝りたいとさえ言っていた。だからこそ知ってしまった現実があまりにも辛《つら》いのだろう。メイは樫山家の訪問も自分一人でやるつもりだったが、リズは頑として自分も同行すると言って譲らなかった。

応接間の引き戸が開けられて、恰幅《かっぷく》のよい中年男が現れた。男は笑顔で言う。

「降ってきましたな。お帰りの際にはお気をつけください」

そう言われて庭に白いものが降り始めていたことに気が付いた。メイが庭から視線を戻すと同時に男はメイ達の対面のソファーに腰を下ろした。

「樫山明義《あきよし》です。お電話をくださった御轟さんですね」

「御轟《ごう》です。こっちは有逗絵梨香。仕事の相棒です」

明義は笑顔で頷《うなず》いた。なんとも人のよさそうな顔だ。だがメイはその笑顔に違和感を覚えた。異形のそれと種類は違えど、同じように明確な影を感じていたのだ。

「今日は娘について聞きたいことがあるとか。これでいて忙しいもので、前置きなしで本題をお願いできますか」

「ええ。こちらとしてもそちらのほうがありがたい。単刀直入に言いますと今現在あなたの娘、樫山美世さんはある事件の重要参考人として警察に追われています。そこでいくつか聞きたいことがありまして、お伺いした訳で」

「事件、といいますと？」

「殺人事件です。しかも複数件にわたる犯行が疑われています」

娘に殺人の疑いがかけられていると宣告されたにもかかわらず、明義は笑顔のままでメイを見つめていた。表情だけで見るならば、リズの方が余程悲愴《ひそう》感に満ちていた。

「それで、聞きたいこととは」

「樫山のお家《うち》には何かおかしな風習があるのでしょう。その詳細が知りたいんです。それと美世さんの幼少期について。恐らくまともではなかったのでは？」

明義は笑顔のまま頭を掻《か》いた。

「なんとも奇妙な質問ですね。てっきり娘がここにいるか聞かれるのかと」

「ここにいないことは分かってますよ」

「いまひとつ私には意図が摑《つか》みかねますね。ウチの使用人には探偵だと名乗っていたそうですが。民間の方に私的な質問に答えなくちゃいけない理由はないですよね」

「あたし達は偶然、警察よりも早く美世さんの事件への関与を知ることになりましてね。ウロチョロされると動きにくくなるもんで、警察には情報を流してないんですよ。あたし達はいわゆる『そういうもの』の専門家です。娘さんとは友人です。娘さん、このままだとさらにとんでもない事件を起こしかねないんです。それを止めるためにもなんで娘さんがあんなことをしたのか、そのルーツを理解しなくちゃならないんですよ」

メイはとん、と軽く机を叩《たた》いた。

「別にあたしらはブン屋じゃないし、おたくのお家をどうこうしようってつもりもない。ましてや娘さんをダシにして金を取ろうって訳でもない。ここでする話は他には漏らしません。第一ウチの社長の手回しでお偉いさんから紹介があったからこそ、今こうやって面会している訳でしょう。信頼してもらうしかない。腹芸は時間の無駄だ」

メイは真っすぐに明義の笑顔を睨《にら》みつけると、針に刺された風船のように明義の笑顔がはじけた。

「いいだろう。あの鬼子はもう樫山家とは関係ないとは言え、無視できる問題でもない」

リズがかすかに声を上げた。

「鬼子。美世さんが？」

「ああ。ありゃとんでもない化け物だ。何故あんなものが俺の種から出てきたのか」

「具体的には？」

「ここに来るまでに色々調べたんだろ。報告書には何も書いてなかったのか」

「樫山家のお嬢さんは相当な箱入り娘でろくに敷地の外には出なかったと」

「そりゃ全部間違いだ。あれは敷地の中に収まるようなガキじゃなかった。暴君だったよ。ウチの力は知ってるだろ。この街に収まるものだったらウチの影響がないものなんてない。全ては思うがままだ。小さい頃のアイツがそれを知っていたかは知らんが、アイツは自分のやりたいことをやりまくった。目についたものを壊すのはもちろん、人を殴ったり、ボールペンで刺したり、火を付けたり、用水路に突き落としたりやりたい放題さ」

「止めなかったんですか。あなたは父親でしょう」

「止めたさ。だがお袋がそれを許さなかった。初孫を猫かわいがりしていたお袋は、アイツが引き起こした問題を全て金とコネで解決しやがった。どうせ長くは生きられないんだから、せめて自由に生かしてやってくれってな」

「長くは生きられない？　病気だったんですか」

「まあそんなもんだな」

「それで、そのお母様は今は？」

「もう死んだよ。アイツが高校生の頃だ。それで俺は娘を追い出すことができた。絶縁して、樫山の姓を名乗らないことも約束させた。本当にようやくで、安心したよ」

「病気の娘を放逐したってことですか」

「そうだ。そうでもしなきゃ樫山家はあの暴君に潰《つぶ》されていた。いいか。あんたは分かっていない。自分の娘だろうが人に火を付けるようなヤツは排除しなくちゃならない。俺が知っているだけでも何人かアイツの知り合いが行方不明になっていた。俺だってそれまでに何度も何度も助けようとしたよ。だが全て無駄だった。アイツの根っこにはどうしようもない炎が燃え続けていたんだ。目につく全てを燃やし尽くす程の真っ黒な炎がな」

先ほどまでの笑顔は跡形もなく、明義の顔には冷たい無表情が張り付いていた。

「それで、美世さんはどうしたんですか」

「東京に行ったとは聞いた。どうせ長くないし、お袋の遺産があったから生活には苦労しなかっただろう。アイツはほとんど着の身着のままでこの街から出ていった。持っていったのは通帳と印鑑、それにお袋からもらった耳飾りだけだったはずだ」

「耳飾り？」

「ああ。お袋が昔旅先の古美術商から買った、願いを叶《かな》える精霊《ジン》が宿るイヤリングだとか」

「もしかして月の形の、赤いイヤリングですか」

「そうだ。眉唾《まゆつば》ものだがアイツは気に入ってたよ」

メイとリズは顔を見合わせた。あの小料理屋で飲んだとき、それに山中の小屋でも美世はそのイヤリングをつけていた。

「しかしそれで殺人事件か。アイツが捕まったらここも騒がしくなるな」

明義の顔には親らしい感情は一切なかった。心底迷惑だと言わんばかりの憎々し気な表情だ。リズが口を開いた。

「なんで美世さんはそんな暴君になったんですか。生まれたときからそうだった訳じゃないんですよね？」

「まあな。アイツの母親が自殺をしてからだ。間の悪いことに、幼いアイツはその現場を見ちまった。それからだな。おかしくなったのは」

「自殺？　どうしてそんな」

明義が冷たい視線でメイを見つめていた。メイはじっと見つめ返す。

「今更だが確かめたい。今回の話は本当に他言しないんだよな」

「約束します。誓約書でも書きましょうか」

「いや、いい。真嶋《まじま》先生からの紹介だ。流石にそんな馬鹿はしないだろう。だが本当に頼むぞ。今からする話は樫山家の根幹に関わる話だ。もし漏れるなら必ずツケは払わせるぞ」

「大丈夫です。あたし達は美世さんの件を解決したいだけですから」

明義は大きくため息をついた。そして覚悟を決めたように言った。

「この家には守神様がおわすんだ。その加護のおかげで、樫山家で生まれた長子は先代の繁栄の分だけ寿命が奪われる。だから樫山家では次子が跡を継いで、長子は早世するが最期まで感謝をもって丁重に扱う。それがこの家のしきたりだ」

「先代の繁栄の分、ですか。どうにもあやふやな基準ですね」

「まあそこは守神様の匙《さじ》加減なんだろう。樫山家は親父の代で大きく成長したが、そのせいで俺の兄貴は八歳で死んだ。俺が跡を継いでからはほとんど先代の財を維持することばかりだったから、そこまでの夭折《ようせつ》は起こらなかったみたいだが」

「それじゃあ美世さんの寿命も減ってないんじゃ」

「お嬢ちゃん。ウチくらいの規模で金が集まるとな、勝手に人が集まって勝手に金が増えていくんだ。奇妙な気分だよ。働いたとも言えない働きで、ぶらぶらとしているだけでどんどん金も力も増していった。俺が適当に生きていても守神様は樫山家に祝福を与え続けた。その中心で見続けた俺が言うんだ。間違いはない。加護はしっかりと続いている」

「その加護が奥様の自殺と関係しているんですか」

「ああ。どうやらアイツの母親は結婚してから守神様の加護について知ったらしい。そんな子供を産んでしまったことに罪の意識を感じ続けていた。それで死んじまったんだ。自分で自分に火を付けて。アイツはそれでも母親の自殺が不思議で仕方なかったみたいだが。なんでお母さんは燃えながら笑ってたの、って何度も尋ねられたよ。俺にも訳が分からなかったからな。覚悟もなくウチに嫁いで、勝手に焼け死んで。全く迷惑で馬鹿な女だ」

「何が馬鹿なんですか！　娘に短命の人生を押し付けてしまった母親の気持ちに、何もおかしいことはないでしょう！」

突然のリズの咆哮《ほうこう》に明義は呆れたような表情で言った。

「いきなりどうしたんだ、この娘は」

「オイ、リズ」

「あなたは最低です！」

そう言ってリズは席を立った。流石のメイも困り果て、リズと明義に交互に視線を送った末、明義のほうへと向き直った。

「あー、えっと。今日はありがとうございました。じゃ！」

メイも部屋を後にし、呆気《あっけ》にとられた明義だけが応接間に残された。

リズは早足のまま案内すら無視して屋敷を出た。メイもその背を追いかける。リズは積もり始めた雪を、怒りのこもった歩みで踏みしめていく。

「オイオイ、リズどうしたんだ」

「加護なんかじゃない。あれは呪いだよ。メイさん、私悔しい。そりゃ美世さんがやったことは最悪だよ。許されちゃいけないことだと思う。だけど、それでも何も知らない女の子に呪いを押し付けて、それが当然とされてたことが悔しくてたまらない。もし誰かが優しかったら。導いてあげていたら。こんなことにならなかったかもしれないのに」

薄《う》っすらと積もった雪の上に温かな雫《しずく》が落ちた。小さく空いた穴を見下ろしながらリズは唸《うな》るような声を上げた。

「リズ」

メイはリズが落ち着くまで何も言わずに待っていた。

帰りの新幹線でもお互いに会話が少なく、リズは窓側の席からぼうっと遠景を眺めていた。連日の激務もあってうつらうつらと夢の世界に旅立ちつつあったメイの耳に、間抜けな声が響いた。

「あれぇ？」

別に目を覚ますような大きな声でもなかったが、「質問してくれ」とでも言っているかのようなその語感が耳について、癪《しゃく》な気分がありながらもメイはゆっくりと瞼《まぶた》を上げてリズを見た。案の定、リズは体ごとメイへと向いていた。

「なんだよ」

「おかしいよ。やっぱおかしい」

「何の話だ？」

「さっきの美世さんのお父さんの話、矛盾してる」

メイは考える。今日得た情報は、樫山家の守神と美世の少女期の凶暴性だけだ。

「別に矛盾は感じないけどな」

「えぇ。仮にも探偵でしょ。メイさん大丈夫？」

「うるせえ。一体何の話だ」

リズは誰にも聞かれないようにとメイのほうへ顔を近づけて、内緒話をするかのように耳元でささやいた。グリーン車はガラガラで誰かに聞かれる恐れなんて欠片《かけら》もなかったので、メイは心底鬱陶《うっとう》しかったが、リズの話を聞いて眉《まゆ》をひそめた。

「確かに。言われてみればおかしいな」

「そ。どう考えてもおかしいの。あのお父さんの話は矛盾してる」

「じゃあ、嘘をついていたってことか」

「もしくは」

「あの親父も知らなかった？」

互いに思考に耽《ふけ》り、ガラガラのグリーン車には少しばかり沈黙が満ちる。

「勘、なんだけど。これってすごく重要なことじゃない？」

勘に答えを返せる訳でもなく、メイはただ沈黙だけでその言葉を肯定していた。
＊

紗耶香は学校が終わると毎日秋人のもとを訪ねていた。宮部内科医院の病室の一つは秋人の私室と化していた。どうせ一日中いるからと、本と漫画とゲームだらけだ。百足《むかで》に対する恐怖が消えた訳ではないようだが、秋人は半ば自暴自棄で享楽的に日々を過ごしていた。そんな頃、病室にメイ達が帰ってきた。

「おかえりなさい。どうでした、調査のほうは」

紗耶香はベッドに座る秋人の隣にくっつくように座っていた。何が気に入らないのか、メイはこちらをじっと見つめてからため息をついた。前回病室にやって来たときよりも、さらに疲れは濃くなっている。

「とりあえず何から話したらいいのやら」

そう言いながらメイは来客用のパイプ椅子に座った。その後ろではリズがひどく暗い顔で壁に背を預けていた。いつも豪気なメイも言葉を選んでいるようで、心なしかその一つ目に力がない。メイはぽつりぽつりとこの二週間のことを話し始めた。異形の探索をしていたら偶然美世に出会ったこと。山奥の窯で人が焼かれていたこと。美世の父から聞いた美世のこれまでの人生。樫山家を呪い祝福する守神の話。

数十分にわたり現実とは思えない話を終えたメイは、ゆっくりとため息をついた。

「けどたまたま美世さんに会うなんて。それって、すごい偶然ですね」

メイは紗耶香の言葉に目を細めて首を振った。

「偶然。あたし達もそう思ってたんだよ。だけど違った」

「え。美世さんが会いに来たってことですか。メイさん達が捜してることを知って？」

「違うよ。間違いなく美世を捜してたのはあたしらで、その過程で見つけたんだ」

「だから、すごくラッキーだってことじゃ」

「あたしらはイカの念視で最も強い反応があった所に向かったんだ」

紗耶香は秋人と顔を見合わせて互いが理解していないことを確認した。

「それで、そこには何があったんですか」

「だから美世がいたんだよ」

「それは分かってますよ。さっきからなんで同じこと繰り返してるんですか」

「イカの念視で強い反応があった場所に美世がいたってことは、美世が今回のカオスに関わる重要な存在だってこと。もしかしたら引き金になる存在なのかもしれない」

メイ達から聞かされていた災いに対して漠然とした不気味な思いが滲《にじ》む。

「美世さんはまだ捕まってないんですか」

「一応警察にも話はしたけど捕まったって話は聞いてないな。どこかに姿を隠してるのか、高飛びでもしたのか。それでな、お前らにちょっとキツい話をしなくちゃならない」

「メイさん！」

リズには珍しく強い声だ。だがメイは視線すら向けずに続ける。

「言わなくちゃ駄目だ。辛《つら》くても、悲しくても、どういう結果が残ったのかは知らなくちゃならない。あたし達がアイツらと戦うには絶対に目をそらしちゃダメなんだよ」

「一体何の話なんですか」

横にいる秋人の表情には明確な怯《おび》えが見えた。紗耶香はその不安が自分にも伝搬したような気分で、メイを見つめる。メイは一瞬迷う素振りを見せたが、諦《あきら》めたように言葉を吐いた。

「あたし達が美世の小屋についたとき、焼かれていたのはお前らの友達だった」

紗耶香も秋人もその言葉をまるで理解できない。間抜けに質問を重ねる。

「友達って？」

「貴志《きし》満。お前らの幼馴染《おさななじみ》だろ。リズが踏み込んだときに見つけた焼死体の身元が確認できたって、さっき電話があったんだ」

心臓から全身へと、冷たくて重々しい感覚がゆっくりと広がっていく。絶望を濃くする紗耶香の横で秋人が苦笑した。

「何言ってんですか。満は、言いたかないですけど、紗耶香に告《コク》ってフラれて、気まずくてここに来ないだけですよ。なあ、紗耶香。学校にも元気に通ってて、この状況が落ち着いたらまた連絡してみようって話してたんですよ」

秋人の言葉に紗耶香は震えが止まらなくなっていた。

「紗耶香ちゃん、言っただろ。過保護は優しさなんかじゃないって」

秋人は信じられないといった表情で紗耶香の横顔を見つめた。

「満君は少し前から行方不明だったんだ。その頃に美世に拉致《らち》されて、監禁されていたみたいだ。そして二週間前、あの廃屋で焼かれてしまった。美世は今世間を騒がせている連続焼死体遺棄事件の犯人だったんだよ」

そこまで言われても秋人は全く理解できないといった表情だった。堪《こら》えることのできなくなった紗耶香は、大粒の涙を零《こぼ》し始める。そんな紗耶香を見て、ようやく秋人の顔にどうしようもない絶望が浮かびあがっていた。

メイとリズは動揺する二人を置いて帰っていった。その後、紗耶香と秋人の間に会話はなく、重苦しい沈黙だけが病室に満ちていた。

「嘘ついてたのか」

紗耶香は弁明する。

「嘘じゃないよ。ただあのときは秋人もギリギリだったから、満が行方不明だなんて言えなくて。もう少し落ち着いてから言おうと」

「そっか。隠してただけか」

その言葉には冷たい棘《とげ》が生えていた。その鋭さに紗耶香は何も言えずに俯《うつむ》いた。

「俺は親友がひどい目にあって、苦しみ抜いて死んだときにここでお前とのほほんと引きこもってたのか。今は大変だから仕方ないって思いながら。最悪だな」

「そんな。私だってまさか満がそんな目にあってるなんて知らなかった」

「悪いのは俺だ。俺が満を殺したんだ」

「何言ってるの？」

「言っただろ。前にアレに襲われたとき、俺は三人で買ったストラップと兄貴の携帯電話を持ってた。よく覚えてないけどさ、俺は選んだんだよ。三人よりも兄貴の行方を。紗耶香に満は来ないって言われたとき、安心したんだ。満や紗耶香が危険な目にあうよりも、友情が壊れるくらいならまだ良かったって。前のような三人に戻れなくても仕方ないって。けどそんなことはなかった。アレは選ばなかったほうをしっかりと取り立てた。おかげで兄貴の捜査はゆっくりではあるけど進んでる。少なくとも美世さ……美世を追えてるんだから。俺は三人の友情よりも兄貴の行方を選んだ。そのせいで、満は！」

紗耶香は秋人の手が震えながらシーツを握りしめていることに気が付いた。その震える拳《こぶし》は、壊れかけ軋《きし》んでいるように見えた。

「それはあの化け物がやったことで秋人のせいじゃ」

「けど俺だけが満を救えたんだ」

「満を殺したのは美世さんだって」

「違う。本当は分かってたんだ。きっと兄貴も無事じゃない。初めてアレがやってきたとき、兄貴よりも漫画を選んだから。俺が肉親や親友よりも自分の夢を選ぶ屑《くず》だから」

「もうやめて」

そう言って紗耶香は秋人に抱き着いた。秋人の強張《こわば》った体はそれでも力み続け、噛《か》みしめる下唇からは血が滲んでいた。秋人はゆっくりと、だが力強く口を開いた。

「もういいよ」

「もう、いい？」

「もう帰ってくれ」

「けど、秋人」

「いいから帰れよ！」

その怒号に再び水を打ったような沈黙が病室に満ちた。紗耶香は黙ったまま立ち上がり、荷物をまとめて病室から出ていった。

自分が『普通』と言われる人間と違うということには幼い頃に気づいていた。親ですら娘を気味悪がって家に一人残すような家庭で育った紗耶香にとって、この世で信頼できる人間はたった二人だけだった。

病室から出て涙を拭《ふ》きながら足早に歩く。

いつだって自分が嫌だった。人とは違う自分は周囲との間に摩擦を生まずに生きることができなかった。うぬぼれていた訳ではない。それでも昔から感情剝《む》き出しで人生を送る周囲の人間が馬鹿に見えて仕方なかった。

互いの合意で結婚した癖に、家庭よりも仕事を選んで帰ってこなくなった親。流行《はや》りや恰好《かっこう》だけを気にして、内面から腐臭がするような感情を垂れ流す同級生達。中身のない貫禄《かんろく》と威厳を維持しようと偉ぶるだけの大人達。

誰も彼もがくだらなくて、悍《おぞ》ましかった。彼らからすれば孤高ぶって同調しない自分は同じようにくだらなくて悍ましい存在だったろう。いつだって孤立していたし、いじめられたことも一度や二度ではない。人には見えない不可思議な『影』が見えるという感覚はさらに他者との距離を遠くした。

そんな紗耶香の人生の中で変わらないものは二人だけだった。幼い頃偶然に公園で出会った二人の男の子。彼らは幼い頃出会ったから、というあまりにも単純でつまらない理由だけで紗耶香を信じてくれた。親友だと断言してくれた。必要としてくれた。二人は紗耶香にとっての光だった。だけど紗耶香は二人とは違った。

自我が芽生えてから十数年、紗耶香の胸には常に疑問があった。

何故自分は違うのだろう。

繰り返される疑問はいつしか諦めに変じて、人生に諦めが満ちればいずれ絶望に変じる。紗耶香が死なずに生きているのは秋人と満の存在があったからだった。

二人だけは自分を『違う』存在ではなく一人の人間として向き合ってくれる。自分と『違わない』人間だった。そのはずだった。紗耶香は胸を強く押さえる。

この体が憎くて仕方なかった。紗耶香はいつまでも二人と一緒にいられればそれでよかった。それなのに、紗耶香は女だった。少し前から二人が男の子で、自分を明らかに女として見ていることに気が付いた。友達としてではない、異性としての視線に紗耶香は恐ろしいものを感じていた。

初めは気づかないふりをしていた。きっとそういう年頃だからと。一過性のものだろうと。まともに考えればそんなことはあるはずないのに。当然か細い希望は現実に裏切られ、ついに満は紗耶香への愛の告白に至った。紗耶香は満も秋人も好きだった。男の子としてではなく、人間としてだ。だがそれも一方通行な思いだったと思い知らされた。

また違ってしまった。そんな思いが紗耶香の胸をさらに強く締め付ける。あのとき間違わなければ、三人でまた笑い合うことができたのだろうか。あの笑顔を見ることができたのだろうか。満が失恋を確信して姿を消す前に呼び止めておけば、死ななかったのではないだろうか。そう。秋人ではないのだ。

「私が、満を殺したんだ」

「紗耶香ちゃん帰るの？」

剣呑《けんのん》な言葉を呟《つぶや》いた紗耶香が振り向くと、病院の受付をしていた依子が微笑んでいた。

「はい。ちょっと用事ができちゃって」

「紗耶香ちゃんに甘えっぱなしだったけど、そりゃ他にも用事あるよね。いつもありがとうね。秋人も紗耶香ちゃんがいてくれて本当に助かってるから」

その笑顔に強い後ろめたさを感じて、紗耶香は作り笑いで返事をした。

紗耶香は気づいていた。自分は満を失ってしまったことで怖くなったのだ。だからあえて女の顔をして、秋人の傍に居場所を手に入れようとした。強引な方法で、秋人が依存するくらいに。強烈な自己嫌悪に、嗚咽《おえつ》が漏れそうになりながら病院を出た。午後六時を回る頃だ。外に出ると空はもう真っ暗で、冬独特の乾いて張りつめた冷気が世界に満ちていた。

駐車場で立ち話するメイとリズの姿が見えた。疲れた表情で何事かを話し合っている。リズが紗耶香に気づいて声をかけた。

「あれ、紗耶香ちゃん。どうしたの？」

「今日はもう帰ろうかなって」

「まあ、たまには離れることも必要だよな。いつも紗耶香ちゃんがんばってるから」

普段はぶっきらぼうなメイからの気遣いは珍しい。意外だからこそ今の紗耶香の心には不意打ちに等しく響いた。

「メイさん。その、ごめんなさい」

「何が？」

「前にメイさんのこと嫌いって言っちゃって」

「ああ、そんなこと？　気にしちゃいないよ」

メイは下らない冗談でも聞いたかのように笑い飛ばした。

「ちょうどよかった。乗ってかない？　歩いて帰るにもしんどいっしょ」

「じゃあお願いします」

そう言って紗耶香がメイのほうへと向かおうとした瞬間、院内から絹を裂くような悲鳴が響いた。互いに確認することもなく三人は同時に院内へと走った。

「秋人、ねえ。一体何があったの。ねえ、秋人！」

母である依子に肩を揺さぶられながら秋人は真っすぐに母を見つめていて、ジャージには嘔吐物《おうと》が残っていた。その光景に紗耶香は理解する。アイツがここに来たんだ。

紗耶香は謝罪の言葉を叫びながら駆け寄ろうとした。その前に秋人が声を上げた。

「今日から紗耶香んちに泊めてもらってもいいかな」

「え？　ああ、うん。いいけど」

思わぬ要請に喉《のど》から出かかっていた言葉が引っ込んだ。

「秋人、どういうこと？」

「アレがこの部屋にも入ってきた。ここにはいられない」

秋人は嘔吐物にまみれたジャージを着替える。依子は何と言ったらいいのか分からないようで口を開いても声になっていない。やってきた悟が困惑した様子で言う。

「秋人、そうは言ってもいきなりよそ様の家にお邪魔する訳にもいかないだろ」

「紗耶香んちはほとんど親いないから大丈夫だろ?」

「う、うん」

「けど女の子の家に」

「満は死んだ。家には帰れない。ここにもアレはやってきた。どっかホテルに泊まるにもアレが来たら追い出されかねない。じゃあどこにも行くとこないじゃん」

依子も悟も困り顔で口を閉ざした。秋人はそんな両親に言った。

「じゃあ父さんと母さんも来れば? いいでしょ、紗耶香」

「うん、大丈夫だとは思うけど」

紗耶香は秋人の意図が読めなかった。紗耶香の家に来たところで百足はやってくるのではないだろうか。それに紗耶香は秋人の表情が気になった。その顔には悲壮とも憤怒《ふんぬ》とも取れる、強烈な感情があった。だがそれは紗耶香にしか見えなかった一瞬だけで、他の誰も気が付いていないようだった。

「しかし病院の仕事もあるからな」

「そうね。仕事終わったら顔出させてもらうけど」

「そっか。ねえ、父さん」

「なんだ？」

「俺は本当に何も分からないガキだけどさ、それでも父さんが何をしてきたか分かっているつもりなんだ。父さんは厳しかった。俺にも、兄貴にも、母さんにも、怒鳴るだけじゃなくて実際に殴ったりすることもよくあっただろ。俺、本当にその暴力が嫌だったんだ。父さんが語る言葉はきっと正しい。言う通りにやっていればきっとうまくいく。食い逸《はぐ》れることもなく、安定した幸せな生活が待っているんだと思う。だけど、それでも、俺達が俺達自身で考えるよりも正しい道理なんてない気がするんだ。だから兄貴は出ていった。だから、俺も、きっと」

秋人は大きく息を吐いた。少しだけ息を吸い込んで言葉を続ける。

「昔、母さんが俺と兄貴にだけ話してくれたんだ。昔、父さんはお祖父《じい》さんに厳しくされたからこうなんだって。荒々しいけど、それでも全ては家族のためで、確かに家族を愛してるんだって。痣《あざ》でまわりが青くなった目を潤ませながら母さんがそう言ったんだ。俺は今でもそう思ってる。父さんは厳しくても、俺や母さんを殴っても、それでも家族を愛してるって、信じてる。なあ、そうだろ。俺達のこと愛してるから厳しかったんだろ？」

「……ああ」

「うん、そうだよね。ありがとう。父さん。俺も父さんのこと大好きだよ」

秋人ははっきりと悲壮に歪《ゆが》んだ顔で悟を見つめてから、言った。

「だけど、俺は選んだんだ」

秋人は最低限の持ち物だけで病院を出た。送り届けると言うメイの申し出を頼って、秋人と紗耶香はセダンに乗り込んだ。久方ぶりに外に出たにもかかわらず秋人の態度に怯《おび》えはなかった。その顔には、全てのものに挑みかかりそうな怒りに近い表情が漂っていた。

発進してしばらくは会話もなかった。しかし五分ほど経ったあたりでリズが口を開いた。

「秋人君。右手にずっと握っているのは何？」

秋人は黙ったまま右手を開いた。

「それって。え。なんで？　こんなとこにあるはずないよ」

「兄貴の携帯電話のときだってあり得なかったでしょ。アレはご褒美を必ず用意してくれるんですよ。これで捜し出せますよね？」

秋人は赤い月を模したイヤリングを強く握りしめた。紗耶香はある疑問を頭に浮かべたが尋ねることはできなかった。きっとメイもリズも同じだろう。すでに答えを連想してしまっていたからだ。

「俺は満を殺したあの女を見つけるためなら、どんな手でも使いますよ」

紗耶香の家へ行く準備のために一足早く家に帰った依子を追う形で、病院から帰る途中、悟がトラックの居眠り運転事故に巻き込まれ即死したのはその日の夜のことだった。

# 第四章　炎のクリスマスイブ事件

自宅の最寄り駅から私鉄に二駅乗ると槙島駅に辿《たど》り着く。そこから歩いて五分もしないところにリズの職場であるビルはあった。一階を抜けて二階の事務所に入る。最近はお決まりの光景となっている、ソファーに眠るメイの姿を見下ろしながらリズは挨拶《あいさつ》をする。

「おはよ、メイさん」

メイはナマケモノのような緩慢な動きでゆっくりと体を起こした。

「んあぁ。……今何時？」

「八時半。昨日も徹夜？」

「いやちょっと寝たよ。めんどくさいから帰んなかっただけで」

事務所の奥からカノンが心配そうな顔をして出てきた。

「遅くまで仕事してたんだろう。夜更かしは美容の敵だ。気をつけないと」

カノンの持つ盆にはカップが二つ載っていて、豊潤な香りがする。リズは挨拶と礼を言って受け取った。メイは頭を振りながら目の前に置かれた珈琲《コーヒー》を啜《すす》る。

「けどねえ。イカの話じゃ念視の乱れが激しくなってるんだってさ。例のイヤリングを手に入れてからも、絡む異形の数が多くて事が起こる場所もまだ特定できないみたい。それでも直前になれば見えるだろうから今も目が離せないって」

「あらら。イカさんも大変だね」

「昨日の話の半分くらいは、未《いま》だ愛花ちゃんに無視されてるって泣き言だったけどね」

「まあそれは自業自得だよね」

そう言って笑うリズをメイはじっと見つめた。

「あんたも大分持ち直してきたね」

「ずっと落ち込んでるくらいなら、美世さんを捜さないと」

リズは右手の火傷痕《やけどあと》をじっと見つめた。その様子にメイはにやりと笑う。

「その通りだ。めそめそするよか行動だ」

「けどこれからどうするんだい。イカの念視調査は続けていて、ある程度異形の関わった品も見つかったんだろ。これ以上は劇的な発見はないんじゃないのかい」

「カノンさんの言う通りだね。一応集めたそれらは全部イカに回してるから、はっきりした兆候が現れたら連絡くれると思う。それまではそっち関係でやることないかも」

「少し休んだらどうだい。最近は根詰めすぎだ。それじゃ何か起きたときに困るだろう」

「けどねえ、まだやることとなくなった訳じゃないんだ」

メイはまだ熱い珈琲を勢いよく呷《あお》った。強力な眠気覚ましにメイの一つ目はいくらかところに行く」

「カノンさん。もう一杯お願いできる？　それ飲んだらめんどくさくて後回しにしてた

「後回し？」

「ああ。できれば行きたくねえんだけどなあ」

一瞬ははっきりとしたメイの顔が再び渋面になった。メイはカノンが入れた二杯目に砂糖をどっさりと入れて飲み干し、リズを連れて社用車に乗りこんだ。

応接室に通されたメイとリズには疑惑の瞳《ひとみ》が向けられていた。メイは出されたお茶には手も付けずに視線を真っ向からぶつけている。目の前の男は刑事というよりはヤクザの若頭といった容貌《ようぼう》で、あごをしゃくりオールバックの黒髪の下から見上げるような威嚇のまなざしをメイと戦わせている。リズはおずおずと横からそれを眺めていた。

「それで御轟さん。話があるって、もしかしてまた何か思い出したんですかね。この間は事件から一週間以上も経ってから、容疑者《ホシ》と顔見知りだなんておっしゃってましたけど。今回はどんなことをうっかり忘れてらっしゃったんですかね」

露骨な態度だがそれも当然だ。

この一ヶ月で都内の各地で四体もの焼死体が発見された『連続焼死体遺棄事件』。焼死体が住宅街や工業地帯に突然放置されていたという不気味さ。さらには先日の山

小屋でリズが発見した人焼き窯の調査結果から、それらが同一犯による犯行と見られたこと。さらにはその犯人と思わしき人物が裕福な家庭環境に育ったお嬢様で、そんな彼女が長期にわたる凶行を続けていたこと。突発的な『無敵の人』とは違う、新世代の裕福な連続殺人鬼《シリアルキラー》。連日ワイドショーを賑《にぎ》わすには十分すぎる話題だった。

そんな大事件を、捜査の手が及ぶ前に独自調査しておきたかったメイは、あえて美世の存在を警察に伏せていたのだ。そのお蔭《かげ》で警察からの印象は最悪だ。リズとしてはもう少しやりようがあったような気がしなくもないのだが、だからといって具体的な代案が出せた訳でもないので黙っていた。

「柴井《しばい》刑事でしたよね。たまたま忘れていたんですけれど、美世さんの最近の写真がスマホに入ってたもんで、お役に立つんじゃないかと今日はお持ちしたんですよ」

メイ達が小料理屋で飲んだときに撮った美世の顔写真だった。写真を見下ろしながら柴井は上目遣いでメイを睨《にら》んだ。

「たまたま、ね。まあいい。ありがたく使わせてもらいますよ」

柴井は写真を受け取ろうとしたが、メイはひょいとその手を躱《かわ》した。

「オイ」

「写真提供の代わりと言っちゃなんですが、いくつか話を聞きたいんですけど」

「何をだ」

「これまでの被害者の遺体の状況について」

その言葉で柴井の顔が一気に険しくなった。

「馬鹿か。捜査情報を一般人に話す訳ねえだろ」

「そう言わないでくださいよ。あたし達だって事件解決したいんです。警察だってもう二週間以上経つのに美世を見つけられてないでしょ。欲しくないですか、情報」

「てめえ、やっぱりまだ隠してやがんのか！」

柴井が応接間の机を力強く殴った。リズはそれだけで不安げな瞳を揺らしてしまう。なんでメイさんは毎度毎度挑発するような態度をとるのか。そんなリズの懸念を知ってか知らずか、メイは動じる素振りすら見せずににっこりと笑った。

「警察が知らない被害者らしき人物一人と、固く口を閉ざしている美世のお父さんからの証言のいくつか。あたし達が知りたいのは発見時の遺体の状態と現在の捜査状況。あくまでも刑事さんとあたしの個人的な取引です。お互いに他言無用でいきましょう。他の誰にも話しません。ねえ、いいでしょう？」

「ちょろちょろ姑息《こそく》に動き回りやがって。このネズミが」

「暗闇の奥底について知りつくすのもまたネズミ、ですよ。さあ、どうします？」

柴井はじっとメイを睨み付けてから大きくため息をついた。

＊

紗耶香の家は槙島市の住宅街にある西洋風の一軒家だ。紗耶香は二階に上がり、ドアの前で立ち尽くしていた。ノックしようとする手をそのままに、紗耶香はこれから始まる辛《つら》い時間を覚悟する。部屋の中の人物を刺激しないようにゆっくりと、それでもしっかりと聞こえる強さで扉を叩《たた》いた。

「秋人。おはよう。ご飯できてるよ」

返事はない。紗耶香は不安を抑えながら扉を開けた。

部屋は厚い遮光カーテンが閉じられて電灯も消されているので、廊下から差し込んだ明かり以外は闇に包まれていた。部屋の奥で毛布をかぶって蠢《うごめ》く影がくぐもった声を上げた。

「今日も来なかった」

「うん。とりあえず朝だから。ご飯食べよ?」

そう言いながら紗耶香は一歩部屋の中へ踏み込んだ。

「入るな!」

毛布を剝《は》いでそう叫んだ秋人は悲痛としか言えない姿だ。ろくに寝ていない上に食事も最低限しかとっていないので、病院にいた頃よりもそのやつれ具合は加速していた。

「ごめん。けど、食事は一緒に食べる約束でしょ。だから、ね?」

諭すような紗耶香の言葉に、秋人は苛《いら》立《だ》たし気な顔で闇から這《は》い出てきた。

リビングで二人は朝食をとっていた。会話はなく沈黙を希釈するようにつけられたテレビから笑い声が響いている。食事はあっと言う間に終わり、秋人は席を立った。

「秋人。待って」

秋人は返事もなく振り返り、じっと紗耶香を見つめた。

「ねえ、あんな真っ暗な部屋に閉じこもってるんじゃなくて、他の方法も探そうよ」

紗耶香は自分の言葉に、秋人の瞳が揺れていないことに気が付いていた。それでも祈るような気持ちでその目を見据える。だが秋人は重々しく沈んだ視線のままだ。

「紗耶香には感謝してる。けど邪魔をしないでくれ。無理なら俺は出ていくから」

紗耶香は言葉を詰まらせた。今こんな状態の秋人が自分の目の届かない場所に行ってしまうことには耐えられなかった。沈黙を答えとして秋人は二階へと上がる。扉の閉まる音が紗耶香を拒絶しているように聞こえた。

病院から抜け出して紗耶香の家にやってきた秋人は、与えられたこの部屋にひたすら引きこもり続けた。父親が事故で即死したと告げられても部屋からは出なかった。葬儀は滞りなく執り行われたが、秋人は墓の場所すら知らないらしい。悲しみに暮れる母親にも顔を見せていない。秋人はあれからずっと暗闇の中に潜んでいる。まるで獲物を待ち伏せする肉食獣のように、紗耶香の家の一室で待ち続けてきた。

それがかつて教えられた異形への対策とは真逆の方法だと紗耶香は気づいていた。兄と幼馴染《おさななじみ》の仇《かたき》を取るために百足《むかで》の再来を待っているのだ。だが百足は未だ秋人の前には姿を現さない。罪の意識と焦燥感で、暗闇からは悶《もだ》え苦しむ呻《うめ》き声が毎日のように聞こえていた。

紗耶香は秋人の力になりたかった。だが秋人は一人で暗闇に潜む道を選んだ。認識が拡散する場を作るためには観測者となる人間は少ないほうがいい。紗耶香にはその方法は自殺に近い無謀なものにも思えたが止めることができなかった。紗耶香は秋人の呻き声を聞きながらじっと耐え続ける。俯《うつむ》く視線の先、机の上でスマートフォンが軽快な音楽を鳴らした。


「こんにちは。秋人さん」

「……こんにちは」

紗耶香は秋人に西橋家の怪人について語っていたが、それでも目の前の白人男性が吸血鬼だとは信じられない様子だった。疑念を口にしようとする秋人より早く、メイが声を上げた。

「今日わざわざ西橋家に集まってもらったのは、イカを含めて今の状況を確認するためだ。情報も集まっていよいよ念視の精度も高まってきた。カオスの発生場所が収束するまで、そこまで時間はかからないと思う。警察とも情報共有してきたからそれも踏まえて説明したい」

「警察に異形だ何だを説明したんですか」

「まっさか。秋人の兄貴が行方不明になっている件と、美世の親父さんから聞いた話の一部を伝えただけ。ただ、それですごく重要なことが分かった」

「何なんですか」

秋人の言葉には本人も意識していないだろう棘《とげ》があったが、メイは気にもしていないようだ。

「連続殺人を行っているのは美世だ」

何を今更。紗耶香は戸惑った。リズはひどく悲しそうに床を見つめていた。イカだけが得心したように言う。

「ハァハン。異形じゃない。よくないですね」

「そゆこと。異形の影響が起きる前から美世は殺人を犯していた。警察の話じゃ、あの山奥の陶芸窯は、数年前から使われていた痕跡《こんせき》があったらしい。まさかこれまでは真面目に陶芸してたってことはないだろう。しかもあの小屋自体は五年前、美世が上京した頃にそこらの地主から買っていた。きっとその頃から使っていたんだろうな」

親友のことを思い出して、紗耶香は悲しみを覚えた。秋人もきっと満のことを思い出しているのだろうが、その顔には明確な怒りが浮かんでいる。

「兄貴は殺人鬼と付き合ってたってことですか」

「そういうことだな」

「けど何でそんなことを」

「詳しい理由は分からないけど、美世が小さい頃にお袋さんが目の前で焼身自殺したらしい。そんなトラウマが誰かを焼くなんて行動に影響を与えているんだとは思う。実際幼い頃は友達に火を付けたりとか、怪我をさせたりなんてことがよくあったらしい」

「じゃあ異形云々《うんぬん》の話は関係なく、美世はもともと人を焼くようなヤツだったってことですか」

「関係ない、とまでは言い切れないと思う。確かに今回の一件より前にも殺人を犯していたことは確定だけど、美世の殺人はあたし達が異形を確認してから爆発的に増えている。現場となった小屋では、最近の行方不明者の遺留品らしきものが複数見つかっているらしい。美世のそういう性質が加速させられたのか、暴走させられたのか。そんなところじゃないかな」

「警察は何してるんですか」

「美世はまだ見つかってないらしい。整形でもしたのか、一旦《いったん》どこかに逃げたのか。まあいずれ戻ってくるから慌てるなって言っておいた」

「戻ってくるんですか。なんでわざわざ。面も割れてるのに」

「カオスですよ。メイさん達話じゃその美世さんがカオスの中心にいる間違いないそうです。じゃあきっと美世さん無視できますないです」

紗耶香の疑問にイカが答えた。紗耶香はさらに問い詰める。

「美世さんが何かをするからカオスの引き金になるんじゃなくて、カオスの引き金になるから何かをするってことですか。それじゃあべこべじゃないですか。おかしいですよ」

「けどね。因果っていうのかなあ。アイツらはそういうものなの。動機があって行動して、それで因果が生まれるんじゃなくて、因果があればそれに従わざるを得ない。絶対にそれを裏切れないの。偏執を無視できないその性質と同じようなものなんだと思う」

リズがそう言っても紗耶香は釈然としない気分だ。メイは言う。

「そう。美世は必ずやってくる。そして警察の捜索網に引っかからなくてもこっちにはイカの念視がある。だから見つけられる。警察にはそれから協力してもらう。なまじっか異形の話なんてしても信じてもらえないだろうし、捜査を攪乱《かくらん》したなんて難癖つけられて、これ以上睨《にら》まれても面倒しかないからな。そしたら美世を止められなくなるかもしれないし」

そう言ったメイを見つめながら紗耶香は意外な気持ちで言う。

「メイさん達はカオスを止めたいんですね」

「ひっどいなあ。あたしだって人命は失われないに越したことないと思ってるよ」

「ごめんなさい。けどメイさんはカオスを楽しみにしているように見えたから」

そう言われてメイは頭を掻《か》いた。

「まあ昂《たか》ぶる気持ちがあることは否定しないよ。何せ滅多に姿を見せない異形が集まるお祭りだからね。そこで異形の尻尾《しっぽ》を摑《つか》めるだけ摑みたいって気持ちもある」

リズが横から苦笑交じりに口を出す。

「メイさんは異形マニアだから、どうしてもテンション上がっちゃうんだ。けど人の命をどうでもいいとは、思ってないよ。……多分」

「オイ」

呆《あき》れるような表情でメイはため息をついた。

「あたしはできるだけ多くの異形を解明したいんだ。言っただろ。あいつらははっきりと認識されることを嫌う。奴らに対する認識が虚《うつ》ろでなくなれば、その超常的な力を縛ることができる。そうすりゃあたしらにとって有益な存在になるかもしれない。そんな訳であたしはもう十年以上も異形を追ってるんだ」

「そんな目的があったんですね」

「ただの享楽だと思うよね。いつもの言動があんなんだから」

「けどあんな化け物どもが役に立つなんてことがあるんですか」

メイは黙って隣に座る吸血鬼を指さした。イカは何故か嬉《うれ》しそうに微笑んでいた。

「話を戻すよ。あたしらの目的はカオスの鍵《かぎ》となる美世を見つけて止めること。それがどこで起きるのかはまだ分からないけど、まあ、恐らくは燃やすんだろうなあ」

「燃やすって何を？」

「人を、だろうね。多分」

リズが呟《つぶや》くように言った。頷《うなず》いてからメイが続ける。

「美世はあたしらに見つかって警察からも追われている。つまりもう後がないんだよ。それに美世の殺人ってのは怨恨《えんこん》はもちろん金銭目的でもない。元々祖母の遺産貰《もら》ってんだから金はある。恐らく人を焼き殺すという行動自体に意味があるんだと思う」

秋人は信じられないといった表情で言う。

「何をどうすりゃ人を焼くことが目的になるんですか。ただの殺人よりもタチが悪い」

「そりゃ直接聞いてみるんだね。あたしが言いたいのは、もう美世は人を攫《さら》って焼く場所を失ってしまった。それでも焼きたい気持ちは止まらない。じゃあ何をするかってことだよ」

紗耶香が困惑しながら言う。

「普通は隠れるんじゃないですか。ほとぼりが冷めるまで」

「普通はね。だけど美世は普通じゃない。美世は必ずカオスの地に現れる。それを前提に考えたら何をする？　そしてそれをした結果、何が起きる？」

漠然とした質問に秋人と紗耶香は考え込んでしまった。横から見ていたリズが答える。

「どうせこれ以上焼けなくなるなら、目一杯焼いてやろうってなるんじゃないかな。これまでよりも規模を大きくして、大量の人間を焼けるように。けど、もうそれって」

「そう。無差別大量殺人だ。結果その場所は混沌《こんとん》に陥る。事が起きれば確実だ」

紗耶香は少し前に起きた米国の銃乱射事件を思い出していた。アメリカンフットボールの試合が終わった後のお祭り騒ぎの中、人々がごった返す通りで突如銃を乱射した容疑者に、数千の人間は大混乱に陥っていた。

「止めなくちゃならない。そのために紗耶香ちゃんと秋人にも手を貸してほしい」

「それが美世を捜すのに繋《つな》がるんでしたら協力します。だけど何かの役に立てるんですか。ましてや俺なんかアレが憑《つ》いてるのに」

「影が見える人間はすごく貴重だし、秋人自身異形が憑いているんだ。カオスに反応して百足《むかで》が現れるかもしれない」

百足。秋人の顔つきがさらに険しくなった。以前はその名を聞けば怯《おび》え切っていたなんて信じられないほどの変化だ。そんな秋人を眺めながらメイは調子を変えずに言う。

「ああ、それと。前にも話したけど美世にはあたしらが見つけた影とは別の、美世の実家由来の異形が憑いているらしい。何やら寿命を短くする守神の類《たぐい》で、まあ今の状況と関係があるかどうかも分からないけど、一応頭の隅に置いといて」

メイの説明が終わると、イカが今日何度目か分からない念視を行った。秋人は初めて見るその奇妙な儀式に興味深げで、紗耶香はどこか薄暗い気分で秋人の横から儀式を眺めていた。

＊

西橋邸で昼食をご馳走《ちそう》になってリズ達は帰路についていた。

リズは助手席で流れる景色を呆然《ぼうぜん》と眺めていた。これまでの事件についてぼんやりと思い返す。今はもう遠い昔に思えてしまう美世の笑顔を思い出すと、同時に陶芸窯で真っ黒になっていた満の視線が明滅した。湧き上がる頭痛に眉《まゆ》をひそめる。

まさかあの美世さんが連続殺人鬼だったなんて。リズの胸中には未《いま》だに信じられない部分があった。だが次々と明らかになる事実は、確実にその犯行を裏付ける。それが飲み込まなくてはならない現実だと、リズ自身十分に理解していた。

ただ何かが引っかかる。ここまでの一連の流れに何か見落としがある気がする。樫山家からの帰り道に気が付いた矛盾と同じようで、また別の何かだ。

「どうしたんだ、黙りこくって」

「へ？」

「いつも皮肉やらヤジやらもっと口出してくる癖に今日はずいぶん静かだろ。なんか気になることがあるのか？」

「いや、別に」

まだ漠然としたままの予感を口にする気にはなれなかった。

「まだ調子悪いとか？」

「何。珍しく優しいね。メイさんこそどうしたの」

メイはしかめっ面になってリズを睨み付けた。

「じゃあ知らん。相談にも乗ってやらん」

リズは少し笑ってからルームミラーで後部座席を覗《のぞ》き込んだ。行きも帰りも後部座席の二人に会話はない。あれほど仲睦《なかむつ》まじかった二人の様子にリズは心配になるが、どう声をかけたらいいかも分からなかった。自他ともに認めるほどに社交性の低い自分が口を出しても悪い結果になるだけだ。やるだけ意味がないに決まっている。

「あ」ようやく引っ掛かっていたものの正体が分かったリズは声を上げた。

「んだよ。いきなり間抜けな声を上げて」

「やるだけ無駄なのに、不利になるだけなのに、何であんなことしたんだろ」

「何の話だ？」

「焼死体『遺棄』事件なんだよね。美世さんは何かこだわりがあって人を殺してた。テレビで言ってたじゃん。わざわざ住宅街やら人目に付くところに死体を放置したんでしょ。それまでは死体は人知れず処理していた訳で、それでバレてなかったのになんで？」

「そういえばそうだな」

「遺棄事件が始まったのって異形に憑かれてからだったよね。美世さんのお父さんが言ってたじゃん。イヤリングには願いを叶《かな》えてくれる精霊《ジン》が宿ってるって」

メイはハンドルを切りながら考える。あまりに馬鹿馬鹿しい話を口にするかのように少しおどけた調子で言う。

「願いを叶えたから焼死体を遺棄した？　まるで意味が分かんねぇ」

「それに億万長者のおばあちゃんから遺産を受け取ってたのにブラック企業で働いていたよね。それっておかしいよ。寿命を短くされてるのにわざわざ大変な生活してたの？」

「わっかんない。確かになんでだろ。単純に樫山家の呪いについては知らなかったとか」

「そんなことはないと思う」

「じゃあその無駄は何なんだ？」

その問いにリズも答えられなかった。互いに考えながらもそれ以上の答えは出ずに、槙島市につくまで車内は無言のままだった。

＊

今はイカと呼ばれる彼はひどく意気消沈しながら机の前に広げられた地図に集中した。右手に握りしめた月を模した赤いイヤリングから振動のようなものが伝わって、地図を指した左手の指先から雫《しずく》のような何かがぽとりと落ちた。地図上に等速で広がる波紋が、水面から突き出た透明な岩や枝にぶつかったように歪《ゆが》んで消えた。

やはりまだ多い。本来察知されることすら貴重な異形がこの狭い区域に集中するなんてあり得ないことだ。そんな異常事態が念視の精度を著しく低下させていた。

生まれて四九年。死んでからは七六年。気が遠くなるような長い人生を歩んできた彼がカオスと呼ばれる状況を耳にしたのはわずか四度だけ。一度目は死んですぐ。二度目は死んでから十年ほど経った頃。三度目は三十年ほど前で、四度目は十年前だ。

そんな数少ない経験と比較すれば、今回のカオスは規模が小さいようにも思える。戦時中に巻き起こったカオスに比べれば数十分の一程度だろう。だが近隣での発生が予測されるのは初めてのことだった。この規模のヵオスが視《み》えるのは距離が近いからなのか。これまでも同じような規模のヵオスが遠方で発生していたが、彼には視えていなかったのかもしれない。彼の念視も実際には万能とは程遠いものなのだ。

蔵の扉がノックされた。返事をすると重々しい扉が開かれて老婦人が顔をのぞかせた。

「どうしました。光江さん」

「もう休みますけど、何か用事はありますか」

愛花の幼少期からの付き合いだというこの老婦人の適応力は大したもので、人外である彼の習性も蔵から一歩も出られない封印も、全てを理解した上で世話係を続けていた。秘密の漏洩《ろうえい》も無いようで、彼はこの老婦人を一人の人間として信頼できると判断していた。

「いえ。とくにはないです。それで、光江さん」

「愛花ちゃんなら食事を終えて部屋ですよ。食事中も携帯電話をチラチラ気にしてたから、誰かと電話でもしてるんじゃないかしら」

「電話、誰とですか!」

「知る訳ないでしょ。もう高校生だし美人だから。彼氏でもできたんじゃないかねえ」

そこまで言って光江が彼の顔を見てくすくすと笑った。

「なんですか」

「この世の終わりみたいな顔してる」

全く無意識の表情を指摘されて彼は顔面を手で覆った。

「けどイカさんはずっと長いこと生きてるんでしょう。なのに思春期の女の子の一挙一動に狼狽《ろうばい》しちゃって。おかしいったらありゃしない」

「ガールの扱いは得意です。何度も結婚しました。奥さん、三人以上いました」

「あらまあ。そりゃ大したもんね」

「けど、イカは子供いたことありません。いや、もしかしたらいたかも。けどいろんな国、飛び回りました。子供との生活知りません。それにここに七〇年以上いるです。その間、会話したガール、愛花さんとボス達と光江さんくらいです。もう色々忘れました」

「まあ。私までガールだなんて」

「ガールですよ。イカにとっては」

彼がそう言うと光江が嬉《うれ》しそうに笑った。

「けどもう一ヶ月です。愛花さん、このままイカと喋《しゃべ》らない、いいですか」

「そんなことはないわよ。愛花ちゃんにとってイカさんは家族みたいなもんなんだから」

「光江さんだって愛花さんの家族です」

光江は再びにっこりと笑った。

「愛花ちゃんも引くに引けなくなっちゃったんじゃないかしら。あの年頃はいろんなことに敏感だから。イカさんは嘘つけないし、やったことに悪意がないって分かってるはずなんだけど、やっぱり許せない部分もあって心の中がぐじゃぐじゃになってるのよ」

「イカ、すごく反省してます」

「きっと明日《あした》には許してくれるんじゃないかしら」

「明日？　なんでですか」

「なんでって。本当に分からないの？」

正気を疑うような光江の顔に彼はさらに考えるが、何も浮かんでこない。

「全然分かりません」

「そういや去年も忘れてたわね。クリスマスイブよ。クリスマスイブ」

「ああイカ、宗教ないんで、分かりませんでした」

「ってことはプレゼントも用意してないでしょ。今日気づいてよかったわね。じゃなきゃさらに拗《こじ》れてたかも」

「光江さん、神です。ゴッドです。本当に助かります」

「何それ。まあ仕方ない、明日買ってきてあげますから。何を買うかだけでも決めて明日の朝には教えてくださいね。それじゃ私はもう寝ますよ」

「はぁい。おやすみなさい」

再び一人になった蔵の中で彼は考える。愛花には一体何をあげればいいのだろう。小さい頃はぬいぐるみでも何でも喜んでくれた。確か四月の誕生日に陸上用の最新シューズをプレゼントしたのが最後だったはずだ。またシューズをあげる訳にもいかない。いつもならさりげなく何が欲しいか聞いたものだが、時間のない今回はそうもいかない。

最近無視され続けていただけに愛花の今の好みすら分からない。

彼はカオスへの懸念すら忘れて腕を組んで真剣に考え始めていた。ふと、右手にずっと握りしめたままだったものの感触に気が付いた。


光江からの忠告の翌日、彼は珈琲《コーヒー》を淹《い》れてくれた光江に希望の品をお願いして、いつも通りの生活を送っていた。蔵の中にいる彼には昼夜もないので、生前の体質も相まってろくに眠ることがない。大抵はパソコンの前に座って調べものをしているか、レコードを聴いているか、テレビか映画を見ているかだ。愛花が寄り付かなくなってからその傾向は顕著で、ひどくルーチンにまみれた退屈な生活を送っていた。だから本日四回目の念視も、感慨もなく済ませようとしていた。


波紋が落ちる。等速で広がり一点で大きく歪んでその部分で水面が跳ねた。極小の爆弾が炸裂《さくれつ》したようなその光景に彼は目を見張った。

一瞬何が起こったか分からなかった。そしてダムの亀裂を発見したような感覚に思わず開いた口を手で塞《ふさ》いだ。彼は自分の感覚に首を傾げる。百年以上人生を重ねる自分が一体何に驚くというのだ。もう一度、念視を行う。地図上の同じ場所が同じように大きく跳ねた。

時刻は夕刻で空には赤みが差している。もう一度、地図をゆっくりと眺めた彼は自らが驚愕《きょうがく》した理由に気が付いた。記憶違いということはありえない。余程興味のないこと以外はまず忘れることはない。ましてや地理情報を間違えることなんて絶対にありえない。それは生前に培ったスパイとしての習性だ。だからこそ恐ろしい事実に絶句し、驚いたのだ。危機を感じたのだ。彼は叫んだ。

「光江さん、光江さん！」

少し間を置いて炊事場のほうから光江の声が近づいてくる。

「はいはい。イカさん、どうしたの？」

「今日、愛花さんどこに行くって言ってました？」

「ああ。駅前でやってるイベントに部活の先輩と行ってみるって。ほら、最近になって始まったサンタ祭。どうもセンスが悪い気がして仕方ないけど、若い子はああいうのが面白いのかねえ」

彼はもう一度地図を見た。先ほど波紋が跳ねた位置を凝視する。そこには槙島駅と太文字で書かれていた。彼はすぐに携帯電話を取り出して愛花へと電話をかけた。だがあれ以来着信を拒否されているので繋《つな》がらない。

「光江さん、愛花さんに電話して、すぐに帰るように言ってください！」

「イカさん。あのくらいの歳の子じゃ男の子とデートするくらい普通だって。ましてやクリスマスデートを邪魔するなんて。何も泊まりがけで帰ってこないって訳でもないんだから、大人しく待ってましょうよ」

「そうじゃないです。いいからお願いします！」

彼の真剣な言葉に、光江はそれ以上何も言わずに従った。

「ありゃ出ないわね。混雑してるから気づかないのかしら」

彼は苛立《いらだ》ちを抑えきれず蔵の柱を殴った。その腕力に柱が軋《きし》んで少しだけ曲がった。

「光江さん。愛花さんに電話かけ続けてください。お願いします」

頷《うなず》く光江をよそに彼はすぐにメイに電話をかけた。メイはすぐに出てその緊急性を直ちに理解した。彼がその場所を伝えると、時が来た、という言葉と共に電話は切られた。

通話を終えた彼は光江を見るが、光江は首を横に振るばかりだ。

偶然とは言え最悪のタイミングだ。なんて運のない。そう思いながら彼は思考を一旦《いったん》止めた。彼は彼自身も異形と呼ばれる存在であることを思い出した。つまり彼もまた、カオスの場に呼ばれていると気が付いたのだ。

彼の緊迫した表情に、光江は不安を露《あら》わにしていた。そんな老婦人を真っすぐに見つめ直して、彼は言った。

「光江さん。お願いあります」

彼の願いを聞いて光江は最初は首を横に振った。だが愛花の危機を告げる彼の言葉に、最後には彼の願いを聞き届けた。

＊

槙島市は都心に繋がる人気のベッドタウンの一つであり、駅とその近隣に広がる商店街は市経済の中心として栄えてきた。槙島駅の北口前には大きなロータリーが構えられ、市バスやタクシーが循環してローカル交通網の根幹を形成している。駅前のビル群には全国に展開する大手企業の支社ビルが並び、大手チェーンの飲食店がテナントに入っていた。そんなビル群の合間の道を行くと、多くの地元企業や個人店が立ち並ぶ槙島商店街に繋がる。これらの商店は昨今の大型集合商業施設の乱立にも負けずに、住宅街からの客足を摑《つか》み、目立った観光資源もない槙島市の経済を支えていた。ちなみにリズ達の事務所が入った雑居ビルはこの商店街と住宅街の合間にある。

イカから緊急連絡を受け取ったメイとリズが槙島駅前広場にやってきたのは、そのわずか十分後だった。その間に陽は沈み切り、かわりにと言わんばかりに派手なイルミネーションが街を彩り始めた。アーケードには横断するようにケーブルが引かれて、輝くオーナメントがいくつも飾り付けられて商店街に光を降り注いでいる。赤。青。緑。白。その他諸々《もろもろ》の電飾の輝きを見渡しながらメイが悪態をつく。

「なんでこう、派手な色をばら撒《ま》くのかね。クリスマスだってのに統一感の欠片《かけら》もない。モミの木とサンタの形してりゃ何だっていいのかね、こいつらは」

「メイさんはホントこういう場所嫌いだよね」

「喧《やかま》しいのは視覚的にも聴覚的にも嫌いなんだ。最近流行《はや》りのハロウィンイベントなんて行ったら憤死するよ、あたしゃ」

「それで、警察には連絡したんだよね」

「ああ。例の刑事に美世から連絡があったとか適当なこと言っといた。もう少ししたら私服制服構わず警官だらけになるんじゃねえか」

「そしたら美世さん、逃げるんじゃない？」

「どうだろうな。もし読み通りなら、美世はもうどこかに紛れ込んでいるはずだ」

「まあ、これなら変装も楽だよね」

そう言ってメイとリズは歩行者天国となっている駅前と商店街に繋がる道を見渡した。どこを向いてもサンタ。サンタ。サンタ。サンタ。溢《あふ》れかえりそうな群衆の半数ほどが赤い服を着た白髭《ひげ》の老人の仮装をしていた。

三年前から地域興しとして発案されたのが『槙島サンタ祭』だ。槙島市のどこにサンタ要素があるのか分からないが、安易なサンタのコスプレとそれに合わせた商店街各店のセールを同時に行うこのイベントは、テレビに取り上げられ、ノリが良くて分別のない若者や商魂逞《たくま》しい個人事業者の強烈な後押しもあって一応の成功を収めていた。

結果、今年も老若男女問わず赤い服を着て髭をつけて、駅前から商店街にかけて楽しそうに練り歩く奇妙な空間がどこまでも続いていた。

「こうなると人捜しには最悪だな」

そう言いながらメイが舌打ちした。こういった盛り場が得意ではないリズは、久方ぶりの人混みにうんざりするような気分になる。

「この中からどうやって美世さんを捜すの？　美世さんってこれと言った特徴ないし、念入りに変装してるだろうし。若い女の人なんていくらでもいるよ」

「逆にまさかこんな所で張られてるとは考えないはずだ。イカの念視がなけりゃこんなお祭り騒ぎと美世を関連付ける訳ないしな。で、こんなお祭りにやってきた美世が何をするかっていえば、何だと思う？」

「火、ですよね」人混みを見渡していたリズ達の背後から少年の声がした。

「秋人君」

深い隈《くま》にボサボサの頭。煌《きら》びやかなこの場において陰鬱《いんうつ》の色濃い秋人の姿は余りにも目立つ存在で、まるでその周囲だけが光を失いくぼんでいるようだ。その隣にはいつものように紗耶香がいたが、その表情にも暗く隠せない疲労が滲《にじ》んでいた。

「ずっと暗闇でアレを待ちながら考えていたんです。カオスの場に美世が現れたら、一体何をするか。混沌《こんとん》の震源になる存在だとしたら何をするか。考えてみれば簡単ですよね。一個人が起こせる混沌なんてたかが知れてる」

「ハハ。大分こっち向きの考え方になってきたな、秋人」

紗耶香が疲れた顔を殊更に影深くしながら言う。

「本当に事件を起こすんですか。こんな場所で」

リズは人混みを舐《な》める巨大な炎を想像した。真っ赤な群衆がさらに真っ赤に燃え上がる地獄絵図。阿鼻叫喚《あびきょうかん》。恐ろしい光景を払うように頭を振る。

「恐らくは爆弾か何かをどこかに仕掛けてるんじゃないかな。それが見えるどこかに美世がいるはず」

「どうして言い切れるんですか。爆弾だけ仕掛けてどこか遠くにいる可能性だって」

「美世がこれまで人を焼いていた窯な。その扉には大型の耐熱ガラス板が張られていて、中がよく見えるようになっていたんだ。だからリズもあのとき異常に気が付いた訳だけど。本来、中の温度にムラができるから普通の陶芸の窯じゃ珍しい作りらしい。だからあれは陶芸のために作ったんじゃなくて、美世が見るためのものなんだろう」

「見るって何を？」

「焼け死んでいく人間の顔を」

秋人も紗耶香もしばし言葉を失っていた。秋人が絞り出すように言う。

「なんでそんなこと」

「美世には必要なことなんだろう。理由は分からなくてもいい」

本当にそうなのだろうか。理由なんて無視していいのだろうか。山形の帰りの新幹線で気が付いた明らかな矛盾。無意味に思える死体遺棄。遺産がありながらブラック企業で働いていた美世。リズは気がかりについてこれまでメイとは別口で独自に調査を進めていた。きっともうピースは揃っている。だけど全景が掴めない。あと少し、ひらめきのような何かが必要だ。

「それでどうやって美世さんを捜すの？　爆発したり燃えたりした後じゃ遅いでしょ」

「おいおい、リズ。何言ってんだ。ここには変装してようが何だろうが美世を見分けられる人間が三人もいるのに」

リズはハッとして言った。

「あ。影か」

「そ。リズほどじゃないけどあたしも紗耶香ちゃんも異形の影が見える。だからここからは分かれて美世を捜すよ。秋人は紗耶香ちゃんと一緒で、あたしとリズは一人ずつで」

「けど、美世さんを見つけたらどうするの？ 私とても押さえられないよ」

「そしたら電話であたしを呼びな。何かしらに憑《つ》かれてるとはいえ肉体的にはただの女だ。取り押さえるくらい訳ねえ」

「けどメイさん、一度逃げられてんじゃん」

「うるせえ。あのときは油断してたんだよ。それと秋人。美世に恨みを抱いているのは分かるけど先走るなよ。運よく見つけてもお前が焼かれちゃ元も子もないからな」

「分かってますよ」

秋人はぶっきらぼうにそう言ったが、その瞳《ひとみ》が復讐《ふくしゅう》に燃えていることは明白だった。

リズが紗耶香の肩を叩《たた》いて頷《うなず》いた。紗耶香も頷き返す。

「よし。じゃああたしはここから商店街方面に行く。リズは東から、紗耶香ちゃん達は西から回って捜すこと。いい？ 見つけても気取られないように」

そう言いながらメイは人混みの中に消えていった。その背中を見送りながら三人もそれぞれの方向へと散っていった。

槙島商店街は一時間もすれば端から端まで往復できる程度の広さだ。駅前で集まってから一時間後、リズ達は再び同じ場所に集合していた。

「ここに全員いるってことは、見つからなかったってことだよな」

皆苦渋の表情でその言葉に頷いた。紗耶香が不安そうな顔で言う。

「あの、美世さんは見つからなかったんですけど、影が見える人が何人か」

「こっちもだ。ってことはリズもだろ」

「うん。三、四人いた気がする。けどどの人も美世さんとは全然違って。子供とか、お爺《じい》さんとかで。見える影も別物だった」

「あたしの方は何人か同じ年頃の女がいたけど違った。カオスが起きそうって状況じゃなきゃ色々調査したいところなんだけどな」

悔しそうにそう言いながらメイはスマートフォンを取り出した。画面が点灯して震えている。メイは舌打ちしながら着信を切った。リズがメイに言う。

「美世さん、どこかに逃げちゃったのかな」

「そんなことはないと思うんだが」

「じゃあどっかの店の中とか」

「流石に一軒一軒調べてらんないぞ」

再びメイが手に持ったスマートフォンが震え出した。

「ああ、クソ。例の刑事からひっきりなしに電話が来やがる。うっとうしい」

「いっそのこと、爆弾が仕掛けられてるかもって知らせたらどうですか。そうすればイベント自体中止になってテロも起きないんじゃ」

「今更連絡してもこれだけの人混みをすぐに分散させるのは無理だろ。結局ここで美世を見つけられなきゃ、どこか別の場所でカオスを起こすだけだ」

「けどこのままじゃ」

メイが光る画面を睨《にら》みつけながら着信を切ろうとした。すると背後から群衆のざわめきを押しのけるような粗暴な叫び声が聞こえた。

「おい。電話切るんじゃねえ！」

「あっちゃー。まあこんだけ時間かかってたら見つかるわな」

凶悪な風貌《ふうぼう》の男が人混みを掻《か》き分けながらこちらに向かってくる。混雑の中で強引に押しのけられた人々は文句のありそうな顔で刑事を見るが、その顔が明らかな筋モノなだけに皆眉《まゆ》を顰《ひそ》めるに止《とど》まっていた。実際にはその真逆の立場の人間であるのだが、街全体がファンシーな雰囲気に包まれているだけに、この場にひどく不釣り合いな男なのは間違いない。

「御轟さん、あんな連絡送っておいてだんまりってのは困るんだよ。こんなお祭りに樫山が来ているだなんて言われたもんだから、こっちだって慌てて来たんだ」

強面《こわもて》の中にどうにか冷静さを保とうとしているあたり、見た目とは違い根は真面目な男なのだろう。それでも性格的に苦手な部類の人間であると本能的に察知していたリズは、さりげなくメイの後ろに姿を隠していた。盾にされたメイは観念したように答える。

「いますよ。ほぼ確実に」

「ほぼってなんだ、ほぼって。樫山がここで何かやらかすから人数集めてください、だなんてメール送りつけやがって。あんたの言葉信じて人集めちまったんだよ。これで誰もいませんでした、なんてことになったら俺はクビになっちまう」

「人、連れてきてくれたんですか。どれくらい？」

「所轄の刑事が動かせる人員なんてたかが知れてる。課長のケツ叩いて、ってを使って、近くの交番から人呼んで、それで十人と少しだ」

「十数人て。駅前と商店街でどれだけの人がいると思ってるんですか。全然間に合いませんよ」

呆《あき》れたようなメイの顔が余程頭に来たのだろう。柴井刑事は怒りの表情を隠すこともなく、一八六センチのメイを見上げるように睨みつけた。こうして並んでみると柴井刑事は意外に身長が小さくて、リズは凶暴な小型犬を思わせる奇妙なかわいらしさを見出《みいだ》していた。

「ウラ取れなきゃ動員なんてできる訳ないだろ。で、樫山は何をするつもりなんだ？」

「爆弾か放火か。なんにせよ、また誰かを焼きに来てるんですよ」

メイの剣呑《けんのん》な言葉に柴井の顔から威嚇の色が消えた。

「それ、マジな話なのか」

「ウラはないですけどね。信用してもらえます？」

柴井はメイの瞳をじっと覗《のぞ》き込んでいた。メイは視線を逸《そ》らさない。

「まさか樫山とはグルでガセ摑《つか》ませてる訳じゃねえよな。だとしたらしょっぴくぞ」

「お好きなように。もしそうなら馬鹿正直に名前出して連絡したりしませんけどね」

「ここの運営には連絡したのか？」

「いえ。それに今更伝えたところで混乱するだけです。むしろ美世も見つけにくくなる上に早まって事を起こされる可能性がある。美世が何かする前に捕まえるしかないですよ。っていうか信用してくれるんですね。突拍子もない話なのに」

「勘だよ。クソ。これで嘘だったらただじゃおかないからな」

再び威嚇するように睨む柴井の視線をわずかに微笑みながら受け止めていたメイの手の中で再度、スマートフォンが光り震えた。メイは苛立《いらだ》たし気に切ろうとするが、画面を見てその手を止めた。そのまま電話に出る。

「どうした、何か変化があったか？……はぁ？　何やってんだお前！」

怒号を上げたメイに周囲の人混みから視線が集まる。だが気にすることもなくメイは会話を続ける。リズは受話口から漏れる会話に耳を傾けながら目を丸くする。それと同時に、頭の中でバラバラになっていたパズルの、漠然とした全体像が見えたような気がした。リズは思わず驚嘆の声を漏らしたが、メイの声に被《かぶ》さり誰にも届かなかった。

「ああ、クソ。後々面倒だぞ。いいからあたしが着くまで待って……あ、馬鹿切るな」

電話を切られたメイが大きくため息をついた。秋人が尋ねる。

「どうしたんですか？」

「あの馬鹿。ルールを破りやがった」

＊

「愛花ちゃん、どうしたの、ぼーっとして？」

人混みで、赤いサンタ帽をかぶった愛花の顔を覗き込んだのは、陸上部の先輩の瀬古《せこ》だった。愛花と瀬古は付き合っている訳ではない。駅前でクリスマスイベントが開かれるから行ってみないかと誘われたのだ。正直愛花はあまり乗り気ではなかったが、友人達からの羨望《せんぼう》混じりの後押しと、蔵から気まずい雰囲気が伝わる屋敷にいるのが嫌で誘いに応じることにした。今はこのイベント用に用意したサンタ帽と白い付け髭《ひげ》で顔がよく見えないが、瀬古は陸上部の先輩でかなりモテる部類の爽《さわ》やかな男前だ。

「すみません。ちょっと考え事を」

「なになに、どんな話？」

「つまらないことなんです」

「言ってみてよ。先輩が相談に乗ってあげるから」

瀬古は自信たっぷりに胸を張った。その姿にどこかナルシシズムを感じながらも、愛花は少しだけ話してみることにした。何も知らない、何も関係ない人なら率直な感想を聞けるかもしれないと漠然とした期待があった。

「今、一緒に住んでいるおじさんと喧嘩《けんか》しちゃって」

家中に監視カメラが設置されていたこと。それは怒りの引き金ではあったが、愛花が怒っていたのはそれだけではなかった。

後見人であるボスから金銭的な自由を得たイカは、愛花や光江に事あるごとにプレゼントを贈っていた。その頻度が問題だった。まるでこじつけのような記念日ごとにネット上で目についた商品を気軽に買い、愛花達に贈る。初めは笑顔でそれを受け入れていた愛花は、次第に何を受け取っても笑えなくなった。イカが愛花のためにプレゼントを贈っているのではなく、プレゼントを贈ること自体を楽しんでいることに気が付いたのだ。

それに気が付いてしまった愛花は、イカの笑顔に最悪の記憶を重ね合わせてしまった。西橋家の財産で醜悪に変わってしまった叔父《おじ》一家、つまり愛花のトラウマと恩人であるイカが重なってしまったのである。大きすぎる西橋家の財によって、イカが歪《ゆが》んでしまうような感覚が、愛花はたまらなく嫌だったのだ。

イカと叔父は違う。全く違う。愛花は言葉にすればするほど、自分がくだらないことで怒っていたと実感した。もちろん瀬古に家の金銭事情や、おじさんが吸血鬼だなんて話はしなかった。それでも自分の浅慮を自覚して、サンタ帽の下の顔が恥ずかしさで熱くなる。救いを求めるように瀬古へ視線を向けると、そこには苦虫《にがむし》を噛《か》み潰《つぶ》すような顔があった。

「マジか。愛花ちゃんと一緒に住んでいるおじさんがカメラを仕掛けてたって、それ、やばくない？　犯罪じゃん。おじさんっていくつなの」

「えっと、四十歳くらい？」

外見的にはそんなものだろう。当然一二五歳であることも言う訳がない。ただ嘘をつく罪悪感よりも、明らかに汚物を想像するような瀬古の瞳《ひとみ》が心苦しかった。

「四十でそれはないでしょ。ましてや年頃の娘と暮らしててそれって」

「おじさんにはそんなつもりはないんです。ただわたしが心配だっただけで」

「無理無理。流石にその歳でそんなことはないって」

足し算の分からない子供を嗜《たしな》めるように笑いながらそう言われた。思わず愛花は苛立《いらだ》った子供のように反論する。

「けど、おじさんは絶対に嘘をつかないんです」

瀬古は優しく、だが表情の隅に侮蔑《ぶべつ》を残したままに笑った。

「愛花ちゃん。人は誰だって嘘をつくよ。別に君のおじさんが、とか、俺が、とかじゃなくて。嘘をつくのが人間って生き物なんだ」

愛花は眩暈《めまい》に近い感覚を覚えた。脳裏に浮かぶのはイカと出会う前の、嘘にまみれた頃の自分だ。西橋家の令嬢として、自分の思いを外に出さずに耐え続けただけの生活。嘘を重ねていた少女期は愛花にとっての恥ずべき記憶だ。トラウマが蘇《よみがえ》って愛花は笑った。瀬古が何も言えなくなるような満開の笑顔で威嚇した。

「わたしもイカも嘘はつきません。先輩とは違うんです」

愛花の笑顔とその言葉に、瀬古は何も返せずにいた。

「イカは大切な家族です。家族を侮辱する人とは一緒にいられません。さようなら」

終始笑顔で丁寧にそう言いきった愛花は呆然《ぼうぜん》とする若きサンタを置き去りにしたまま商店街の人混みの中へ足早に去っていった。


愛花は一人歩きながら商店街の中心に向かっていた。できれば男子の意見も聞きたかったんだけどな。そう思いながら愛花は個人経営の紳士服店へとたどり着いた。

「いらっしゃい。ああ、こないだの」

「どうもこんばんは」

その店は海外のブランド物のシャツやスーツを取りそろえる店で、チェーン店や百貨店とは一風違った品が揃う場所だった。

「それで、決まったのかい？」

そう言いながら初老の店主はカウンターの裏から畳まれた二枚のワイシャツを取り出した。一般にはあまり知られない海外のブランドの品で、片方は藍色《あいいろ》で、もう片方は白地にストライプの入ったものだった。

イカはスーツやワイシャツなどのフォーマルな恰好《かっこう》を好む。しかもその奇異な特性のせいなのか、汗も垢《あか》も少なく服は傷まない。洗濯するのはせいぜい血《ワイン》を零《こぼ》したときくらいだ。だから愛花の記憶の中ではイカの服装は三、四種類に限られている。とはいえその姿を見せるのは愛花と光江だけで、たまに探偵社の面々が訪れるくらいだから無頓着《むとんちゃく》になるのも分かる気がした。だからこそ愛花はクリスマスプレゼントにワイシャツを選んだのだ。しかも一品三万円近くするなかなかの高級品だ。倹約を好む愛花にしては相当に大きな買い物だが、それはイカとの不和の解消への願いを含んだ金額だった。しかし最終的にどちらのワイシャツを選ぶか悩みに悩み続けていて、クリスマスイブである今日まで決断できずにいたのだ。

「う｜ん」

考えてみれば今日瀬古を連れていたのも、最後の後押しが欲しかっただけなのかもしれない。流行や店主の助言よりも正直な自分の感性を信じようとする愛花はこういった論理なき決断に滅法弱かった。ましてや恩人である彼へのプレゼントであるのだから選択に手抜かりがあれば後悔しそうだ。悩み続ける愛花を見つめながら店主は笑った。

「そんなに悩むなんて、余程大切な相手へのプレゼントなんだね。お父さんにかい？」

お父さん。もう遠い記憶の果てにいる父の顔を思い浮かべた。だがすぐにその顔が碧《へき》眼《がん》の奇妙な白人の顔に置き換わる。

「ええ、まあ似たようなもんですね」

「ん？　まあよく分からないがラッピングする時間もあるから、そろそろ決断しないとクリスマスに間に合わなくなるよ。今夜はウチも早く閉めるもんでね」

どうしよう。そう言われても答えが出ない。記憶の中の様々なポーズのイカに、目の前のワイシャツを張り付けてみるが、どちらもしっくりくる分どちらにも決定打がない。どちらも似合う。どちらも悪くない。ふと悩み続ける愛花の脳裏に小さな雷が落ちた。

愛花は正直に生きることが、人生における揺るぎない正解だと信じている。たとえその結果、失敗しても不利益を被っても、自分の行動に胸を張れるなら問題ないと考えていた。だから愛花はふと思いついたそれが最適な答えだと確信してしまった。愛花は店内に申し訳程度に飾り付けられた鈴を見上げて、言い訳するように自嘲《じちよう》気味に笑った。

後見人から持たされたブラックカードを使ったのはこれが初めてだった。大きすぎる財産に振り回されないように、決して手を付けなかったそれを使用してしまったことで小さくない罪悪感が胸に燻《くすぶ》っていたが、それでも予算の倍も使って買ってしまったプレゼントによって罪悪感を上回るほどの高揚感が宿っていた。

「愛花ちゃん」

店を出て帰路に就こうとしていた愛花は背後から呼び止められた。

い。

「ごめん。俺、さっきは愛花ちゃんの家族のこと、よく知らないのに失礼なこと言っちゃって。それだけ、謝らなきゃって思って」

ここまで息を切らしているということは、これまで相当に捜してくれていたに違いない。

「先輩」

「ごめんなさい」

人の目も気にせずに頭を下げる先輩の謝罪は、実に誠実なものに思えた。下心もなく、本当にただ申し訳ないと思う気持ちだけが伝わってきた気がした。

「じゃあ」そう言って人混みの中に去ろうとした瀬古の背中に愛花は声をかけた。

「先輩。今から帰ってもご飯ないと思うんですよ。どこかで夕飯食べませんか？」

デート続行の申し出に、瀬古の顔が無邪気な笑みに輝いた。

二人は瀬古が予約していた、商店街の入口近くの裏通りにあるレストランに向かうことにした。何気ない雑談をしながら進んでいると瀬古が言った。

「あれ、なんか変なサンタがいる」

そう言われて指さす先に目をやると、そこには確かに妙なサンタがいた。

街にあふれるサンタ達と同じように、真っ赤な帽子と服でたっぷりの白い髭《ひげ》を生やしているので顔はよく見えない。だがサンタ服も白い髭もサイズが合っていないようで、丈が短くてどことなく間抜けな見た目だ。さらに他のサンタと違うのは、トナカイがいるわけでもないのにゴミ袋の積まれた大きなソリを引いているところだ。少し見つめてからそれが商店街のキャリアーをクリスマス仕様に装飾したものだと気が付いた。恐らくは今回のイベントの準備中に出たゴミをまとめて積んであるのだろう。サンタ祭の運営の人間かな、と愛花は思った。

サンタの右手には赤い蛍光色の球状のオーナメントが握られていた。それをソリの荷台に放り投げ、マッチを擦ってその上に放り投げた。

爆発するように荷台から炎が燃え上がった。演《だ》し物の域を超えた熱と輝きに、ソリの周囲を中心に悲鳴が上がり、人混みに大きく穴が空いた。背後から警察のものらしき怒号が聞こえる。聞きなれた女の声も聞こえた気がした。

焔《ほのお》を背負うサンタは真っすぐに愛花を見つめて、満足そうに笑っていた。

突如現れた炎の柱に、仮装した群衆は、何かのイベントなのかと半ば期待を込めた視線でそれを眺めていた。恐怖に駆られて悲鳴を上げたのは近くにいた十数人だけだ。

商店街を阿鼻叫喚《あびきょうかん》の大混乱に陥れたのは次の一言だった。

「テロだ！　みんな、逃げろ！」

傍《はた》から見れば奇妙な光景だった。炎の柱が立ち上って数十秒の準備時間を経て、ようやく群衆に恐怖が伝搬したのだ。

「爆弾だ、遠くに離れろ！」

狂乱する群衆の背を打つように力強い女の声がしたことでさらに混乱は大きくなり、誰もが炎の柱から離れようと押し合い圧し合い潮が引くように逃げていく。その勢いに現場に向かおうとする警官も叫んだ女も誰もが流されて、人で溢《あふ》れていた商店街には炎の柱を中心に完全なる空白ができあがっていた。

できあがったステージの真ん中で、サンタは演者がそうするように仰々しくお辞儀をした。そして逃げずにサンタへと向かおうとしていた愛花は連れの少年に押さえられながら叫んだ。

「イカ！」

彼は白い髭の下で満足げに笑った。

＊

炎の柱が立ち上る五分前。

「今、商店街に来てます」

目的地についた彼はスマートフォンからメイにそう言った。西橋家の屋敷に住む光江から招かれた彼は、七〇年以上幽閉されていた屋敷から飛び出したのだ。

「はあ？　何やってんだお前！」

彼は持ち前の観察眼で手に入れた情報を羅列する。

「美世さん、アーケードの飾りに仕掛けしてました。きっとオイルと粘り強い何か、それと電球で作ったナパームです。それがアーケードの、玉《クーゲル》にたっぷり入ってました。美世さん、スイッチ入れれば沢山の人燃えます。すごく、いいないです。だからイカは今から美世さんスイッチする前に、人、いなくします。愛花さん、どこいるか分かりません。けど、守ります」

「ああ、クソ。後々面倒だぞ。いいからあたしが着くまで待って……あ、馬鹿切るな」

もう時間はない。人出が最大限に膨らんでいるのだから、いつ火が付けられてもおかしくない。アーケードを横断するように設置された仕掛けは、増粘剤とナフサオイルの混合物に電球を繋《つな》げたシンプルなものではあったが、その数と高所という厄介な配置によって取り除くのは困難だった。恐らく美世はサンタ祭の運営に潜り込んでいたのだろう。

「ごめんなさい」

彼は口を塞《ふさ》がれ服をひん剝《む》かれたアルバイトの男に謝りながら、奪ったサンタ服を着てソリを引いて人混みのど真ん中へと向かった。

仰々しくお辞儀した彼は、頭を上げると踊るように歩きながらソリ風に飾り付けられたキャリアーの持ち手を摑んだ。その間も炎の柱は燃え上がり続けて彼の背中を焼いていた。だが彼は気にする素振りすら見せずに、ゆっくりとソリを引きながら商店街を進み始めた。動き出した彼に怯《おび》えて、彼が動いた分だけ人の輪は広がり、遠ざかり、逃げ出した。

ゆっくりゆっくり彼は進む。彼は楽しかった。生前はスパイとして上流社会で注目を浴び続けた彼である。孤独な年月が無為なものだとは思っていなかったが、それでもほんのわずかなガール達と西橋家の当主だけとしか接点のなかった生活は、彼の心の隅に澱《おり》のようなものを溜《た》め続けていた。

そして彼は今、この場にいる全ての人間の視線を集めていた。大人数に注目されるという処刑以来の刺激に、彼は普段愛花や光江には決して見せない、七六年ぶりのお調子者気質を露《あら》わにしていた。彼は炎に焙《あぶ》られながら剽軽《ひょうきん》な足取りで精いっぱいの道化を演じていた。その演技の甲斐《かい》もあって、彼の本当の狙い、愛花を危険から遠ざけるという目的には誰も気が付いていなかった。愛花はすでに彼から逃げる人の波に流され遠くに行ってしまった。もう危険が及ぶことはないだろう。

彼はゆっくりと商店街のアーケードを進む。しばらくすると炎の柱が、アーケードを横断するケーブルに飾り付けられたオーナメントを焙った。その直径二〇センチ程度の球状の内部に隠されていた混合物は低い沸点で反応し、プラスチック製のフレームを容易に溶かして燃え上がった。通常の炎とは違い高い粘度を持つその混合物は、爆散も蒸発もすることなく燃え上がる液体として彼の上に降り注いだ。さらにそれに連鎖してその隣のオーナメントも、そのまた隣も、さらにその隣も。連鎖が続いて彼の周囲に炎が降り注ぎ、彼と彼の引くソリを紅蓮《ぐれん》に包んだ。

炎の中、彼の脳裏では先ほどの愛花の叫びがこだましていた。イカ。それはただの愛称でしかなかったし、二〇を超える彼の名前の一つでしかなかった。だがこの数年間でその名は大きく意味を変えた。それは愛すべき娘が彼を呼ぶ名になったからだ。

だから彼は止まらない。炎に包まれながらも真っすぐに歩き続ける。そのふざけた振る舞いのおかげで周囲には誰もいなくなり、彼以外に燃え上がっている者はいなかった。

彼は進み続けた。常人では決して耐えられない炎の中、あくまでも陽気に剽軽に。彼は笑い続けた。かの娘を悲しませないように。心配させないように。そして自分の晴れ舞台を観客達に自慢するかのように。

愛する愛花を守る。己に嘘無き彼の行動は、アーケードに仕掛けられていた発火装置のほとんどを無効化した。アーケードの端から端まで歩き、炎に包まれた彼は出口前に辿《たど》り着くと再び仰々しくお辞儀をしてからその場に崩れ落ちた。

＊

そのカフェは商店街のアーケードの出口の近くにあった。一階の靴屋の脇にある階段を上って入る、地元の人間なら知る人ぞ知る店だ。通り側はガラス張りになって少し出っ張っているので窓側の席からは商店街を一望することができる。

リズは逸《はや》る気持ちを抑えながら階段を上る。店のドアを開ける前に深呼吸する。イカからの電話をメイの横で聞いている最中に、リズはひらめいた。これまでの点と点を繋ぐ一つの要素。エウレカと呼ぶしかない感覚に、リズはメイの許可すら取らずに走っていた。会社近くの商店街で土地勘があったのも幸いし、リズは今ここにいる訳である。

イカの件もあり、きっとメイは追ってこない。だから一人でやるのだ。リズは己を鼓舞しながら、覚悟を決めてドアを開けた。洒落《しゃれ》た雰囲気の店内はクリスマスイブだけに繁盛しているようだ。すかさずウェイターがやってきた。

「申し訳ありません、ただいま満席でして」

「えっと、知り合いが先にいるんで。多分、窓側の席に」

その言葉にウェイターは合点したようで、店の奥へと案内される。

窓側の二人席に女が一人座っていた。見た目は四十代半ばで、皺《しわ》が深く刻まれている。見たことのない顔だ。だがリズは彼女が誰だか知っている。

「久しぶりですね。ついに見つけましたよ、美世さん」

女は呆《ほう》けた顔でリズを見上げていたが、ふと何かを思い出したように言った。

「久しぶり、リズ」

美世は皺だらけの顔で、懐かしそうに微笑んでいた。

リズは二人席の反対側へ座る。テーブルの真ん中にはスマートフォンが置かれていた。ワンタップで発信できる画面になっている。

「それって整形ですか」

どう見ても二三歳には見えない見た目に、リズは驚きを隠しもせずに言った。

「うん。多分ね。もう面影なんてどこにもないでしょ。どうして分かったの？」

「ほら言ったじゃないですか。私、影が見えるんです」

腕だけじゃなく、胸にも、腹にも、母にしがみつく赤子のように、七体ほどの小人の影が美世にしがみついていた。

「本当だったんだね。ごめんね、あのときは信じられなくて」

三人で飲んだあの小料理屋のことを思い出しながらリズは笑った。

「気にしないで。こっちこそごめんなさい。あのとき美世さんに仕事の話、もっと早くするべきでした。そうすれば、もしかしたら」

失敗を思い出し俯《うつむ》くリズに、美世は少し不思議そうな顔で尋ねる。

「それで、ここにいるって分かったのはなんで？」

「ここに来るまで、ずっと考えて、それでやっと分かったんです。私、ずっと勘違いしてたんです。美世さんは燃える人が見たくて、そういうことを繰り返してきたんだって勝手に思ってたんです。けど違った。美世さんは燃えた人の中から、お母さんと同じ人を探してたんですよね？」

美世はリズが現れたときよりも驚いた様子で目を見開いていた。

「だから燃えた人の中に同じ人がいるか、確認しなくちゃいけなかったはずなんです。

全てが済んだ時に結果が見渡せる場所は、このカフェしかなかったから。そしてもし同じ人を見つけたときに一番早く、その人に近づけるのは消火作業に当たれる人。だから、窓側の席の、消火器が近くにある隅の席に」

そう言ってリズは美世の席の後ろにあった消火器に目をやった。

「すごいね。リズって見た目弱々しくて、仕事できるタイプには見えなかったけど、探偵の才能あったんだね」

「違います。私は、本当にダメ探偵なんです」。こうしてここまで辿り着いたんだから」

「それは調べたから「美世さんのことを、お父さんから聞いて。調べ続けたから」

「ああ、あのクソ親父の所まで行ったんだ。私のこと、ボロクソに言ってたでしょ」

リズは沈黙だけで肯定した。

「樫山家の守神についても、聞きました」

「うん。よく教えてもらえたね。あの家一番の秘密だったのに」

「あんなの守神じゃない。ただの呪いです。あのせいで、あんな家のせいで。美世さんは」

リズの双眸《そうぼう》からは涙が零《こぼ》れ落ちた。そんなリズの顔を見て美世は嬉《うれ》しそうに笑った。

「ありがとう。そこまで私のこと考えてくれたのは、リズが初めてかもしれない」

「そんなことないですよ」

「ううん、そうなの。私は生まれたときからあの家に捧《ささ》げられた生贄《いけにえ》だったから。子供の頃から、はっきりとそう伝えられた訳じゃなかったけど、漠然とね、自分が誰からも必要とされていないって感覚がすごかったの。私を半ば無視していた父親も、どこまでも甘やかしてくれたおばあちゃんも、私を見ていなかった。私を通して遠い何かを見ているような気がしてたの。だからなのかな、何をされても何を言われても、常に無視されているように感じ続けてたんだ。それで、そんな感覚は燃えてしまうの」

「燃える？」

「私の胸の中で、どうしようもないくらいに熱く、凄《すさ》まじい勢いで燃えるの。そうなるとね、自分がもう何をしてるか分からなくなって、箍《たが》が外れちゃうんだ。気が付けば目の前に人が倒れているなんてこともあった。ふふ、ヤバいでしょ。引くよね、こんな女」

「それって、やっぱりお母さんの自殺のせいで？」

「そんなことまで知ってるんだ。嫌だなあ。けどそうなのかもね。私の記憶の中で、お母さんはいつも泣いてる人だった。父親と何か話しては泣いて、私に何か言っては泣いて。いっつも泣いてばかり。そんなお母さんは私が小学生の頃、私の目の前で自分を燃やして死んだの。しかも何故かさあ、笑ってたんだ。焼けて死ぬのってすごく辛《つら》いはずなのに。目の前で燃え上がりながら、じっとこっちを見て笑ってたんだ」

美世は窓から商店街を見下ろしていた。リズもその先を目で追う。視線の先ではサンタの仮装をした母と子が、仲良く手を繋《つな》いで歩いていた。そのどちらも幸せそうな満面の笑みだった。

「だから、知りたかったんだ。焼け死ぬ間際まで笑っていられる人間って、一体何を考えているんだろうって」

突如商店街に悲鳴が満ちた。リズが窓に顔を擦《こす》り付けるようにアーケードの入口側を見ると、炎の柱が上がっているのが見えた。そして炎柱はこちらに向かって来ている気がする。カフェもにわかに騒がしくなってきた。

「あれは、違いますよね」

「うん。違う。誰なんだろ、私と同じようなこと考える馬鹿が他にもいるなんて」

「何となく、知り合いな気がする」

美世は訝《いぶか》しがるような眼つきでリズを見つめた。

「それで、美世さんはお母さんと同じ笑顔を見せる人を探すために、これまであんな事件を起こし続けてきたんですか」

美世は俯いて低い笑い声を漏らした。皺だらけの顔とその笑い声が合わさるとまるで邪悪な魔女そのものだ。

「そう、なのかな？」

自嘲《じちよう》するような美世の笑顔を、リズは真っすぐに見つめていた。美世は続ける。

「私が自分に掛けられた呪いについて知ったのは一八のとき。家を出るときだった。家で唯一かばってくれたおばあちゃんが死んで、父親は私にすぐに家を出ていくように言ったんだ。遺産を分けてやるから、くたばるまで好きに生きろって」

「そんな」

「そのとき、自分の中にあった消えない怒りの正体を親父から告げられたんだ。父親を殺してやりたかった。樫山の家なんてぐちゃぐちゃに壊してやりたかった。だけど、それもできなくて、とりあえず東京にやってきたの。日本で一番の都会にやってくれば、何かに出会えたり、自分を変えられるんじゃないかって。もう嫌だったんだ、怒りに支配された人生を生きるのは。どうせ長く生きられないなら怒りじゃない、別の何かを感じていたかった。普通の女として、普通の幸せを手に入れたかった。それでも私の中の怒りは消えなくて、こっちに来てしばらくはいろんなことをしたよ。思うがままに、本当にひどいこともした。だけど、ある日たまたま出会ったんだ。怒りじゃない、もっと尊いものに」

美世は大きくため息をついた。リズは視線だけで先を促す。

「翔に出会ったの。これまで最悪な人生を送ってきた私が、映画館でナンパされるなんて本当にくだらなくて普通な理由で、彼と出会ったの。それで、くだらない映画の話をして、連絡先を交換して、何度か遊びに行ったりして、セックスして、恋人になって」

「お客様。現在商店街で火災が起きているそうです。皆さま安全のため非常口から避難をお願いします。どうか慌てずに、落ち着いてください」

先ほどのウェイターが落ち着いた、それでも逼迫《ひっぱく》感を伝えるような重みのある声を店内に響かせた。あの火柱がこちらに向かっているらしい。落ち着けと言われても店内はざわめき、誰もが我先にと非常口に向かう。そんな中でもリズと美世は動かずに、慌てずに、互いに向かい合ったままだった。

「私は翔が好きだった。翔は全てだった。だからどうしても普通の幸せを手に入れたかった。けど分かってたの。これまで最悪なことを繰り返してきた私には、きっとそんな権利はない。苦しくて後悔だらけのままで死ぬのが相応《ふさわ》しいんだって。だからいくら仕事が辛くても、翔以外の全てが苦しくても耐えてきた。そのかわり翔との間だけには、ほんの少しでいいから幸せを感じることを許してもらえないかって、願ってたんだ。だけど、翔からも捨てられて。そんなときに、彼らがやってきたの」

「それが精霊《ジン》か」

突然の少年の声にリズも美世も振り向いた。そこには心配顔の紗耶香と、悲壮な決意を込めた表情の秋人がいた。秋人の右手には包丁が握られていた。

＊

店内にはもう四人以外いなくなっていた。秋人は近くの椅子を引っ張ってきてリズ達の前に座った。紗耶香は秋人の隣に立ったままだ。

「秋人君、どうしてここに」

「リズさんが何も言わずに離れてったから、跡をつけてきたんですよ。途中で見失って、時間かかっちゃいましたけど」

秋人は包丁の背で自分の肩を叩《たた》いた。露骨に殺意を見せびらかしているが、それでも美世に動揺した様子はない。

「続き聞かせてくれよ。どうしようもないあんたの前に精霊《ジン》が現れた。それで？」

「分からないの。あの子達が現れる度に記憶が飛んでたから。それでも辛いときにあの子達はやってきてくれた。仕事が辛くて仕方なかったときも、課長に追い詰められたときも、別れた後アパートに翔が襲ってきたときも。この子達は助けてくれた。だけどその度に記憶が飛ぶ期間が長くなって。ずっと眠っていたような感じで。けど結果だけは見せてくれた」

「結果？」

「私を使って殺した人達の最期の姿」

秋人の腹の底から、熱くどす黒い何かが込み上げる。それでも秋人は最大限落ち着いた声で、ゆっくりと言った。

「それで、兄貴は？」

「ゴミ袋に詰められた姿だけは、覚えてる」

ゴミのように詰められた兄の姿を思い浮かべると、怒りが脳を沸き立たせた。だがそれを堪《こら》えながら、秋人は再び問う。

「……満は？」

「みつる、って誰？」

嘘だろ。そんな思いに顔を歪《ゆが》めながら、秋人は答える。

「満だ。俺と紗耶香の幼馴染《おさななじみ》。あんたに、窯で焼かれた、満だ」

「……ごめんね。分からない。多分、飛び飛びの記憶の中の誰かが満君なんだと思う」

「覚えてすらないのか。じゃあなんで、満を」

「多分、理由なんてないんだ。ただあの子達は私のために焼いただけ。たまたまやりやすかったとか、そのくらいの理由なんだと思う」

「そんな」

まだ何か理由があれば後悔ができた。どこで間違えたか、考えることもできた。だが理由がないのなら、それすら。

渦巻く絶望の中、秋人は気が付いた。たまたまやりやすかった。つまり、たまたま他の異形の脅威にさらされていたから、俺が選択したから満は選ばれたのか。

道理の通らないこじつけに近いその考えに、秋人は確信に近い思いを抱いていた。何故かそれが正しいのだと思えてしまう。

どうしようもない怒りが燃え上がる。目の前の美世に。そして自分自身に。

秋人は立ち上がり、右手の包丁を振り下ろそうとした。だがすんでのところで紗耶香がその肩にしがみついて、それを止めた。

「だから！　だからなんでそんなことになったのか、理解しないと。だからお願い。最後まで話を聞いて。そしたら、もう止めないから」

「何をだよ。この悪魔が殺したんだぞ。兄貴も満も」

「まだ我慢して。私達は知らないと駄目だから」

「邪魔するんじゃねぇよ」

「駄目」

「放せ、紗耶香」

紗耶香の必死の懇願に、秋人は再び椅子に座った。

「それで、その後は」

殺されかけたにもかかわらず、美世は平然としたまま続ける。

「分からない。また記憶がないの。まるで悪夢を切り取ったみたいに焼け死んだ誰かの顔だけがたまに過《よぎ》って、それだけ。気が付けば顔も変わっていて、ここに座ってた。そして目の前にはこのスマホが置いてあって、全てを理解したの」

「理解？」

「小人達はね、私の願いを叶《かな》えてくれたの。ただし魔法じゃなくて、私の体を使って。私の意識を奪って。そんな彼らにも限界があって。今の状況は分からないけど、君達がここに現れたってことは、きっとすごく追いつめられているんだと思う。フフフ。本当にどうしようもない。なりそこないの精霊《ジン》。できる限り私の願いを叶えようとしてくれたけど、失敗した。完璧《かんぺき》には程遠い、すっごく残念で無力な精霊《ジン》」

「だから自分には罪がないとでもいうのか」

「ううん。全ては私のせい。私がお母さんの笑顔の真相を知りたいって願ったから。そのせいで彼らは叶えようとしちゃったんだ。ほら、だけど彼らは結果だけは見せてくれる。きっとこのスマホをタップすれば結果が見られるんだと思う」

結果。恐ろしい未来をほのめかしながら呆然《ぼうぜん》とそう言った美世に対してリズは言う。

「けど、それは美世さんの意思じゃなかったんじゃ」

「ううん。彼らは私の奥底にあった願いを掬《すく》い上げただけ。追いつめられた私にとってそれが一番の願いだったんだから。彼らのせいになんかしたくない。彼らは間違いなく私の意思を掬い上げて、私を追いつめる上司を、秋人君達の幼馴染を、そして翔を殺したんだ」

「じゃあ、もういいよな」

そう言って秋人は再び立ち上がった。

「そこまで分かってんなら殺されても文句はないだろ。今更復讐《ふくしゅう》するななんて言わないよな」

美世は包丁を突き出した秋人の瞳《ひとみ》を、真っすぐに覗《のぞ》き込んでいた。

「その目、知ってる」

「あ？」

「分かるよ。怒りの目。憎悪の目。燃える瞳。私はね、秋人君になら殺されてもいい。だけど、君がこれからそんな目をしたまま生きていくと思うとすごく悲しいよ。きっと君の未来には辛《つら》い毎日が待っている」

「ふざけんな。いいか。兄貴はな、あんたを捨てたんじゃない。あんたとは違う化け物に憑《つ》かれて、巻き込まないために別れたんだ。それなのに、あんたはそんな兄貴を殺したんだ。あんたを助けようとした何も悪くない兄貴を、俺の大事な兄貴を」

秋人が現れても動じる様子のなかった美世の瞳が大きく揺らいだ。

「翔は、私のために？」

「そうだ。そして兄貴が殺されたからその化け物は俺に憑いてる。そのせいで満まで。俺の大事な友達まで」

秋人の瞳から涙が落ちた。声もなく、秋人の包丁が美世へと突き出された。

しかし美世の胸元へと真っすぐに向けられた包丁はその心臓には届かなかった。向かい合った席にいたリズが咄嗟《とっさ》に伸ばした右の掌《てのひら》が、その切っ先を止めていたからだ。

「何やってんですか！」

包丁を突き刺したまま秋人が叫んだ。

「復讐は何も生まないとか、それじゃ幸せになれないとか、くだらないこと言うつもりじゃないですよね」

美世を庇《かば》うリズも仇《かたき》の一人であるかのように思えた秋人は、リズを睨《にら》みつける。包丁を抜かなくてはいけないと分かっていても、このままリズの掌を貫いて、美世を刺し殺したい衝動に駆られる。痛みに耐える声を上げながら、リズが言う。

「見えてないんでしょ。それが」

秋人はそう言われて初めて気が付いた。こんな状況なら自分を止めるに違いない紗耶香が、背後で驚愕《きょうがく》の表情のまま口を開いていることに。そして憎くて仕方ない仇の肩に、今まで待ち望んだ異形の姿があったことに。

「「ねえ、どっち？」」

今回ははっきりとその声が聞き取れた。仇へと突き出した包丁を握る右手。紗耶香が縋《すが》るように握っていた左手。選択肢はすでに提示されていた。双子百足《むかで》は真っ白な赤子の如きその二つの顔に、愉悦に満ちた笑みを浮かべていた。

「秋人君が選ぶのはそれでいいの？」

リズは痛みに顔をしかめながら言った。庇われた美世はもう一体の異形の出現に気が付くこともなく、真っすぐに秋人を見据えている。紗耶香はただ震えながら百足を睨み付けていた。ここまで来て何を得て何を失うか。それが分からないほど秋人は馬鹿ではなかった。

「「ねえ、どっち？」」

百足がもう一度、甲高い声で叫ぶ。

美世の死か、紗耶香か。秋人は刺し込んだ包丁を引くことも貫くこともできずに、その場に固まっていた。

そのとき、窓の外が俄《にわ》かに赤く輝いた。

商店街をゆっくりと練り歩いていた炎柱が、ついにその出口に近いカフェの前までやってきたのだ。陽気に歩む灼熱《しゃくねつ》のサンタクロースは、ここまでの道程がそうであったように燃え盛るソリをゆっくりと引いて、カフェの窓の目の前に吊《つ》るされていたオーナメントを焙《あぶ》った。

美世の意識を奪った精霊《ジン》がその願いを叶えるために用意した、多くの人間を焼き殺さんとした仕掛けが急激に上昇した熱に反応し、高粘度の炎となって弾《はじ》け飛んだ。そのほとんどは燃え盛りながらも陽気な歩みを止めぬ彼に降り注いだが、一部はカフェの窓にべっとりと張り付いた。なだらかなガラス面に手製のナパームがへばりついたのはほんの数秒だったが、それにより商店街の雑踏を見下ろす目的で作られた大きな一枚ガラスはその剛性を失い、いとも簡単に割れ落ちることになった。

窓に隣接した席に座っていたリズと美世の目の前で、崩壊したガラスは店舗側へと吹き込んだ。リズは窓ガラスとは反対側へと跳んだ。その拍子に掌からは包丁が抜けた。痛みに子犬のような悲鳴を上げるリズ。リズに駆け寄る紗耶香。その傷は自分が負わせたものだと今更ながら理解して呆然とする秋人。三者三様に混乱していたが三人は同じ瞬間にその姿を目にしていた。

割れたガラス片のシャワーを浴びて全身を切り裂かれながらも、その痛みなど感じないかのように窓の外を見下ろす美世の姿だ。カフェの窓よりもやや高くオーナメントが飾られていただけに、降り注いだガラスの切れ味は凄《すさ》まじい。頬は切り裂かれ、腕はぱっくりと開かれて、白い肌の下の赤い肉が、血の濁流の奥底には白い骨まで見えていた。腿《もも》には大小様々なガラスが突き刺さっている。だが美世はそのどれにも関心がないかのように、まるで自らの傷が現実に存在しないかのように、呆《ほう》けた顔で窓の外を見下ろしていた。

リズは右手の痛みを堪《こら》えながら先ほどまで座っていた椅子からガラスを払い、もう一度座った。そして美世と同じように窓の外を見下ろした。秋人と紗耶香も窓の外を覗き込む。

炎柱を引いてここまで歩いて来たサンタはアーケードの出口まで歩き終わると、ソリから手を離し全身燃え盛るままにアーケードの内側に向き直り、舞台俳優が劇の終わりにそうするように仰々しくお辞儀をした。そしてこれまで幾重にも降り注いだ熱に耐えられなくなったのか、遂にその場に崩れ落ちた。だが秋人達が眺めていたのは壮絶なる彼の道化振りではなかった。真っ白な髭《ひげ》も真っ赤な帽子も燃やし尽くされた紅蓮《ぐれん》の先にあった、彼の顔に釘付《くぎづ》けだった。

「笑ってた」

信じられない。そんな感情を含みながら呆然と美世は言った。リズは再び美世へと向き直る。美世はどうにか立ち上がろうとしていた。だが右半身は先ほどのガラスのシャワーで切り裂かれ、出血によってまるで力が入らないようだ。

「見て、こないと。あの人、笑ってた。炎に包まれながら。お母さんみたいに」

それでも美世は立ち上がれない。まともに体を動かすなんてどう見ても不可能だった。

美世は瞳だけでリズを見て言う。

「お願い、リズ。彼が死ぬ前に聞いてきて。なんで笑っていられたのか。息絶える前に」

「必要ないですよ」

リズは美世の必死の視線を見据えながらそう言った。

「だってなんで笑ってたかなんて、簡単な理由ですから」

美世どころか秋人も紗耶香も、ましてや百足さえも訳も分からない様子でリズを見つめていた。

「あの人、私の知り合いなんです。さっき美世さんがここを燃やすはずだって、メイさんに電話してきたんですよ。そのとき、隣で漏れる声を聴いていただけなのに、あの人の必死さが伝わってきた気がしたんです。それで分かったんです。そんなことしたら自分が終わりだっていうのに、なんでそんな馬鹿なことしたのか。その理由が」

秋人はメイのスマートフォンから漏れる直訳的な日本語を思い返していた。

「イカさんはね。娘みたいに思ってる女の子を救えたから、笑ってたんですよ。それこそ自分の命より大切な人を救えたから、自分が死ぬと分かっていても笑っていたんです」

半身を死に刻まれた美世は呆気《あっけ》にとられていた。

「じゃあ、お母さんは？　お母さんは何で笑ってたの？」

「同じですよ。美世さんを救えたと、思ってたからです」

そう言いながらもリズの顔は大きく歪《ゆが》んでいた。

「分かんない。分かんないよ。お母さんが、私を救った？」

リズの瞳から、大きな涙が落ちた。

「本当に、ごめんなさい。もし、美世さんにもっと早く伝えられたら。満君を焼くより早く。翔さんを惨殺するより早く。精霊《ジン》に頼るより早く。伝えられていたら。あの公園で出会うよりも前に、美世さんを見つけられていたら！」

リズは叫ぶ。

「美世さんは、あの樫山家のお父さんの子供じゃなかったんです！　短命の運命を子供に押し付けることを許せなかったお母さんは、樫山家に縁のある、別の男の人と、関係を持って」

美世の時が止まった気がした。揺れる瞳《ひとみ》も、立ち上がろうと必死の左腕も、ぴたりと止まって、まるで今耳にした現実を否定しているようだった。

「気が付いたのは、美世さんの実家で守神様の話を聞いた後でした。もし美世さんに守神様の呪いが憑《つ》いていて、さらに精霊《ジン》まで憑いているなら、メイさんや紗耶香ちゃんならともかく、私に見えない訳がないんです。私があの公園で出会ったときに、二つ分の影が見えてないとおかしかったんです。その違和感があったから、樫山家に嫁入りしたお母さんの、川尻の一族を調査して、樫山家から縁切りされていたお母さん方のおばあさんから、全てを聞いたんです」

「じゃあ、おばあちゃんも？」

「はい。樫山家のおばあさんは美世さんとは血縁はないんです。美世さんの実のお父さんは樫山家に出入りしていた庭師の方で、美世さんが自分の娘ってことも知らないはずです」

美世は目を見開きながら震えていた。リズの言葉が続く。

「きっと、お母さんは悩んでいたんだと思うんです。悩んで、泣いて、悲しんで、苦しんだ果てに、不貞をしてでも自分の娘を救おうって、そう決断したんだと思うんです。けど、その罪の意識からは逃れられなくて。理解できるはずのない幼い美世さんに伝えることもできなくて。だから、自分を燃やしながらも、最後に笑顔で伝えたかったんですよ。美世さんの人生には呪いなんかじゃなくて、きっと希望が満ち溢《あふ》れているって」

まだ窓の外では炎が燃えていた。もう動かなくなったイカの周囲には警官達が集まって、二人の女と何事か言い争っているようだ。だが秋人達にとって外は関係なかった。ただたった一人の、怒りに囚《とら》われた生涯を送ってきた女の、絶望を音にしたような笑い声だけが響いていた。

「アハハハハハハハハハ！」

笑えば笑うほど、切り裂かれた傷口から美世の命にかかわる血が、生気が、心が、漏れ出しているように見えた。美世は理解したのだ。彼女の怒りに満ちた人生は実の無い喜劇でしかなかったことを。だからこそ笑うしかないということを。

「いっつも私の胸で燃えていた炎は全て無意味だった。在りもしない呪いを勘違いした、嫌悪と、怒りだった。私の人生は、全部無意味だった！」

美世は笑い続ける。中年に整形した顔の皺《しわ》は猶《なお》の事深くなり、疑いようもない狂気が支配していた。ただ己の全てを嘲《あざけ》り続けているようでもあった。


どれくらいの時間が経ったのか分からなかった。ただ美世がその笑い声を止めたタイミングで、絞り出すように呟《つぶや》いた。

「秋人君」

未《いま》だ怒りの炎の消えないその瞳を覗《のぞ》き込みながら、自嘲《じちょう》する笑顔を消さぬままに美世は言う。

「殺して。復讐《ふくしゅう》を遂げて」

秋人は右手で包丁を強く握りしめる。左手で寄り添う紗耶香の温《ぬく》もりを感じる。先ほどから視界の隅に留《とど》まっていた百足《むかで》が再び愉悦に満ちた笑みを漏らした。

「「ねえ、どっち？」」

「聞いたでしょ。あまりにもくだらない私の人生。欠片《かけら》も意味のなかった怒りの生涯。そんなもののために翔は、あんなに素晴らしい君のお兄さんは殺された。だからね、君には私を殺す、十分な権利があるんだ」

美世から向けられる絶望の視線に、秋人は応じるように立ち上がる。縋《すが》りつく紗耶香の手から秋人の手がすり抜けると、百足の一方の赤子顔が嬉《うれ》しそうに甲高い歓声を上げた。

哀れな美世の人生を知っても秋人の意志に揺らぎはなかった。いくら悲劇的な背景があれども、兄と友を残虐に殺した事実に変わりはない。美世がそう言うように自分には復讐の権利があると確信していた。そのために、秋人は犠牲を重ねてきたのだから。

秋人は思う。これまでこの女に復讐するために選んできたのだ。選ばなかった選択肢が、穏やかな親友の笑顔が、厳しさの隙間から俺を慈しむ父の笑顔が、自分を信じ導いてくれるはずだった兄の笑顔が、成し遂げろと迫るのだ。

秋人は一歩前に進んだ。瀕死《ひんし》の美世の目の前でゆっくりと右手の包丁を大きく振りかぶる。左手に温もりはもうない。紗耶香は止めることもできずにただ泣きながら秋人の背中を見守っていた。振り上げた右手に力がこもる。一刺しで、確実に殺せるように。

「秋人君。お願い。選んで」

リズが美世の正面に座ったまま、そう言った。殺害動作の途上にありながら、秋人はその言葉ににわかに憤慨を覚えていた。

選べだと。自分はこれまで選んできたではないか。だからここまで辿《たど》り着けた。親友も、父親も捧《ささ》げることで、ようやく辿り着いたのだ。これ以上何を選ぶのだ。

そのとき、秋人は美世の肩に寄りかかりながら自分を見つめる百足の二つの笑顔を認めた。百足は秋人にしか聞こえない、囁《ささや》くような小さな声で言った。

「「ねえ、どっち？」」

もう何度も何度も耳にした呪わしき言葉だ。この言葉のせいで、秋人の人生は変わってしまった。現実定かならぬ悍《おぞ》ましき世界に足を踏み入れることになったのだ。

秋人は揺らいでいなかった。復讐の意志もひるむことなく、その胸に燃えていた。だがそれでも、美世の人生が、リズの必死さが、そして紗耶香の献身が、秋人の心の底に積み重なり、怒りの炎に本来ならばあり得ない風を吹きかけた。

秋人は渾身《こんしん》の力で包丁を振り下ろした。

「「ギィィィィイ！」」

片方の顔に突き刺したはずなのに、百足は両顔に同時に包丁を叩《たた》き込まれたかのように二つの悲鳴を上げた。百足は、甲高く叫びながらカフェを駆けずり回る。だが百足の細く短い脚が百以上あろうとも、脳天に突き刺さった包丁を抜くことはできない。ただ悲鳴を上げながら狂ったように暴れるだけだ。狂乱する百足を一瞥《いちべつ》もせずに秋人は吠えた。

「俺は、選んでなかったんだ！　これまで、あの化け物から差し出された選択肢に惑わされて、俺は言われるがままに選んだつもりになって、捨てなくてもいいものを捨てていたんだ。俺の意思なんて、どこにもなかったんだ！」

秋人は美世に背を向けて、自分を見守っていた紗耶香を抱きしめた。突然の抱擁に、紗耶香は驚愕《きょうがく》の表情で凍り付いている。

「俺は誰かに植え付けられた怒りのために生きたりしない。大切なものを捨てるなんて決断はもう選ばない。俺は紗耶香を捨てない。あんたも殺さない。俺は、一番大事な人とともに一番憎いあんたの最期を看取《みと》ってやる。それが、俺の復讐だ」

強く、己の感情を絞り出したような力強い抱擁に、紗耶香も応じるように秋人の体を全力で抱きしめて泣き声を上げた。繋《つな》がる強い力を感じながら、秋人は這い廻《まわ》り疲れてカフェの隅で息を荒くする百足へと向き直った。

「俺は、もう選んだんだ」

その言葉に百足の双頭は顔面を歪《ゆが》めて大声を上げて泣き出した。不意に親に怒られた子供が感情だけで泣き喚《わめ》く、そんな取り乱し方だった。秋人はそんな百足を無視してじっと美世を見つめていた。その隣では秋人と強く手を握り合った紗耶香が、同じように美世を見つめていた。そんな二人を見て美世は笑い声を上げた。先ほどの人生に絶望した狂気の滲《にじ》む笑いではない、乾いた笑いだった。

「うん、いい目だ。私なんかとは違う。燃えていない、本当に、いい目だ」

そう言って美世は満足そうに笑った。

「私も、そうなりたかったなあ。怒りに囚われずに、翔と一緒に」

そう言って美世は窓の外を見下ろした。そして少し首を傾けてから動かなくなった。

気が付けばのた打ち回り泣き叫んでいた百足は消えていた。秋人達は美世をじっと見つめていた。リズは涙を堪《こら》えながら、呟いた。

「きっとね。美世さんは止めてほしかったんだと思う」

「どういうことですか？」

「人間の心って単純じゃないでしょ。怒りに囚われて、残酷なことを繰り返したのは、美世さんの心の中にそういう欲求があったからだってのは確かなんだと思う。けどね、それと同時に残酷な自分を誰かに止めてほしいって思いもあったんだよ」

「なんで、そこまで言い切れるんですか」

「なんで精霊《ジン》に操られた美世さんが、焼いた死体を誰かの目のつく場所に遺棄してたんだと思う？　それに、この場所もわざわざ誰かを待つみたいに二人席を取ってたでしょ。それってさ、誰かに止めてほしい、救ってほしい、話を聞いてほしいって美世さんの願いの結果だったんじゃないかなって、私は思うんだ」

「そんなの、都合のいい解釈じゃないですか」

リズは少し笑った。

「そうかもね。けど、ごめんね。怒らないでほしいんだけど、それでも私は、美世さんのこと、友達だったと思ってるんだ。だから、きっと美世さんならそうだったんじゃないかって、思っちゃうんだ」

秋人も紗耶香もそれ以上何も言わなかった。外の雑踏の中の一人が窓辺に座る血まみれの死体に気が付き騒ぎを起こすまで、三人は動かなくなった美世をただ眺めていた。

＊

槙島商店街は大混乱に陥っていた。炎の柱を巻き上げて炎の雨を降らせたイカの行進は、クリスマスイブに浮かれていた群衆に火の原始的な恐怖を思い出させた。

アーケードに吊《つ》るされたオーナメントから燃え落ちた炎は粘度を維持していたために、彼が通った後には燃え上がる炎の道が続いていた。柴井の集めた警察官達は、付近の店舗から消火器をかき集めて消火作業にあたっていたが、各商店にも少なからず延焼していたためにそちらが優先され、イカはアーケードの出口付近で崩れ落ちた後もしばらく燃えたままだった。

そんな炎の合間を縫って駆けつけたメイは、未《いま》だ燃え盛るソリを視界に収めていた。集めたゴミが燃え上がるせいで、異臭と共に吹き上がる真っ黒な煙が夜空へ吸い込まれていく。イカが浴びた炎はすでに鎮火しつつあり、真っ黒な人形がアーケードのコンクリートの上に転がっていた。

息を切らしながらその場に辿り着いたメイは戸惑っていた。まずイカがこの場に、というより西橋家の屋敷の外にいること。これは西橋家に莫大《ばくだい》な経済的援助を行うスポンサーにとっては決して許せない行為だろう。与えられている特権の全てが剥奪《はくだつ》されるかもしれない。

そしてメイの目の前にいるイカの状態だ。体の至る所は炭化し、免れた部位も真っ赤に焼けただれていた。人間ならば間違いなく死んでいる。如何《いか》に異形である彼であっても、これほどまでの重傷で生きていられるのだろうか。数ある異形の中でも珍しい協力的な存在だ。イカがいなくなれば今後の仕事にも大きな影響が出るだろう。

だが今メイは、数少ない同胞だと感じるイカの最期と、その死によって絶望の淵《ふち》に落とされるであろう少女の顔だけを想像し、感情を爆発させた。

「この大馬鹿野郎。無茶しやがって！」

返事はない。死。その静寂の単純な答えにメイの背筋に冷たいものが流れる。しかし真っ黒なその姿の中に青い光が瞬いていることに気が付いた。あのギョロリとした大きな碧眼《へきがん》が、何かを訴えかけるかのようにじっとメイを見つめている。その意図をくみ取ったメイは、恐る恐る一見焼死体でしかないイカに近づいた。

「オイ。生きてんのか？」

ささやくような小さな声で、焼死体が喋《しゃべ》った。

「どうにか。すごく、痛いです」

「無茶するからだ、馬鹿たれ」

そう言いながらもメイは安心した笑顔を見せた。

「けど、動けそうにないです。すごく、いいないです」

「本当に後先考えてなかったんだな、お前」

「それで、メイさん」

「ああ、おかげで美世の仕掛けは全部潰《つぶ》せたと思う。なんでか仕掛けの起爆もされなかったみたいだし、きっと愛花も無事だ。それよりもその大火傷《やけど》、治るのか？」

「さあ。死ぬ感じはないです。とても動けそうにもないですけど」

「まっさか病院に連れていく訳にもいかないしなあ」

すでにアーケードの反対側にも人垣ができていた。柴井刑事の集めた人員は十数人だと言っていたが、恐らくすぐに応援がやってきてこの商店街を封鎖するだろう。そうすれば重要参考人としてイカの身柄も確保されてしまう。そこまでの大事になってスポンサーの耳に入らない訳がない。愛花とイカの生活は完全に崩壊するだろう。メイが癖の強い髪をバリバリと力を込めてかきむしっていると、背後から怒号が飛んできた。

「御轟、何勝手に現場に突っ走ってんだ！」

柴井が息を切らしながら炎の向こうから現れた。顔を真っ赤にして全身から湯気を上げている。メイは炎の合間を縫ってここまで来たが、柴井にはメイほどの運動神経はなかったらしい。代償はコートの端で揺らいでいた。

「刑事さん。燃えてるよ？」

「は？　ああ！」

柴井は慌ててコートを脱ぎ、炎を踏みつけて必死に消した。その姿は間抜けだが、あの炎を潜り抜け、己に付いた火にも気づかず職務に真摯《しんし》にあろうとする柴井の姿を、メイは好意的に評価した。

「そいつ、生きてんのか？」

「いえ。死んでますよ。この様じゃあ」

そう言いながらメイはイカのほうへと向き直った。刑事からは見えない角度で囁《ささや》く。

「オイ。どうにか逃げろよ。気合でよぉ」

「無理です。血、飲めれば多少いいかも、です」

「まさかここであたしの血ぃ飲む訳にもいかないだろ。それこそ言い訳できねえ」

「そうですよね。どうしましょうね」

「考えろ考えろ。このクソッタレな状況をごまかす神懸かった手を考えつけ！」

「何をブツブツ言ってやがる」

柴井刑事がそう言ったとき、炎の先から愛花が現れた。

「イカ！」

余程強引に炎を潜り抜けてきたのか、愛花の全身は黒ずんでいて、服の至る所には焦げて穴が空いた跡があった。コートの端には先ほどの柴井と同じように火がついていたが、愛花はそれに気が付いていなかったし、気づいていても恐らく無視しただろう。名前を呼びながら、焼死体のように黒く崩れかけたイカの許《もと》へ駆け寄ろうとしたが、それを柴井が押し止《とど》める。柴井は愛花のコートの火を叩《たた》いて消しながら叫ぶ。

「お嬢ちゃん、駄目だ。まだソリは燃えてる。爆発するかもしれない」

メイは自分がイカの策に乗じて適当なヤジを飛ばしまくっていたことを思い出した。あの場面では群衆を恐怖で扇動する必要があったのだ。柴井はメイにも言う。

「あんたもだ。そこから離れろ。応援がすぐにやってくるから、彼らに任せるんだ」

マズい。かなりマズい。遠くからのサイレンが幾重にも重なって、商店街で燃える炎の道も警察官達の必死の消火活動で落ち着き始めていた。アーケードの出口側には人垣ができて、いくつものスマホが写真やら動画やらでこの状況を記録している。すぐにでも警官がここに押し寄せてくるだろう。そんな状況でどうやって彼を逃せばいいのか。

そのとき、何とか手を探ろうと頭を抱えるメイの目の前で柴井が崩れ落ちた。その向こうには、綺麗《きれい》なアッパーカットのポーズを決めた愛花の姿があった。群衆から喚声があがる。

「あーあーあー」

思わぬ光景にメイは半ば自棄《やけ》になった半笑いでそう零《こぼ》した。愛花はメイの姿も目に入っていない様子で黒こげのイカに突進した。メイは一歩下がって道を空けた。

「イカ！　ねえ、いやだ、いやだよう」

彼の姿は愛花の想像を超えていたようで、愛花は炭化したイカに触れることもできずに目の前で泣き崩れた。そんな愛花に真っ黒なイカは碧《あお》い瞳《ひとみ》で目配せした。

「イカ。イカ！」

「ごめんなさい、愛花さん。イカ、ちょっと失敗でした」

「ほんとに、何やってるのよ。イカの馬鹿」

そう言いながら愛花は、イカの目の前で泣きじゃくる。

「大丈夫なの？　イカは普通じゃないって知ってるけど、けど」

「多分。家に戻れれば」

「だけどそのためにはこっから逃げ出さなきゃいけない。本当に、どうしようか」

そう言ったメイはお手上げするようなポーズで苦笑した。雑踏の後ろからは、この場所へ向かおうとする警官やら消防やらの気配がする。実質もうこの場所は包囲されている。

逃げ場なんてどこにもなかった。

「メイ」

未だ諦《あきら》めきれずにどうにかできないかと唸《うな》り悩んでいたメイは、ジーンズのポケットから伝わる振動に気が付いた。着信の画面を見てしかめっ面になってから電話に出る。

「社長。今更てめぇこの野郎！」

思わず怒号を張り上げるメイに、受話口から冷静な声が浴びせられる。

「五分。五分稼いで」

「はぁ？　今、警官に囲まれてんだぞ」

「いいから五分間、ラムゼイを誰にも連れて行かせないで」

「んなこと言われても」

メイの言葉を待たずに電話は切られた。一方的な要請にメイは獣のような声を上げながらスマートフォンをコンクリートに叩きつけた。

「いっつもいっつも勝手なことぬかしやがって、あんのクソ社長！」

警官達は雑踏を抜けてメイ達のもとへと包囲を狭めつつあった。何人かは拳銃《けんじゅう》を抜いているから、イカが事件の犯人だと踏んでいるのだろう。

クソが。あたしらが、っていうか主にイカが体を張って美世が起こすはずだったカオスを止めてやったのに。メイは心の中で毒づきながらも、流石に自分達の道理を説明できる訳がないと理解していた。

じゃあどうする。五分だぞ。まだ一分も稼げていない。警官達は数メートルの距離を取ってメイ達を包囲していた。

「君達。そのソリから離れなさい」

拳銃を手にした中年の警官がそう叫んだ。メイは爆弾だのテロだのと適当に叫びまわったことを再び思い出して後悔した。さらに包囲を狭める警官達。そして銃口の先の相手の黒焦げになった惨状に言葉を失い、警戒を解いた一人の警官が無線に向かって言う。

「被疑者は全身に重度の火傷。生死不明。繰り返します、被疑者は生死不明」

その言葉を聞いてメイはイカと愛花のほうを一瞥《いちべつ》した。なるほど。そこに転がる消し炭がまさか吸血鬼だとは思わない警官達は、息絶えた焼死体だと判断したようだ。瞼《まぶた》を閉じているし、愛花も泣きながらも何も言わない。けど、だからといってこの状況をどうするのだ。

「君、この男の知り合い？」

拳銃を収めた警官の一人がメイに尋ねた。

「ええ、まあ。同僚です」

「そっか。じゃあちょっと署で話聞かせてもらえるかな」

その言葉が強制であることは明らかだった。メイは脳内で時間を稼ぐ手段を必死に探し続ける。だが今この場を打開する言葉は思い浮かばない。口八丁ではないのだと舌打ちをする。別の警官が愛花にも同じ質問をするために近づいていく。間近でイカを見た警官が、「こりゃひでえな」とため息交じりに言った。メイは脳をフル回転させる。考えろ考えろ考えろ。何か、何か手を。

「そいつらも取り押さえろ！」

そう叫んだのは応援の警官に肩を貸してもらいながらどうにか立ち上がった柴井だった。ああクソ、とメイは小さく呟いた。

「公務執行妨害だ。早くしろ」

警官達はそう怒鳴り散らす柴井にわずかに肩を竦《すく》めながらメイを取り囲もうとした。

さらに柴井が愛花を指さして叫ぶ。

「そのガキもだ。俺をぶん殴りやがって」

警官達が驚きの表情を浮かべる。柴井に肩を貸していた警官が笑いながら言った。

「柴井刑事、あんな女の子にやられたんですか？」

柴井の顔がみるみるうちに赤く染まっていく。一時的な昏倒《こんとう》から立ち直ったばかりで己の発言が生む意味を理解できていなかったのだろう柴井は、何かしらの言葉を飲み込んで、押し殺すように言った。

「二人とも、連行しろ」

警官達は肩を竦めてそれを了承した。この展開にメイはさらに戦慄《せんりつ》する。警官達が自分を取り囲み、一人が手錠を取り出した。メイは考える。このまま連行されようが自分はどうにかなる。だがイカは目の前で取り押さえられる愛花を見て何をするだろうか。それは駄目だ。焼死体だったはずの男が警官に襲い掛かる展開を想像してしまう。それはあまりにも最悪に過ぎる。考えろ考えろ考えろ。

稼ぐべき時間はまだ全然足りない。というか時間を稼いだところで何があるかも分からない。それでも自分は社長の言葉に縋《すが》るしかない。どうしてもイカを逃がしてやりたい。

囲んで何事か命令する警官達の言葉も、忌々《いまいま》し気な柴井の視線も、メイの意識には届いていなかった。考えろ考えろ考えろ。必死に回転させられる思考は全力で脳内から最適解を探し出そうとするが、どの選択肢も掲示された時間を稼げるとは思えない。考えろ考えろ考えろ。

「オイ、聞いてるのか」

一点を見つめたままのメイに、痺《しび》れを切らした警官が肩を引っ張った。その些細《ささい》な刺激がメイの中の何かをぷつりと切った。さながら酷使され続けた工業機械のベルトが磨耗の末に切れてしまったかのように、理性によって統制されていた感情がメイの脳内で千切れ舞う。隻眼を見開くと共にメイは呟《つぶや》いた。

「ああ、もう。めんどくせえ」

軽くビンタしたつもりだった。だが社長への怒りがまだ残っていたのか、思いのほか力んでいた一撃は十分に警官の脳を揺らしたらしい。恐らくは自分の頬に弾《はじ》けた痛みに理解が追いつかないのだろう。ふらつきながら、信じられない、といった顔でメイを見返す警官。十年ほど前に目つきが悪いことを理由に、一時間以上も職務質問を繰り返した警官に対する嫌な思い出が蘇《よみがえ》った。あのときの警官にどこか顔が似ている気がした。目の前の警官にはそんな思い出は関係ない。全くの別人だ。だが込み上げる苛立《いらだ》ちのままに、メイは警官の腹にタックルで突っ込み、その全身を持ち上げた。

疲労。怒り。苛立ち。この数ヶ月に溜《た》め込んだ様々な感情を燃料にして、メイの全身に久方ぶりの力が満ちる。その力の導くままに、メイは警官を柴井に向けて投げつけた。遠巻きに見守っていた群衆から歓声が上がった。

投げつけられた警官は柴井に直撃し、起き上がったばかりの柴井は飛来する同僚を受け止めようとしたが、そのままコンクリートの上に押しつぶされていた。

警官を放り投げたメイはやっちまった、と頭を掻《か》きむしった。何が起こったか分からなかった様子で呆気《あっけ》に取られていた警官達は、数瞬の後に怒号を上げた。

「確保！　確保ぉ！」

その声にメイは心底安心した。拳銃を向けられなければ、まあどうにかなるだろう。

その光景に、周囲の群衆からは歓声が鳴りやまない。普段ならば自分達を守り、そして監視している警官達が圧倒的に有利な立場でありながらも、たった一人の女に弾き飛ばされ続ける様に魅了されているのだ。

いつの間にやら商店街を混沌《こんとん》に落とし込んだ炎の主である焼け焦げた男よりも、メイの大立ち回りに群衆の関心は集中し、遠巻きに囲む人の群れには奇妙な熱狂すら宿りつつあった。

メイはそんな熱狂の渦の中心にありながら、過去の栄光を思い出していた。

『一つ目鬼《サイクロプス》』と呼ばれていた頃、メイはとある女子プロ団体の悪玉《ヒール》の覆面レスラーとしてファンの間では有名だった。メイ自身もレスラーとしての仕事は好きだったし、プロレスの道に天稟《てんぴん》があったことに気が付いてもいた。だがそれでも異形に対する興味と好奇心からその道に進むことはなかった。悔やむことも振り返ることもない、懐かしい思い出の一部だ。

今、メイの脳裏にはそんなライトに照らし出された輝かしいリングの記憶が明滅し、ここ数ヶ月の激務と、社長からの無茶ぶりへのフラストレーションを警官相手に爆発させていた。

警官達は何度コンクリートの地面に転がされても、職務への責任と意地を顔に滲《にじ》ませながら立ち上がり、ふらつきながらもメイに挑もうとする。拳銃《けんじゅう》はおろか警棒すら使わないのは、非武装の女一人に多人数で挑む自分達に負い目を感じているからだろうとメイは理解していた。必死の中でも矜持《きょうじ》を捨てぬ善玉《ベイビーフェイス》達のその振る舞いにメイは不敵な笑みを浮かべた。

三名がメイを取り押さえようと飛びかかる。だがその内の一人の顎《あご》を水平チョップが撫《な》でた。崩れ落ちる同僚に一瞥もくれずに、雄たけびを上げながら突っ込んできた残り二人の突進をメイは余裕をもって受け止めた。警官達の中でも若手で体力のありそうな二人だった。一人は下半身に、一人は上半身に組み付いてメイを押し倒そうとする。

メイは下半身を押さえる警官のみぞおちに膝《ひざ》をめり込ませた。突然の反撃に警官は、嘔吐《おうと》しながらその場にうずくまる。その様子を見て青ざめたもう一人に向かってメイは微笑んだ。牙《きば》を見せ威嚇するような満開の笑顔に、警官はついに少女のような悲鳴を上げた。

メイは警官の首を抱え、全身を使って持ち上げた。逆十字形に持ち上げられながらもがく警官の両足が宙を蹴《け》る。ここに来てのまさかの大技に、またも群衆から歓声が上がった。メイの全身に力が満ちる。喉《のど》の奥から気合が漏れた。

「ラァァァァァァイ！」

会心の一撃が今、放たれようとしていた。

＊

「コラ！　メイさん！」

近くのファストフード店から持ち出したトレーを使ったリズの全力の一撃が、メイの後頭部に叩《たた》き込まれた。不意の一撃にメイの動きはぴたりと止まり、持ち上げられた警官はそのままに降ろされた。どうにか九死に一生を得た警官は、情けない唸《うな》り声を上げながらその場に崩れ落ちた。リズはその様子を見て大きくため息をついた。

「だからめんどくさくなったらすぐに手を出す癖、やめなさいって言ってるでしょ！」

リズの叱咤《しった》に、渋面になったメイが言う。

「いや、けどな。あたしも他の手段がなくて、やむなく」

「言い訳しない。ほんとにもう。こんな沢山の人に迷惑かけて。ああ、大丈夫ですか」

先ほど必殺技をかけられた警官に声をかけるが、放心状態で受け答えができない。

「つーか、いきなりどっかに行ってた癖に文句言うなよ。あの馬鹿が無茶しなけりゃ、あたしだってこんなことは」

メイは焼死体のふりを続けるイカを親指でさした。イカは碧《あお》い瞳《ひとみ》だけで目配せする。

愛花はどうしたらいいのか分からないようで、戸惑うようにリズへと頷《うなず》いた。

「さっきまで美世さんのとこ、行ってたの」

「マジか。それで、美世は？」

「死んじゃった」

「そうか」

悲しみに沈んでいる場合ではないと、リズは歯を食いしばりながら顔を上げた。

「今は秋人君達が一緒にいてくれているから」

そう言いかけたところで柴井が叫んだ。

「てめえら。好き放題やってくれやがって。どうなるのか、覚悟できてんだろうな」

公務執行妨害。傷害罪。他にも色々と法を犯していそうだが、リズにはそれ以上考えつかなかった。それにそんなことはどうでもよかった。

「ああ、刑事さん。ちょうどよかったです。犯人、捕まえましたよ。死んじゃいましたけど」

「……はあ？」

「美世さんですよ。樫山美世。私の友達が確保してますから、一緒に来てください」

「あぁ？　じゃあその男は」

「私達の仲間です。美世さんの仕掛けから町の人達を守るために無茶したんです。あの炎の雨見ましたよね。アレ、本当はお祭りに来ていた人に降り注ぐはずだったんですよ」

「じゃあそいつは」

「騒ぎを起こして無理やり皆さんを避難させたんですよ。本当に無茶な話ですけど」

柴井は狐につままれたような顔でリズを見つめていた。

「あー。いや、じゃあそいつは何でここまでの抵抗を」

「メイさんは、脳みそまで筋肉だから。死にかけの仲間が、最期に家族とお別れしているのを邪魔してほしくなかったんですよ」

メイは不機嫌な顔をしながらも黙っていた。

「だから刑事さん、美世さんの所に行ってあげてください。近くのお巡りさんにも現場に行ってくれるように伝えましたけど、刑事さんにも確認してほしいんです」

「だからって、こいつらもほっとけねえだろ。こいつらは警官に暴行を働いていて」

「けど、それも刑事さんの勘違いだった訳ですよね。仲間が死にかけているんだから、そりゃ抵抗もするでしょう?」

「だけど、なあ」

散々に弾《はじ》かれ投げ飛ばされた柴井の同僚達が目で訴えている。流石にここまで大立ち回りされて無罪放免という訳にもいかないだろう。とはいえリズの言葉にも筋の通ったものを感じるのか、柴井は腕を組んで悩み始めてしまった。その様子を見ながらメイはリズだけに聞こえる小声で言う。

「事の真偽も分かんねえんだから、いいからこの場はとりあえずしょっぴくように命令して美世の所行っちまえばいいのにな」

「それを暴れて阻止する女がいるから困ってるんでしょ。あの人、見た目あんななのにすごく真面目だよね」

「出世できないタイプだな。能力あっても要領が悪いというか」

「けど一体どうして警官相手に乱闘するだなんてことになっちゃうのさ」

「しゃあねぇだろ。あのクソ社長が無茶言うもんだから」

そこへ、思いがけぬ人物の声がした。

「だからって話し合いくらいできるものだと思ってたんだけど。全くこの娘《こ》は」

久しぶりの生声にメイもリズも驚いて振り向いた。腰まで届く赤い髪をなびかせる美女が、いつの間にか愛花の隣に屈《かが》んでいた。さらに真っ赤なダッフルコートを着ているので一見サンタ祭の参加者のように赤まみれだ。年齢的にはメイとそう変わらないように見えるが、メイにはない妖艶《ようえん》な雰囲気を全身から発している。しかしすでに封鎖されつつある現場にどうやって来たのか。二人は首をかしげながら言う。

「社長」

「やっと来たのかよ」

悪態をつくメイを無視して社長はイカを見下ろしていた。

「ラムゼイ。本当に馬鹿なことをしたわね。まさかあんたがここまで後先考えない行動とるなんて」

「ごめんなさい、ボス」

ぼそりと謝罪する彼の隣で、愛花が再び涙を流しながら言った。

「ボス。イカとはもう一緒にいられなくなっちゃうのかな」

社長は微笑みながら愛花の頭を撫でた。

「大丈夫よ、愛花ちゃん。七年前、ルールを破ったイカを助けたのは誰か忘れたの？」

そう言って社長はにっこりと笑った。その向日葵《ひまわり》のように輝く笑顔に、愛花の涙は止まっていた。

ようやく自分達の方を向いた社長をメイは睨《にら》み付け、リズは安心していた。二人ににっこりと微笑んでから、社長は柴井へも微笑んだ。

「初めまして柴井刑事。私はこの子達の雇用主で旭泉《ひいずみ》と申します。仕事で色々とご迷惑おかけしているようで」

「ああ、例の胡散臭《うさんくさ》い探偵社のボスか。今更こんな場所に現れやがって。留置場か裁判所で顔を合わせるものかと思っていたが」

「なかなかそういう訳にもいかなくて。それで刑事さん、申し訳ないんですけどそこの真っ黒な彼はウチの方で回収させてもらいますよ」

「何冗談かましてんだ、あんた」

「すでに救急隊より早くウチの医療チームが到着しています。一刻を争う事態ですから先に運ばせてもらいます。ついでにこの子達も」

「全員事件の重要参考人だ。そのまま行かせる訳ねえだろ」

「じゃあこの子達は置いていくんで。他のことはご協力いただきたいんですよ」

はあ？　とメイとリズが同時に驚愕《きょうがく》の表情を浮かべた。

「アホか。そんな馬鹿な話に従う訳ねえだろ。ちょうどよかった。あんたにも一緒に来てもらおう。オイお前らいつまで寝てんだ。皆さんを連行しろ」

柴井が警官達を一喝すると同時に、柴井のコートの内ポケットで携帯電話が鳴った。

社長はもう一度にっこり笑ってから言う。

「出たほうがいいですよ」

「あ？　なんであんたにそんなこと」

「署長さんからですよ」

社長が口にした権威に柴井は動きを止めて、恐る恐る携帯画面を見てから電話に出た。

「はい。柴井です。え。どういうことですか。いや、しかしですね」

電話口で何事かを訴えながら柴井はチラチラと社長を睨み付けている。社長はそんな視線に笑顔を返してから、リズ達のほうを振り向いて自慢げに微笑んだ。通話を終えた柴井は渋々といった態度で言った。

「警視正から直々の要請で、あんたらに協力するようにってよ」

「では、よろしいですね」

「大いに不本意だけどな。こんな分かりやすい権力振りかざしやがって」

憎々しい言葉にも社長は笑顔のままだった。

「じゃあ、メイ、リズ、あとはよろしくね」

そう言って社長が回れ右すると、すでに手配してあったらしき救護班が人混みを分けてやってきていた。慌てて二人は言う。

「オイオイ社長！　あたしらも連れてってくれよ」

「そうですよ。ここに置き去りなんてあんまりです」

「そんなこと言ったって、このままさよならじゃ刑事さん達かわいそうでしょ」

分かりやすい憐《あわ》れみに、柴井は強面《こわもて》をさらに強張らせる。

「ここまで派手にやっちゃったんだから、刑事さん達だってただで解放したら面目丸つぶれじゃない。ほら市民の皆さんの目もあるし。しっかりお縄について、ごめんなさいしてきなさい」

子供に言い聞かせるような言葉に、メイは怒りを通り越して呆《あき》れたような表情だ。

「社長。でも、私は関係ないんじゃ」

「メイだけじゃどうせ不貞腐《ふてくさ》れて何も喋《しゃべ》んないでしょ。そこはリズうまくやっといて」

そう言って旭泉は二人に背を向けて歩き始めた。梯子《はしご》を外されてあんぐりと口を開けたままの二人の姿がひどく憐れに思えたのか、柴井は申し訳なさそうに言った。

「まあ、じゃあ。とりあえず行くか。手錠はつけねえからよ？」

# エピローグ

「なーんか一気に暇んなったよなー」

「うん。そうだねぇ」

メイとリズは事務所のソファーに寝そべりながら、呆《ほう》けた表情で天井を見上げていた。リズは怒涛の日々を思い返していた。そんな二人にカノンが珈琲《コーヒー》を持ってくる。芳醇《ほうじゅん》な香りに二人はのそりと体を起こした。

「まあ年を跨《また》いで警察やら関係者回りやら大忙しだったじゃないか。ようやく落ち着いてきたんだから、ゆっくりすればいい。取り調べももうないんだろ」

「そうなんですけど。あれだけ濃い日々を送った後だと、なんだか気が抜けちゃって」

「過去最高ってほどじゃなかったけど、それでもかなりの忙しさだったからな。まあカオス案件なんて滅多にないから、仕方ないんだけどさ」

珈琲を啜《すす》りながらメイが言った。リズはミルクと砂糖をたっぷり入れてからちびちびと珈琲を舐《な》める。

「けど今回の件で社長の凄《すご》さを改めて知りましたよ。まさかメイさんがあれだけやらかしたのに、お咎《とが》め無しで解放されるどころか、イカさんまで屋敷に戻すなんて」

「まあアレの根回しに相当な金とコネ使ったらしいけどな。それよりも驚いたのはイカのほうだろ。アイツ、病院どころかそのまま屋敷に戻って輸血してたら、二週間で元通りだもんな。手足が炭になってた癖にだぞ。外見は人間だからこれまで違和感なかったけど、アイツも立派にバケモンだよな」

リズが舌先で珈琲を舐めながら言う。

「けどイカさんはイカさんでしょ」

「まあな」

ぼうっと天井を見上げているだらしない二人に、少し笑いながらカノンは言う。

「だけど今回の一件で三体も異形の所在と習性が分かった訳だろ。大手柄じゃないか」

「それでもカオスに集まった他の異形は、まるっと逃がしちまったんだから手放しにゃ喜べないよ」

「そのかわり君達は多くの人の命を救ったんだ。誇りに思うべきだよ」

カノンの笑顔は、その言葉がお世辞でも偽りでもないことを物語っていた。メイは照れ臭そうに笑った。

「しかし、もう仕事もないなら休めばよかったじゃないか」

「今日は来客があるんです」

「もうそろそろだよな」

そう言うと階下からすいませーん、と元気な声が聞こえてきた。リズは飛び起きて、スリッパをパタパタと鳴らしながら階下へと向かった。

「ほんの一ヶ月ぶりなのになんだかすごく久しぶりな気がしますね」

愛花がそう言って笑った。リズも不器用に微笑みを返す。

「まあひと月前はしょっちゅう顔出してたからね」

「それで、今日は報告があるって話でしたけど」

秋人が早速本題を口にした。その顔はどこか少年らしい青臭さが消えて、精悍《せいかん》さが増したような気がする。その横に座る紗耶香も以前よりも落ち着いた様子だ。二人の手は繋《つな》がれていない。リズは事務所の奥から持ってきた黒い小箱をメイに手渡す。メイがそれを開けると、美世が着けていた月の形のイヤリングがしまわれていた。

「これに美世に憑《つ》いていた『なりそこないの精霊《ジン》』が宿っている」

秋人にとっては仇《かたき》の一部だ。だが秋人は取り乱すことなくメイの次の言葉を待っていた。

「カオスの件もカタがついたから、こいつはウチの会社の倉庫に保管されることになる」

「大丈夫なんですか。そんな呪いのイヤリングを倉庫で保管しておくなんて」

紗耶香がそう口にした。リズが答える。

「大丈夫だよ。ウチの隠し倉庫は特別製で、場所も社長とメイさんしか知らないし。異形に関する調査記録とか、曰《いわ》く付きの品もそこにしまわれてるんだ。普通に生活してたら目につかない場所にあるらしいから、銀行の金庫なんかより安心なんだよね？」

「まあな。たとえ日本で戦争が起きてもあそこは見つけられない。そういう場所に封印される訳だから、安心してくれ」

「そうですか」

「それと、もう一つ。例の百足《むかで》について追加の調査報告が上がってきた」

仇その二だ。だがそれでも秋人は落ち着いた表情でメイを見つめていた。

「どうやらな、秋人の兄貴の友人、ほら、武臣っていうヤツがいただろ。確か兄貴が死んだって言っていた男だ。どうもそいつの交友関係を調べたら、合コンで知り合った面《メン》子《ツ》で山の中に肝試しに行ってから、奇妙な幻覚を見るようになったって語っていたらしい。恐らくはそのときにあの百足に取り憑かれたんだろう。一応、その近辺を調べたらな。昔、貧しい集落があって、そこには口減らしで山に捨てられた双子の伝承があったらしい。もうそんな伝承を知っている人間も死んでいて、正確な内容は分からないけど、きっとそれが何か関係しているんだと思う。それで秋人。あれ以来どうだ。百足の気配を感じたりしてるか？」

「いえ。あれ以来音沙汰《おとさた》無しですよ。多分、もうどっかに行ったんじゃないんですかね。包丁で刺してやりましたから、死んだのかな」

そう言って小さく笑った秋人にリズが言う。

「違うと思うよ。多分物理的な攻撃じゃなくて、秋人君自身の変化を嫌ったんだと思う」

「俺の、変化ですか？」

「うん。秋人君は自分の意思で、自分の答えを選んだから」

そう言われて秋人は眉《まゆ》をひそめて俯《うつむ》いた。

「俺がもっと早くそれに気が付いていれば」

メイが秋人の言葉を遮った。

「おおっと。ストップだ秋人。お前は運悪く百足に取り憑かれただけで、誰も殺しちゃいない。いいか。お前の周りで巻き起こった不幸は、ろくでもない化け物達にたまたま出会ったことが原因だ。それだけだ。原因を自分の中に作ろうとするんじゃあない」

メイの言葉に秋人はそれ以上何も言わなかった。

「そういや秋人、読んだぞ、チハル」

「あぁ、ありがとうございます」

秋人は頭を掻《か》きながらはにかんだ。

「ああ、秋人君が描いた漫画ね。私も読んだよ。絵、上手《うま》いんだね」

事件後、生活の落ち着いてきた秋人は、以前父に捨てられかけた漫画原稿のことを思い出し、試しに新人賞へと応募した。結果は努力賞だったが、ウェブサイトに掲載され、今後秋人には担当編集者がつくらしい。

「兄貴と二人で話を考えてるときは、大賞いけるんじゃないかってはしゃいでましたけど、まだまだ先は長いですね」

「まあ、とりあえずの一歩目ってことでいいんじゃないか。なんだかよく分からんけど勢いのあるあの話、あたしは面白かったぞ」

秋人は褒められることに慣れていないのか、恥ずかしそうだ。その話を知らなかったらしい愛花は紗耶香に掲載サイトについて尋ねている。秋人が言う。

「正直、これからも漫画を描き続けるかどうか迷っていたんです。百足の件に俺の夢って無関係じゃなかったですし。あの選択肢に確実に影響は与えてましたから」

事務所の和やかな空気がにわかに張りつめた気がした。

「秋人、それは」

メイの言葉を秋人は手で制した。

「けど俺、兄貴と二人で漫画について語っていた時間ってすごく楽しかったんですよ。自分の頭の中にある物語が形になって、誰かと共有できるって本当に素敵なことだと思ったんです。あんなことがあっても、やっぱりそれに変わりはなくて。むしろあんなことがあったからこそ、自分で自分の夢を選びたいんです。だから、これからも俺は描きますよ。腕はまだまだですけど、きっとそのうちプロになってやりますから」

そういって秋人はにっこりと笑った。メイも嬉《うれ》しそうに笑みを返した。

それから五人は近況を語り、話題は丸焦げになったにもかかわらず今はもう完全に復活したイカに移り変わっていた。

「一応、あたしらも警察に何度も呼び出されて取り調べされてんだぜ。その度にイカについては身元不明の外国人が死んだことになっててな。あの刑事さんしつこく聞いてくるから面倒だったわ」

「警察には例の件は何て説明してるんですか」

「守秘義務で依頼人については言えませんが、とある人物の依頼の過程で、今回の事件に関わる情報を手に入れましたので調査に協力。仲間の一人が自分の身を顧みず仕掛けを止めて死亡しました。けど彼の身元もよく分からねえです。って感じ」

「なんかすごく適当っぽく聞こえますけど」

「そりゃあっちだって任意で協力要請しているだけだからね。まあこっちもお仲間散々にボコボコにしちまったから、その詫《わ》びも兼ねて付き合ってるんだ。けどあの刑事は見所あるな。リズ、全部話したんだろ？」

「うん。社長がいいって言ったから。何から何まで。真面目な顔で頭抱えてたよ。こんなの調書にできねえって」

「本当に大丈夫なんですか？」

「そういうとこは社長は外さねえからな。あの刑事の弱みでも押さえてるんじゃねえの。まあ暴れまくったあたしに対しては未《いま》だに恨めしい視線を向けてくるけど」

愛花があのときのメイの大暴れを思い出したのか、くすくすと笑った。その胸元に光るものを見つけてリズが尋ねる。

「あれ、そのネックレスどうしたの」

宝石の入った葡萄《ぶどう》形のネックレスだ。倹約を好む愛花にしては珍しい輝きだ。

「ああ、これはイカがクリスマスのプレゼントにくれたんです」

「へえ、イカさんがねえ」

「ハハハ、それでイカのヤツ、例の盗撮の詫び入れたのかい？」

盗撮といういかがわしい言葉に顔色を変えた秋人が、何の話か紗耶香に尋ねたが、紗耶香は苦笑いしながら後で説明するとはぐらかした。

「ちょっとメイさん」

無神経なメイの言葉に、リズがメイの膝《ひざ》を叩《たた》いた。

「いやあの件、本当はわたし、そこまで怒ってなかったんですよ。ほら、イカって絶対に嘘つかないじゃないですか。だから、きっとわたしのことを思ってやってくれたって本当は分かってたんですけど。なんだか他にも色々あって後に引けなくなっちゃって。だからイカが動けないこの機に、思っていたことを話し合ったんです。もう仲直りしましたよ」

にこやかに笑う愛花にメイが遠慮なしに聞く。

「ちなみにイカの何が気に入らなかったんだ？」

「浪費癖ですよ。だから今月からイカはお小遣い制です」

リズは一二五歳の吸血鬼をコントロール下に収めようとする少女の笑顔に薄ら寒いものを感じたが、口には何も出さなかった。


その後、少し雑談をして三人は事務所を後にした。この後は三人で遊びに出かけるらしい。事務所を出る前にリズは紗耶香を呼び止めた。メイは見送りついでに秋人と愛花と何かを話している。

「ねえ、紗耶香ちゃん。この間の話、どうかな」

紗耶香は申し訳なさそうに言う。

「ごめんなさい、リズさん。お誘いはありがたいんですけど」

その言葉にリズはしょぼくれる。

「そっかぁ。紗耶香ちゃんと一緒に仕事したかったなぁ」

「私、今回の一件で、自分の小ささっていうか、弱さっていうか、そういうものを嫌というほど思い知らされました。美世さんの最期とか、秋人の決断を目にして、私はきっと何も選んでこなかったんだなあって思えたんです。秋人も自分の道を選んだんだし、私も自分の何かを見つけたいんです。それが何になるかは分からないですけど、秋人とも離れていろいろと考えてみたいんですよ。だから今は一緒には働けません。けど私がもし何かを見つけて、そのときまた誘ってくれるならお手伝いしますから。だからそんな悲しそうな顔をしないでください」

そう言われてリズは自分が情けない顔をしていることに気が付いた。顔を振って無理やりに笑顔を作る。それもきっと下手くそな笑顔なのだろうが、紗耶香はそれに微笑み返してくれた。

「それにもうメイさんもリズさんも、一緒にカオスを駆け抜けた友達じゃないですか。また遊びに来ますよ」

友達。その言葉に、リズの脳裏に美世の最期の姿がよぎった。少し切ない思いが胸に溢《あふ》れて、リズはもう一度微笑んだ。紗耶香がこちらを見て目を丸くしている。

「どしたの、紗耶香ちゃん？」

「あーいや、いい笑顔だなって。秋人達待ってますから、行きますね。じゃあまた、リズさん」

「うん、またね。紗耶香ちゃん」

秋人達と談笑していたメイも戻って、二人は再びソファーに寝転がりながら事務所の天井を見上げていた。リズはぽつりと呟《つぶや》いた。

「紗耶香ちゃんにフラれちゃった」

「そっかー。まあ何となくそんな気がしてたけど」

「まあ、嫌われた訳じゃないから安心してよ」

「そっかー。そりゃよかったよ」

これで長かった事件の後始末も全て終わった。ふとメイが呟いた。

「今回は、悪くなかったんじゃねえの？」

「何の話？」

「クリスマスイブのあの日、お前が美世の居場所を見つけてるとは思いもしなかったから、びっくりした。あそこでスイッチ押されてたら、あたしも含めて何人死んでたか、分からなかったからな」

ぼーっとあの日のことを思い出す。

「なーんか必死に考えてたら、予想がうまくハマったって感じだったなあ。自分でも正直ちょっと信じられなかったけど」

「いい感じになってきたんじゃねえか、この仕事も」

「……え。嘘。褒めてくれてるの？　メイさんが？」

リズは驚いて思わず体を起こしながら、メイのほうへと向いた。そのリアクションが気に入らないのか、メイはリズから顔をそむけてしまった。リズはその様子に声を出さずに笑う。

「すいませーん、仕事をお願いしたいんですけどー」

そのとき、階下から聞き覚えのない声が聞こえた。

リズは驚いてメイを見つめる。メイはどこか面倒くさそうに顎で入口を指した。リズはソファーから飛びおりて、スリッパを履いて事務所を飛び出した。

この旭泉探偵社への依頼なんて、まともな仕事である訳がない。きっと新たな異形案件だ。これから出会うであろう不可思議な存在への予感に、リズの胸は不安に沈むことなく、むしろ高鳴り足取りまでも軽くなる。

鼻歌混じりに行くと、スリッパからパタパタと音が鳴る。そんなやかましい音が心地よくて、さらにリズミカルにスリッパを奏でる。踊るような勢いそのままに、一階に降り立った。

「いらっしゃいませー！」

リズは新たな依頼人に、満面の笑みを向けた。

本書は、第四十二回横溝正史ミステリ&ホラー大賞読者賞受賞作（応募時タイトル「めいとりず」）を加筆修正したものです。

# 異形《いぎょう》探偵《たんてい》メイとリズ　燃《も》える影《かげ》

荒川《あらかわ》悠衛門《ゆうえもん》


角川ホラー文庫　23385

令和４年10月25日　初版発行

発行者――――堀内大示
発　行――――株式会社KADOKAWA
〒102-8177　東京都千代田区富士見2-13-3
電話 0570-002-301（ナビダイヤル）
印刷所――――株式会社暁印刷
製本所――――本間製本株式会社
装幀者――――田島照久





●お問い合わせ
https://www.kadokawa.co.jp/（「お問い合わせ」へお進みください）
※内容によっては、お答えできない場合があります。
※サポートは日本国内のみとさせていただきます。
※Japanese text only





ISBN978-4-04-113003-2　C0193

# 角川文庫発刊に際して

角　川　源　義

第二次世界大戦の敗北は、軍事力の敗北であった以上に、私たちの若い文化力の敗退であった。私たちの文化が戦争に対して如何に無力であり、単なるあだ花に過ぎなかったかを、私たちは身を以て体験し痛感した。西洋近代文化の摂取にとって、明治以後八十年の歳月は決して短かすぎたとは言えない。にもかかわらず、近代文化の伝統を確立し、自由な批判と柔軟な良識に富む文化層として自らを形成することに私たちは失敗して来た。そしてこれは、各層への文化の普及滲透を任務とする出版人の責任でもあった。

一九四五年以来、私たちは再び振出しに戻り、第一歩から踏み出すことを余儀なくされた。これは大きな不幸ではあるが、反面、これまでの混沌・未熟・歪曲の中にあった我が国の文化に秩序と確たる基礎を齎らすためには絶好の機会でもある。角川書店は、このような祖国の文化的危機にあたり、微力をも顧みず再建の礎石たるべき抱負と決意とをもって出発したが、ここに創立以来の念願を果すべく角川文庫を発刊する。これまで刊行されたあらゆる全集叢書文庫類の長所と短所とを検討し、古今東西の不朽の典籍を、良心的編集のもとに、廉価に、そして書架にふさわしい美本として、多くのひとびとに提供しようとする。しかし私たちは徒らに百科全書的な知識のジレッタントを作ることを目的とせず、あくまで祖国の文化に秩序と再建への道を示し、この文庫を角川書店の栄ある事業として、今後永久に継続発展せしめ、学芸と教養との殿堂として大成せんことを期したい。多くの読書子の愛情ある忠言と支持とによって、この希望と抱負とを完遂せしめられんことを願う。

一九四九年五月三日